걷기의 기쁨

걷기의 기쁨 (큰글씨책)

초판 1쇄 발행 2022년 8월 30일

지은이 박창희
펴낸이 강수걸
펴낸곳 산지니
등록 2005년 2월 7일 제333-3370000251002005000001호
주소 부산시 해운대구 수영강변대로 140 BCC 613호
전화 051-504-7070 | 팩스 051-507-7543
홈페이지 www.sanzinibook.com
전자우편 sanzini@sanzinibook.com
블로그 sanzinibook.tistory.com

ISBN 979-11-6861-073-6 03810

박창희
지음

걷기의
기쁨

산지니

나는 걷는다, 고로 행복하다!

사람들, 말이 너무 많다. 마스크를 씌웠다. 코로나의 강제다. 사람 못 만나게 하고 술도 못 먹게 하고 '대면대면(데면데면)' 하지 말란다. 말 수 좀 줄이고, 묵언 스님들처럼 생각이 깊어져라 한다.

그렇다. 코로나가 깡패다. 백주 대낮에 깡패를 만나 인류가 지금 호된 신고식을 치르고 있다. 코로나가 국민 기본생활과 생업을 못하게 한다. 국가비상사태가 발동돼도 이러지는 않았는데…. 언제 끝이 날까? 아무도 모른다. 하마하마 하던 것이 2년이 다 돼 간다. 마스크를 벗을 수 없을지도 모른다. 답답하다. 외롭고 허전하고 황당하고 짜증난다.

머리가 복잡한가?

당장 밖으로 나가라. 마누라가 쫓아내기 전에 제 발로 나가라. 핸드폰은 꺼놓든지 집에 냅두고 다녀라. 가벼운 옷차림에 무거운 것이 들어가면 스타일 구겨진다. 온갖 잡스런 정보와 소식에 목매고 있을 이유가 뭔가.

산보와 산책

마스크 끼고 산보(散步)에 나선다. 마스크가 생필품이다. 착용은 반자동이다. 안 끼면 이상하게들 본다. 참 이상한 세상이 되었다.

내가 늘 걷는 길. 최애의 코스는 집 뒤의 쇠미산(금정산) 둘레길이다. 옛 만덕고개 부근이다. 금정산 갈맷길 코스의 한 부분이다.

내가 사는 동래구 온천3동 달북마을은 달동네 같은 산동네다. 엎어지면 코 닿을 곳에 금정산 산길이 맞닿아 있다. 집에서 창문을 열면 금정산이 차경(借景)*으로 와락 안긴다. 이렇게 살기 좋은 곳이건만, 아파트값은 답보, 제자리걸음이다. 평지의 역세권이나 수영·해운대 대단지 아파트 값이 천정부지로 치솟는 것과는 영 딴 세상 같다.

아파트값이 안 올라 가끔씩 아내의 눈치를 봐야 하는 처지지만, 이곳의 산길·산책길 하나만은 최상급이다. 복이다. 이 산길이 있기에 산동네는 그나마 자존심을 지키고 산다.

10여 년째 달북마을에 살면서 부동산 혜택은 보지 못했지만, 내밀한 산동네 효과는 십분 얻고 있다. 산 옆이라 공기가 다르다. 눈 뜨면 새소리요, 고개 들면 무성한 솔숲이다. 청정 피톤치드 향이 24시간 공기청정기처럼 돈다. 여름철 폭염 때는 기온이 도시철도 역세권보다 2~3도 낮다.(이건 숫제 환경·경제학적으로 계산할 수 없는 효과일 것이다!)

---

* 자연에 거스르지 않고 주위의 풍경을 그대로 경관을 구성하는 재료로 활용하는 기법. 바깥 풍경을 안으로 끌어들인다는 의미로, 한옥에서 주요 활용된다.

최고의 매력은 마음만 먹으면 곧장 산길(그것도 흙길!)에서 맛있는 산보나 산책을 즐길 수 있다는 것. 소요(逍遙)도 가능하다. 철학자 아리스토텔레스가 걸으면서 강의했다고 해서 붙여진 '소요학파'처럼 어슬렁거릴 수도 있다는 말이다. 산책과 산보, 소요는 걷는 사람들을 위해 만들어진 단어다. 굳이 구분하자면 산보는 소풍에 가깝고 산책은 마실에 가깝다. 소요는 '가벼운 돌아다님'이다. 산보나 산책, 소요라는 한자어가 싫다면 우리말로 거닐기, 바람쐬임 그냥 걷기라고 하자. 길과 관련해서는 고운 우리말이 참 많다. 우리 민족에게 걷기 DNA가 흐르고 있음이다.

감춰둔 갈맷길

산길로 접어든다. 약간의 오르막길이 인내를 시험하려 할지 모른다. 낑낑 땀이 삐질삐질 흐를 것이다. 다리는 무거워지고 호흡이 가빠진다. 여기서 꺾이면 걷기는 실패한다. 초입의 오르막길을 견뎌야 산마루에 닿고 금정산이 아껴놓은 호젓한 둘레길을 만난다.

오르막길은 기꺼이 올라야 한다. 그래야 평지를 만나고 내리막길을 휘파람 불며 내려갈 수 있다. 오르막 없는 내리막은 없다. 오르내림은 삶의 오묘한 변주(變奏)다. 오르막길에 우는 사람이 있고, 웃는 사람이 있다. 내리막에 좌절하는 사람이 있고, 희망 씨앗을 뿌리는 사람이 있다. 오르면서 고통스러워하는 사람이 있고, 내려오면서 꽃을 보는 사람이 있다.

작가 김훈은 자전거를 타고 가면서 오르막과 내리막의 이치를 이렇게 묘사했다.

"갈 때의 오르막이 올 때는 내리막이다. 모든 오르막과 모든 내리막은 땅 위의 길에서 정확하게 비긴다. 오르막과 내리막이 비기면서, 다 가고 나서 돌아보면 길은 결국 평탄하다."(김훈『자전거여행』중)

오르막과 내리막이 길 위에서 '비긴다'는 말이 재미있다. 올라간다 내려간다 일희일비 마라, 기쁨과 슬픔은 동전의 양면이다, 오르락내리락 굴곡진 게 인생이라고 말하는 것 같다. 오르내림은 시작과 끝의 반복이다. 중요한 것은 오르내림의 타이밍이다. 모든 일에는 시작과 끝, 오를 때와 내려갈 때가 있다. 올라가야 할 때 내려오면 사람 구실 못 하고, 내려와야 할 때를 놓치고 눌러앉아 있으면 사람대접 못 받는다.

쇠미산 둘레길은 아는 사람만 안다. 갈맷길 7-1코스(금정산)의 한 구간이지만, 혼자서는 찾기 어렵다. 안내판도 시원찮다. 쇠미산 정상을 꼭짓점으로 팽이처럼 한 바퀴 돌아간다. 옛 만덕고개에서 시작하면 금병약수터를 지나 금정산 능선-쇠미산 초입(갈맷길)-북구 방면 우회 산길을 거쳐 원점 회귀한다. 갈맷길은 쇠미산의 산마루 전망대를 오르는 코스로 설계돼 있지만, 쇠미산 둘레길은 동선상 그곳은 생략한다.

산 중턱을 돌아가며 동래구·연제구 일대의 도심을 보는 눈맛이 쓸쓸하고 쏠쏠하다. 먼발치로 아파트들이 숨 막힐 듯 빼곡히 들어서 있다. 길 폭은 1m 남짓, 대부분 평탄한 데다 90% 이상 포슬포슬한 흙길이다. 적당히 다져져 먼지도 나지 않는다. 도심과 적당히

금정산 자락인 쇠미산 둘레길의 정취. 흙길 산책로가 일품이다.

떨어져 소음에서도 자유롭다. 그러니까 멋진 산책길이 갖추어야 할 조건을 모두 갖추고 있다. 소요시간은 대략 2시간. 짧다면 두 바퀴를 돌면 된다. 흙길 산책코스의 최강자를 뽑는다면 아마 이곳이 우승 후보가 아닐지… 금정산의 무성한 녹음 속에 풍덩 빠져 녹색 샤워하며 걷는 길. 바람으로 빗질하면서 자유와 해방감을 만끽할 수 있는 길. 어떤가? 한번 걸어보고 싶지 않은가?

책 속의 길, 길 속의 책

이제 걷는다. 걷다 보면 산길은 살길이 되고, 산책(散策)은 산책(山冊)이 된다. 길을 걸으며 '아 행복해!', '너무 좋아!'라는 말이 그냥 흘러나오면 그 길은 좋은 길이다. 山冊! 내가 읽었던 책, 그 책 속의 인상적인 구절들이 줄줄이 불려 나온다.

『동의보감』을 쓴 허준은 "약보(藥補)보다 식보(食補)가 낫고, 식보보다 행보(行補)가 낫다"(보약이나 음식보다 걷기가 몸에 더 좋다는 뜻)고 했고, 다산 정약용은 "걷는 것은 청복(淸福, 맑은 즐거움)"이라 했다. 이들은 보약을 따로 먹지 않았을 것 같다.

걷기는 철학의 본질을 터치한다. 프랑스 사상가 루소는 철학의 시작을 '발'이라고 했다. 발을 떼면서부터 철학이 시작된다. 보이고 만져지는 모든 사물들이 물음을 준다. 철학은 물음이다. 루소는 산책자였다. 그는 주로 혼자 걸었다. 본질적으로 걷기는 개인적인 행위이다. 걷기의 본질은 자유다. 내가 원할 때 마음대로 떠나고 돌아올 자유, 이리저리 거닐 자유. 루소는 마지막 저작 『고독한 산책자의 몽상』에서 "혼자 걷는 명상의 시간이야말로 하루

중에 내가 마음이 흐트러지거나 방해받는 일 없이 온전히 나 자신이 되고 나 자신에게 집중하는 유일한 시간이다"고 했다.

독일의 니체는 걸으면서 생각하는 것이 철학을 하는 유일한 방법이라고 주장했다. 1888년, 『우상의 황혼』에서 그는 이렇게 썼다. "앉아서 지내는 삶은 성령을 거스르는 죄악이다. 걷기를 통해 나오는 생각만이 어떤 가치를 지닌다." 니체는 "가장 중요한 것은 길 위에 있다"고 일갈한다.

중국의 선승 운문대사는 제자가 "스승님, 길이 무엇입니까?"라고 묻자, "그냥, 걸어라!"고만 답한다. 옛날의 현자들은 풀리지 않는 의문이 생겼을 때 숲속으로 들어가 자연의 소리를 들으면서 생각을 정리했다.

산모롱이를 돌 즈음, 세기의 자유인 '조르바'가 따라붙는다. 그리스의 작가 니코스 카잔차키스의 명작 『그리스인 조르바』는 산책길에 끼고 다니면서 볼 만한 책이다. 조르바는 산전수전 다 겪은 60대의 중늙은이로, 책 나부랭이나 끌어안고 머리를 싸매는 그의 고용인(책에서 '두목'이라 칭함)을 노골적으로 비웃는다.

"두목, 내 생각을 말씀드리겠는데, 부디 화는 내지 마시오. 당신 책을 한 무더기 쌓아 놓고 불이나 확 싸질러버리쇼. 그러고 나면 누가 압니까. 당신이 바보를 면할지."

책에서 보고 배운 것들이 살아가는 데 얼마나 쓸모가 있을까? 책 안의 텍스트에 갇혀 책 바깥을 보지 못하는 건 아닌가. 조르바에게 책이란 일상의 자유와 열정을 제한하는 물건이다. 얄은 지식 나부랭이로 있는 채, 든 채 무게 잡지 말라는 얘기다. 조르바를 통해 허위를 벗기고 자유의 맥을 짚은 니코스 카잔차키스, 그가 직접 쓴 묘비명은 걷는 자들의 사표가 되어도 좋겠다. '나는 아무것도 바라지 않는다/나는 아무것도 두려워하지 않는다/나는 자유다.'

책 많이 읽고 많이 쓰기로는 우리땅 걷기 대표 신정일을 따를 사람이 없다. 전주 진북동 그의 아파트는 화장실만 빼고 온통 책병풍이 쳐져 있다. 장서가 1만 5,000권이라니 웬만한 공공 도서관 뺨친다. 지금까지 그가 쓴 책은 100여 권, 대부분 길과 관련된 것들이다. 그에게 '책과 길'은 한 몸이다. 한 인터뷰에서 그는 말했다. "나에게 길이 집이고 집이 길이다. 길은 나의 스승이고, 동반자이며 구원자다."

신정일의 말을 듣고 있노라면, 서울의 강남 아파트 한 채를 갖는 것을 꿈으로 삼는 게 우스워 보인다. 우리의 시퍼런 젊은이들이 영끌이다, 갭투자다, 건물주다 하며 아파트 한 채 마련을 큰 희망인 양 여기는 현실도 안타까워진다. 꿈을 아파트에 가두고 아파트에 꿈을 심어서야 어찌 별을 따랴. 걸으면 세상이 내 집이고, 걷는 길이 모두 나의 정원인데….

눈앞의 모든 게 기적

다시 쇠미산 둘레길. 산모롱이를 돌며 한 움큼 땀을 훔친다. 땀이 달다. 산바람 한줄기가 땀을 닦아준다. 기분이 맑아진다. 걷기가 청복이라고 한 다산의 말에 고개가 끄떡거려진다.

금병약수터에는 사시사철 약수가 찰찰 흐른다. 산신령이 흘려

보내는 무공해 샘물이다. 아무리 더운 날도 이곳은 서늘하다. 듬성듬성한 산벚나무 군락지 속에 평상이 여러 개 놓여 있다. 지친 나그네여, 내게로 오라고 손짓하는 것 같다. 평상에 앉아 잠깐 쉰다. 걸어온 길도 돌아본다.

잠시 쉬며 휴식(休息)이란 한자를 뜯어본다. 휴식은 '사람(人)이 나무(木)에 기대어, 스스로(自)의 마음(心)을 들여다보는' 형태다. 글이란 게 참 오묘하다. 하고 보니, 너무 바쁘게 달려온 것 같다. 걸어야 할 곳은 뛰었고, 뛰어야 할 곳은 자동차를 타고 질주했다. 내 속의 질주본능에 지금도 가슴이 쿵쾅거린다.

돌아보면 아스라하다. 내 나이 어언 육십, 환갑이다. 육십갑자의 갑으로 돌아왔으니 인생 후반전은 스스로 갑이 되어 천천히 걷고 공부하며 놀아야겠다는 생각을 해본다.

약수터에서 흘러내리는 실개천을 보면서 관란헌(觀瀾軒)을 생각한다. 관란헌은 『논어』에 나오는 말로, 퇴계 이황의 시에도 언급된다. 퇴계는 흐르는 물을 보고는 '흘러간다는 것은 이와 같구나. 밤낮을 그치지 않는구나'라고 읊었다. 굽이치고 끊어질 듯 이어지는 물결(瀾)을 바라볼(觀) 수 있어야 도(道)에 이른다는 생각. 이 말이 좋았던지 섬진강 시인 김용택도 자신의 집에 '관란헌'이란 현판을 달아맸다.

약수터에서 무심히 흐르는 실개천을 보다가, 여기서 한 몇 달 텐트 치고 살면 어떨까 하는 욕심이 생긴다. 제 속을 훤히 드러낸 약수가 같이 살자고 꼬드긴다. 물소리를 듣고 찾아온 새들도 자꾸만 같이 살자고 옷소매를 잡아끈다. 그 꼬임에 넘어가 오도카니 앉아 있으니 건듯 바람이 어깨를 툭 친다. '흔들리면 계속 걸어 봐!' 그때야 정신을 차리고 일어선다. 조르바가 그랬듯, 이 모든 풍경이 기적 같아 보인다.

걷기는 평등하다. 있는 사람, 없는 사람, 잘난 사람, 못난 사람 모두 자기 한 걸음, 내 한 걸음이다. 부유한 산책자라도 가난한 산책자보다 유리한 점은 전혀 없다. 모두가 공평하게 자기 보폭만큼, 자기 생각만큼, 걷고 놀고 뛰고 쉬는 것이다. 대중목욕탕에 가면 모두가 똑같은 벌거숭이가 되듯, 길에서는 모두 보행자일 뿐이다.

걷기는 코로나 시대 최고의 재난복지 건강주다. 이런 보편적 복지가 없다. 돈도 들지 않는다. 어쩌면 코로나 시대 갈 곳 없는 사람들에게 구원자다. 녹색(걷기)기본소득을 도입하자는 주장에 한 표. 『걷기만 하면 돼』(강상구 지음, 루아크)라는 책에 흥미로운 제안이 실려 있다. 녹색기본소득은 '기본소득이 필요하다'는 것과 '기후행동이 필요하다'는 두 문제의식이 만나 탄생한 새로운 아이디어다. 쉽게 말해 걷기, 자전거 타기, 대중교통 이용을 적극 장려해 새로운 경제순환시스템을 만들어 기후위기에 대응하고 삶을 개선하자는 것이다.

어쨌든 국가는 국민을 더 많이 걷게 만들어야 한다. 둘레길을 내고, 끊어진 도심길을 잇고, 교통 위험요소를 줄이고, 쌈지공원을 늘리고, 산복도로에 엘리베이터를 놔줘야 한다. 걷고 싶은 사람은 누구나 편하고 자유롭게 걸을 수 있게 하는 것, 그것이 진정한 복지국가다.

역병에 걸린 아픈 세상. 아플 땐 걸어야 한다. 걷는 게 치유다. 물론 힘들 수 있다. 힘듦을 이겨야 아픈 게 낫는다. 그래도 힘들면 시인 김수영의 '아픈 몸이/아프지 않을 때까지 가자'(시 「아픈 몸이」)라는 시구를 기억하자.

걸을 때 우리는 무언가를 하는 동시에 아무것도 하지 않는다. 걷기만큼 쉬운 것이 없지만, 제대로 걷는 것은 결코 쉽지 않다. 걸으면 감각이 깨어나고 머리가 맑아진다. 노폐물에 전 오장육부도 서서히 초기화된다. 잊힐 건 잊히고, 지울 건 지워진다. 머리가 가벼워지면 새로운 생각이 채워질 공간이 넓어진다.

삶의 리듬 찾기! 걷기는 몸과 영혼의 뒤엉킨 엇박자를 정박자로 돌려놓는 과정이다. 삶의 리듬이 회복되면 삶은 그만큼 여유롭고 행복해진다. 걷는 사람이 바늘이고, 걸어가는 길이 실이라면, 걷는 일은 찢어진 곳을 꿰매는 바느질이다.(『걷기의 인문학』, 리베카 솔닛)

걷는다는 것은 살아 있음의 박동이다. 두둥, 두 발이 지구북을 두드린다. 심장이 뛴다. 살아 있다. 걸어야겠다.

차례

1부

길 속의 길

걸으면 보이는 인문풍경

1장

위대한 '한 걸음'과 걸음마의 비밀

노모의 유모차

시골에 계시는 노모의 무릎 관절이 계속 안 좋아지는가 보다. 얼마 전 전화에서는 그 심각성이 와락 다가왔다. 전화기 저편에서 노모의 아픔과 한숨이 교차하고 있었다.

"인자 걸음도 못 걷겠네. 무릎 연골이 다 닳았다 카네. 유모차도 소용없어. 쪼매마 걸어도 무릎뼈가 저거끼리 슥슥 부딪혀 아프니…. 여태껏 마이 써먹었지 뭐…. 약도 없다고 하고 죽어야 낫는 병이라…."

노모의 나이 올해 구십다섯. 오래도록 건강하게 잘 버티셨다. 팔순 고개 오르며 지팡이를 짚으셨고, 계속 허리가 굽으시더니 유모차(보행보조기)를 끌기 시작했다. 증손자가 타던 유모차다. 조금 불편해도 증손자 녀석들 똥 냄새, 젖 냄새, 땀 냄새가 배어 있어 정이 간다고 했다. 짐도 싣고 지팡이 역할도 하니 유모차가 효자라면서.

유모차를 끌 때만 해도 어머니의 일상은 평온하게 돌아갔다. 유모차를 끌고 사부작사부작 마을회관에 다니시고 집 주변 텃

밭에서 가지나 고추도 따셨다. 연예인 송해가 사회자로 나오는 〈KBS 전국노래자랑〉이 방송되면, "저 송해가 내랑 갑장이다. 저 영감은 뭘 먹었길래 저리 팔팔하꼬?"라며 농담까지 던지셨다.

그러던 어머니가 무릎이 아파 더 이상 걸을 수 없는 처지가 돼 버렸다. 어머니의 무릎 상태는 의학용어로 무릎연골연화증. 무릎 뼈의 관절 연골(물렁뼈)이 닳아서 생기는 병증이다. 인터넷 지식백과에 보니, 가장 흔한 증상은 무릎 앞쪽이 뻐근하게 아픈 것이다. 무릎을 꿇거나 쪼그리고 앉으면 통증이 가중된다. 계단을 오르내릴 때나 체중이 실리는 활동을 하면 통증이 더 심해진다. 무릎 운동 시 관절에서 사각거리는 소리가 나고, 때론 무릎이 붓기도 한다. 이게 심해지면 걷기가 불가능해진다.

'걷기 힘들다'는 어머니에게 내가 해드린 말은 "무릎 달래가며 조금만 걸으소~"였다. 아무런 도움이 되지 않는 말이었다. 어머니에게 곧 걸을 수 없는 사태가 닥칠 것이란 불길한 예감이 들었다.

마음대로 걸을 수 없게 되면서 어머니는 날로 무기력해졌다. 유일한 안방 친구 TV를 보면서도 문밖의 유모차를 물끄러미 바라보았다. 보되 가지 못하고, 가되 닿지 못하는 답답함과 낭패감을 누가 알까. TV에 송해가 나와도 웃지 않았다.

그러던 어느 날 시골집에 외조카가 갓난 아기(증손녀)를 업고 노모를 뵈러 찾아왔다. 아이는 갓 걸음마를 배우는 중이었다. 뒤뚱거리며 걷는 아이를 보며 시골집에 모처럼 웃음꽃이 피어났다. 아장아장 걷는 아이를 기꺼워하며 어머니가 말했다. "내 대신 니가 걷는구나, 아이고 우리 아가 장하대이!"

아기의 첫걸음마

아기 키우는 재미 중 으뜸은 아기가 처음으로 '입을 열었을 때'와 일어서서 '첫걸음을 뗐을 때'라고 한다. 아이들의 걸음마는 첫걸음의 첫걸음이다. 신선하고 경이롭다. 국가, 지역, 인종에 관계없이 똑같다.

한 생명이 태어나 약 6개월이 지나면 옹알이를 시작한다. '마~' '바~' 하며 옹알거리는 소리는, 태초에 인류가 태어나 세상과 나누는 밀어다. 옹알이를 시작하며 아이는 눈을 맞추고, 누운 자세가 지겨울세라 몸을 비튼다. 몸부림은 뒤집기로 이어지고 기는 동작으로 발전한다. 그러다 어느 순간, 척추를 세워 앉고 가까스로 일어서서 발만발만* 앞으로 나아간다.

아이 귀한 시대, 집안 처조카가 낳은 아기를 통해 아기의 걸음마 과정을 유심히 살필 기회가 있었다. 토실토실 살찐 장딴지에 힘이 들어가 바르르 떨리는가 싶더니 걸음마 보조기를 붙잡고 발걸음을 떼는 모습은 경이로웠다.

이즈음의 아기는 머리털에서 발끝까지 전부 이쁘다. 아기는 하루하루가 다르게 무럭무럭 성장했다. 초등학교 교사인 처조카의 설명에 따르면, 갓난아기의 걸음마에서 걷기까지는 대략 여섯 단계를 거친다. 그 순서는 혼자 앉기 → 기기(배밀이, 사족 보행) → (소

---

* 발길이 가는 대로 한 걸음씩 천천히 걸어가는 발걸음.

파 등을) 잡고 서기 → 잡고 서서 옆으로 걷기 → 기구를 이용해 앞으로 걷기 → 혼자 걷기 순이다.

뭔가를 잡고 발을 떼려는 본격적인 걸음마 단계에 들어가면, 걸음마 보조기가 활용된다. 이때 점퍼루, 어라운드 위고 같은 기구가 쓰인다. 점퍼루는 아기가 발을 굴러 뛰면 통통 튀어 오르는 그네 같은 기구로, 아기의 허리 힘과 다리 힘을 키워준다. 어라운드 위고는 제자리에서 빙글빙글 도는 놀이 테이블이다.

그다음은 걸음마 보조기 활용 단계다. 이때 아이는 새 세상을 만난 듯 많이 나부댄다. 앞으로 밀고 가는 보조기는 보통 바퀴 마찰력을 조절할 수 있어서 앞으로 쉽게 넘어지진 않는다. 보통 처음에는 아가들이 몸이 앞으로 기울어진 상태로 기구를 밀면서 걷고, 바닥에 발바닥이 닿는 느낌이 낯설어 발뒤꿈치를 들고 발레하듯이 걷는 경우가 많다. 그러다 점차 자세를 곧게 세우고 발바닥을 온전히 바닥에 붙이면 이족 보행 준비가 된 것이다. 일어서다 넘어지기를 반복하는 어느 순간, 아기가 멈칫 서고 휘청거리다 첫 발걸음을 뗀다. 아이는 걷다가 넘어지는 것을 두려워하

순서대로 점퍼루, 어라운드 위고, 보행 보조기(사진 제공: 초등교사 김고은 씨)

지 않는다.

행동심리학에서는 걸음마를 뇌와 신체의 종합적인 발달이 이뤄낸 결과로 본다. 걸음마와 함께 신체 변화가 시작되고 뇌가 발달한다. 신체에서 가장 큰 근육은 허벅지의 대퇴근이다. 이 부분은 뇌관과 연결되어 있어 대뇌를 활성화하는 역할을 한다. 걸음을 시작할 때 근육에서 나오는 신호가 뇌에 전달되어 뇌간이 자극되고 각성 작용이 일어나면서 뇌를 발달시킨다는 것이다.

아기의 내장기관도 이즈음 설정되어 정상 기능을 하게 된다. 아기가 누워 있거나 기어다닐 때와 달리, 걸음마를 시작하면 중력의 영향을 받아서 내장기관들이 제 위치를 찾는다. 아직 말은 못한다 해도, 무의식 속에서 인지·인식기능도 생긴다. 걸음마가 가져다주는 놀라운 변화다.

걸음마 단계를 지나면 아기는 새로운 세상으로 진입한다. 두 발로 움직이면 두 손을 마음껏 사용할 수 있으므로 하고 싶은 일이 많아진다. 이동 능력이 커지면 행동반경이 더욱 넓어진다. 걸음마가 원활해지면 아이는 손에 닿는 모든 것을 탐색하고 놀이 대상으로 여긴다. 닥치는 대로 만지고 던지기도 한다. 이때 아기는 호기심과 자발성을 기르고 신체적으로 부쩍 성숙한다.

직립보행의 의미

걸음마를 뗀 아이는 이제부터 걷는 존재가 된다. 직립(直立)! 똑바로 선다는 것은 세상을 바로 본다는 의미요, 세상을 읽는다는 뜻이다. 걷는 것은 자기 눈으로 세상을 읽고 쓴다는 의미다.

읽고 쓰기, 학습하는 인간은 걸음으로써 비로소 목표에 한걸음 다가간다.

방에서 걸음마를 익힌 아기는 곧 바깥나들이를 준비한다. 걸음마를 뗀 아이에게 주는 생애 최초의 선물은 신발이다. 아기용 신발은 흔히 보행기화로 불리는 양말신발이 있다. 아기 신발도 아기만큼 이쁘다. 신발은 보통 할아버지나 할머니, 친지들이 선물한다.

새 신을 신고 처음으로 땅을 밟는 아이의 표정은 천진무구 그자체다. '새 신을 신고 뛰어보자 팔짝, 머리가 하늘까지 닿겠네' 하는 동요 속의 달뜬 기분이랄까. 세상으로 나아가는 첫 걸음이니, 어찌 설레고 벅차지 않을쏜가. 신발을 신기면 아기는 금방이라도 튀어나갈 듯 나부댄다. 세상이 아무리 힘들고 험하다 해도 아기에겐 모든 게 새로운 도전이다.

한 번 걷기 시작하면 걷기는 곧장 일상이 된다. 걷기는 숨쉬기와 마찬가지로 본능적 생명 현상이다. 이 걷기에 얼마나 많은 사람들이 매달렸던가? 삶의 진리와 지혜를 찾아 석가, 예수, 공자, 마호메트, 소크라테스가 도(道)를 갈구하며 길을 걸었다. 동서양의 사상가, 정치가, 철학자, 작가 아니 인류 전체가 길에 매달려 길을 찾았다. 쉼 없이, 한량없이 걷다가 걷지 못할 순간에 찾아오는 것이 죽음이다. 슬프지만 어쩔 수 없다. 직립의 최후는 무립(無立), 무위(無爲)지만 그것이 세상의 순환이라는 것을 알게 되면 담담하게 받아들일 수 있다.

야외 나들이 땐 유모차가 빠지지 않는다. 신생아부터 서너 살아기까지 유모차를 탄다. 유모차는 아기에겐 세상 구경하는 무개차이고 어른들에겐 아이의 짐을 드는 편리한 수레다. 요즘은 휴대용 유모차가 인기다.

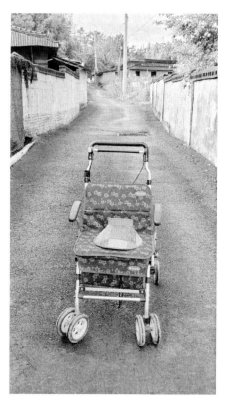
시골 할머니가 끌던 유모차.

유모차의 쓰임새는 세대를 초월한다. 아이가 탔던 유모차를 나이 든 할머니들이 끌고 다닌다. 유모차의 반전이라고 할까. 유모차라도 끌 수 있으면 다행이다. 시골의 노모처럼, 관절이 다 닳아 걸을 수 없게 되면 유모차도 그림의 떡이다. 물끄러미 바라만 봐야 하는 세상이 야속하지만, 노모는 그마저 운명으로 받아들인다. 걷지 못하는 노모를 유모차에 태워 꽃구경 시켜주고 싶다. 아직 걸을 수 있음에 무한히 감사하면서.

2장

'길'에 대한 상상과 몽상

'한 글자'와 길

세상에는 길이 참 많다. 길의 종류도 많고 이름도 다양하고 쓰임새도 다채롭다. 하지만 '길에 돌도 연분이 있어야 찬다'는 속담처럼 사람이 가는 길은 선택적이다. 길을 잘 찾으면 생이 펴지고, 길을 잘못 들면 인생 망하는 수가 있다.

길―. 우선 어감이 좋다. 입에 착 감긴다. 어디라도 떠나고 싶어진다. '떠난다'는 말만으로도 기분이 설레고 여심(旅心)이 꿈틀거린다. 떠난다는 것, 떠날 수 있다는 것은 행복을 얻는 첫걸음이다. 길이 한자로는 '도(道)'일 텐데, '도'라고 해서는 도무지 감이 잡히지 않는다. 오히려 머리에 먹물이 든 듯 산란해진다. 도를 닦지 않아서인가?

우리말의 특징 중 하나는 한 글자가 많다는 것이다. 길이 그렇고 밥과 말이 그렇다. 그뿐인가. 땅. 흙, 산, 들, 집, 방, 새, 옷, 손, 꿈, 별, 꽃, 물, 불, 눈, 봄, 나, 힘, 돌, 돛, 값, 딸, 비, 씨, 첫, 곳, 끝, 그리고 술…. 따로 사전을 하나 만들어야 할 정도로 한 글자가 많다.

인간의 맨 처음 언어는 의식주에 있어 가장 필요한 것, 가까운 것, 중요한 것에 단음절의 이름을 붙이기 시작했을 것이다. 그러다 한 글자가 동난 후에 두 글자, 그다음에 세 글자의 말이 만들어졌을 것이다. 말과 말이 소통하고 연결되려면 길이 필요했을 터. 길을 두고 뫼로 갈 순 없으니, 길은 매우 유용하고 절실한 단어로 대접받았으리라.

카피라이터 정철은 『한 글자』(허밍버드, 2018)라는 책에서 길을 이렇게 풀었다. '길=시선이 땅을 향하고 있으면 날개가 있어도 날아오르지 못한다. 길은 바라보는 쪽으로 열린다.' 재기 넘치는 길 스토리텔링이다.

길의 다양한 쓰임새

길의 뜻과 쓰임새는 정말 다양하다. 굳이 구분하자면 크게 3가지 의미로 나눌 수 있다. 하나는 교통수단이자 연결통로로, 다른 하나는 방법이나 선택, 또 하나는 행위의 규범 정도다. 국어사전에는 뜻과 쓰임새를 대략 10가지로 정리해 놓았다.

먼저, 길은 사람이나 동물 또는 자동차, 배나 비행기가 다니는 일정 너비의 공간을 뜻한다. 가장 보편적으로 쓰이는 의미다. 한 발 더 나아가면, 걷거나 탈것을 타고 어느 곳으로 가는 노정(고향 가는 길), 시간의 흐름에 따라 사회적·역사적 흐름이 전개되는 과정이 길이다.

그뿐만이 아니다. 삶의 방향, 지침, 목적이나 전문분야를 일컫기도 하고(배움의 길/승리의 길), 어떤 자격이나 신분으로서 주어진

도리나 임무를 말하기도 한다(스승의 길/어머니의 길). 또 방법이나 수단(지혜를 찾는 길/먹고살 길), 어떤 행동이 끝나자마자 즉시(~그 길로), 어떠한 일을 하는 도중이나 기회(출장 가는 길에)를 말하기도 한다. 일부 명사 뒤에 붙어 '과정', '중간'의 의미(산책길/시장길)로 쓰이기도 한다. 길의 변용과 확장이 끝이 없다. 끝이 없으니 길인가 싶다.

보월(步月), 보허(步虛), 우보(禹步), 우보(牛步)

모름지기 달은, 그림으로 보는 게 마뜩하다. 그림 중에서도 수묵화가 좋겠다. 은은하고 그윽하며, 무심한 듯 유심하고, 고운 듯 다사롭고, 서러운 듯 포근한 우주의 빛.

우람한 소나무 숲길에 달빛을 받으며 누군가 걷고 있다. 옛 시인들은 달밤의 이 정경을 '보월(步月)'이라 표현했다. 달밤에 거닐다! 보월이란 말 자체도 낭만적이거니와, 그윽한 달빛을 휘저으며 유유자적 걷는 모습은 운치 만점이다.

옛 그림 중에 「송하보월도(松下步月圖)」란 게 있다. 조선 전기의 화가 이상좌가 그린 것으로 전해지는 족자로 된 산수화다. 수묵 담채화로서 달밤에 동자를 데리고 산책하는 선비의 모습을 담고 있다.

벼랑 위에 자란 멋들어진 낙락장송 아래 도포 입은 선비가 동자와 함께 거닐고 있다. 건듯 분 바람에 솔가지가 흔들리고 선비의 수염과 옷자락이 휘날린다. 하늘에서 그윽하게 내려다보는 달님. 그 속을 걷는 이는 달빛이요 솔향이다.

'보월'은 중국에서도 좋은 그림 소재였다. 청대의 화가 동방달의 「한림보월(寒林步月)」, 오곡상의 「중정보월(中庭步月)」, 근대 중국화가 오금목의 「중정보월(中庭步月)」 등이 달을 벗하며 거닌 자취다.

미국의 명가수 마이클 잭슨이 〈빌리 진(Billie Jean)〉을 부르며 현란하게 춘 '문워크(Moonwalk)'는 '무대 위의 보월'이라 할 수 있다. 문워크는 달을 걷듯이 추는 춤이다. 댄서가 앞으로 스텝을 딛는 것같이 보이지만, 실제로는 뒤로 움직이는 댄스 기법인데, 마치 사람이 컨베이어 벨트 위에서 걷는 것 같은 착각을 준다. 한때 세계를 뒤흔든 문워크가 동양의 전통 보월과 다르지 않은 것은 동서양 문화의 신비한 상합(相合)이다.

집을 이고 걸었다/무거워도 무거울 수 없는 집/번지는 있어도 부유하는 길/하현을 걸었다/경사가 심해 자꾸 미끄러졌다/외등 밝힌 집의 궤도를 돌았다/그믐 전날엔 달 작두를 걸었다…(윤병무 시 「보월(步月)」 중)

고래로 달은 풍류가객들의 친근한 동무였고, 시인 묵객들의 영원한 소재였다. 당대 시인 이백은 달을 자유자재로 가지고 논 시인이다. 그의 시에는 보월은 물론, 애월(愛月), 망월(望月), 승월(乘月), 취월(醉月, 翠月), 남월(擥月, 달을 쥐다), 여월(艅月, 달빛 아래 배를 탐), 향월(向月), 완월(玩月, 달을 감상함), 농월(弄月, 달을 희롱함) 등이 심심치 않게 등장한다.

고대 중국에서 걷기에 대한 상상은 기발하고 신선했다. 도교에서는 신선이 허공을 걷는다고 생각하고 그런 환상적인 경지를 '보허(步虛)'라고 일컬었다. 이는 당나라 이후 중국과 한국의 문학과 음악에 영향을 끼쳤다. 요즘에도 '보허'는 일상적인 것에서 벗어나 자연과 함께하는 삶, 무한한 자유를 뜻하는 말로 쓰인다.

'우보(禹步)'는 도교의 보행법이다. 옛날 우(禹) 임금이 황하의 홍수를 다스릴 때 과로해서 비틀비틀 걸었다는 데서 유래된 특수한 걸음걸이다. 도교의 수행자들은 주로 심산유곡에 은둔하기 때문에 특수한 보행법으로 악귀를 쫓고 사기(邪氣)를 물리치곤 했다. 우보를 통해 도교 수행자들은 그들이 꿈꾸는 신비한 세계에 들 수 있다고 믿었다. 중국의 신선방약과 불로장수의 비법을 서술한 도교 서적 『포박자(抱朴子)』에는 우보법이 자세히 소개돼 있다. 먼저 오른발을 앞으로 내딛고, 다음에 왼발을 앞으로 내디딘 후 다시 오른발을 앞으로 내딛고 왼발을 오른발과 나란히 한다. 이 동작을 거듭하다 제3보부터는 왼발을 먼저 앞으로 내딛는다. 일본에서는 이를 반폐(反閉)라고 부른다.

한자를 달리 써 '우보(牛步)'라 하면 소걸음이 된다. 한국 농경 사회에서 소는 집안 최고의 일꾼이자 재산목록 1호로서 자식 대학 보내는 밑천이다. 소가 느리다고 타박할 것은 아니다. 성장과 발전을 최우선시하던 시대에 소걸음은 비난과 조롱의 의미였던 것도 사실이다. 소처럼 일하면서도 더 빨리 서두르지 않는다고 타박을 당했다. '빨리빨리 문화'로 얻은 것도 있지만, 느림의 가치, 성찰의 기회를 뺏긴 것도 사실이다.

‘우보천리(牛步千里)’라 했다. 우직한 소처럼 천천히 걸어서 천리를 간다는 말이다. 느리게 가더라도 할 것 하면 되는 것이다. 호시우보(虎視牛步)라는 말도 뜨끔하다. 범처럼 노려보고 소처럼 걷는다! 예리한 통찰력으로 꿰뚫어 보며 성실하고 신중하게 행동한다는 뜻이다.

문명교류학의 권위자 정수일(단국대 교수)은 오로지 ‘소걸음’의 자세로 옥중에서 자신의 학문의 꽃을 피운 학자다. ‘무하마드 깐수’로 알려졌던 정수일은 1996년 국가보안법 위반 혐의로 구속돼 5년간 복역하고 출소했다. 그의 옥중편지 모음집 『소걸음으로 천리를 가다』(창비)는 제목이 말하듯 ‘우보천리’의 자세로 난관을 극복한 경험담을 담고 있다. 그는 특히 옥중에서 아내와 쉼없이 서신을 주고받으며, 원고지 2만 5,000장이나 되는 연구물을 생산, 출옥 후 『실크로드학』, 『문명교류사 연구』, 『혜초의 왕오천축국전』 등을 잇달아 펴내 학계를 놀라게 했다. 그의 책에 이런 말이 있다. "배움이란 하나의 옥돌이 다듬어져 값진 그릇이 되는 과정과 같다." 소걸음으로 정진하지 않으면 만들 수 없는 것이 학문의 그릇이다.

소에게서 삶의 지혜를 얻으라는 의미겠다. 그러고 보니 소 우(牛) 자는 날 생(生) 자와 ‘한 일(一)’ 한 획 차이다. 生이란 한자가 牛 자 밑에 한 일(‘一’)이 더해져 있다. 소가 외나무다리를 건너가는 형국일까. 네 다리의 짐승이 외나무다리를 건너는 것은 생각만 해도 아찔하다. 우리네 生이 그리 만만치 않다는 것을 암시한다. 소걸음의 의미가 새삼 묵직하게 다가온다.

둘이 걸을 땐 '동행'이지만 세 사람이 함께 가는 길에는 반드시 스승이 나타나기 마련이란 옛말(삼인행 필유아사, 三人行 必有我師)도 새겨두자.

3장

한국 문화 속에 녹아든 길

길의 어원과 역사

'길'이란 말은 언제부터 쓰였을까?

태초에 길이 있어 사람이 걸었고, 문명이 만들어졌을 것이다. 한민족의 시원을 더듬게 되면, 이곳저곳을 오가며 '길'이라 일컫던 단군의 선조를 만나게 된다. '길'이 원초적 어휘이며, 인류의 생존사·문명사와 깊이 연관돼 있음을 알 수 있다.

'길'의 어원을 밝힌 직접적인 연구는 잘 보이지 않는다. 길이 원초적 어휘로서, 원시인들의 동굴 또는 움집 생활과 연관이 있을 것으로 본 건 그럴듯한 추론이다. 의식주를 해결하려면 바깥으로 사냥을 나가고 물을 길어 와야 했을 것이다. 그러면 움집과 물이 있는 시내나 우물까지 길이 났을 테고, 발자취가 잦아지면서 자연스럽게 생활의 통로가 생기게 된다. 원시인들이 바깥 활동을 하고 돌아오는 곳은 굴이나 동굴일 터. 그것을 말로 표현하니 '골(谷, 洞)', '굴(穴居)', '길(徑·路)'이 되었다는 분석*이 꽤 설득

---

* 『한국민족문화대백과사전』(한국학중앙연구원) 개념용어 '길' 항목.

력을 얻는다. 골·굴·길의 어원은 '굴'이며 모두 생존환경을 뜻한다. 이렇게 볼 때, 우리말 '길'은 선사 이전부터 있어 온 말이라고 봐야 할 것 같다.

국어학자였던 서정범(전 경희대 교수)은 길의 어원을 '딜'에서 찾았다. '딜(질)'은 흙을 뜻하는 말로서, 지금도 흙으로 만든 그릇을 '질그릇'이라 한다. 질그릇은 옛날 딜그릇에서 비롯되었다는 것이다. 하지만 '딜(土)→길' 어원설은 폭넓은 지지를 얻진 못했다.

길의 한자어도 음미해볼 만하다. 길 '로(路)'는 '足'(발 족)+'各'(제각기 각)의 합자로서, 동물이나 사람이 제각기 발로 밟고 다녀서 굳어진 곳(길)을 뜻한다. 거리를 뜻하는 '가(街)'는 '行'(거닐 행)+'圭'(자주 밟는 발자국의 상형)이 합쳐진 단어다. 길(路)이나 거리(街)가 발(足: 밟다)에서 비롯됐음을 알 수 있다. 도(道)는 사람(首)이 걸어가는 모습이다.

길을 뜻하는 영어는 path, way, road, route, track이 있고, 거리(도로)는 street, road, avenue, boulevard 등이 있다. 동·서양을 막론하고 길과 거리의 의미가 다채롭다는 것을 알 수 있다.

향가에 나타난 길

'길'이란 단어가 문헌에 처음 나타난 건 신라의 향가에서다. 당시에는 나랏말이 없어 한자를 빌려서 그 음이나 새김으로 우리말을 표현했다. 그게 향찰이다. 진평왕 때 융천사가 지은 〈혜성가(彗星歌)〉와 효소왕 때 득오가 지은 〈모죽지랑가(慕竹旨郎歌)〉에는 각각 '道尸(도시)'라는 단어가 나오는데 향가 연구가들은 예외 없이 이것을 '길'이라 해독한다. 향가에는 이 밖에도 길을 뜻하는 말로 '로(路)' 또는 '도(道)'도 보인다. 이걸 보면, 길이란 말은 한자가 들어오기 이전부터 썼다고 봐야 한다.

한글 창제 전인 고려시대에는 '길'을 '기림(欺臨)'으로 적었다는 기록(계림유사)이 전한다. '기림'은 '길님'의 연철로 봐야 할 것이다. '길'은 '道'요, '님'은 '가다(行)'의 옛말인 '니다'의 명사형이 분명하다.*

우리 문헌에는 길이 도로(道路) 또는 도(道)나 로(路), 도(途), 가(街), 경(經), 진(畛), 정(程) 따위의 한자어로 나타난다. 쓰임새는 약간씩 다르지만, 공통으로 사람과 물자의 이동 통로라는 의미다. 『주례』에 따르면 경(經)은 우마가 다닐 수 있는 오솔길, 진(畛)은 큰 수레(大車)가 다닐 수 있는 소로, 도(途)는 승차 한 대가 지나가는 길이다. 도(道)는 승차 두 대, 로(路)는 승차 세 대가 나란히 갈 수 있는 넓은 길을 뜻한다.

우리말의 '길'이 도로인 것은 맞지만, '길'과 '도로'는 어감이나 관념적으로 미묘한 차이가 있다. 흔히 도로는 물리적, 교통 편의, 효율성과 경제성을 얘기할 때 쓰고, 길은 인문학적·철학적 개념을 갖거나, 사람이 나아갈 방향, 도리, 그리고 생태적·문화적 개념을 말할 때 쓴다. 도로는 주로 신작로 이후의 인공으로 정비된 규격화된 길을 뜻하지만, 길은 물리적 통로는 물론, 방법이나 방안, 이치, 과정을 뜻하기도 한다. 길 속에 도로가 들어가지만, 도

---

* 위의 책.

로에 모든 길이 있는 것은 아니다.

『삼국사기』에 따르면, 신라의 시조 혁거세 거서간 때 이미 경주와 6촌 사이에 육로가 열린 것으로 나온다. 우리 역사상 최초의 영로(고갯길)는 서기 156년(신라 아달라왕 3)에 뚫은 백두대간의 계립영로(鷄立嶺路, 충주 하늘재)이다. 이어 신라는 158년에 소백산을 넘는 죽령을 개척, 중원 진출을 본격화한다. 434년(눌지왕 22)에는 소달구지 사용을 장려한 우거지법(牛車之法)이 시행되고, 487년(소지왕 9)에는 역참제(驛站制)의 바탕인 우역(郵驛)이 설치된다.

고구려와 백제 역시 문물과 문화가 융성했던 만큼 통치와 교류에 필요한 도로가 상당 수준 발달했을 것으로 본다.

고려는 전국적으로 역도를 체계화하였다. 전국 22개의 역도는 대로, 중로, 소로의 3등급으로 가르고, 모두 525개의 역참을 두었다. 고려의 역참제는 조선시대로 고스란히 이어졌다.

조선 초기 훈민정음 창제 당시에는 '길'(긿)이 한글로서 『훈민정음』(1447년)과 같은 시대에 지어진 『용비어천가』에도 등장한다. 향찰로 기록되던 '길'이 마침내 우리말의 길을 찾은 셈이다.

『경국대전』에는 도와 로의 명확한 구분 없이 길의 중요도에 따라 대로, 중로, 소로로 나누어 한양을 중심으로 6대로, 10대로를 열었다. 전국 6대로 중 부산 동래에서 밀양~대구~충주~한양으로 이어진 길은 영남대로라 했다.

영남대로(경상도에선 황산도라 불림)는 관로로서 평시엔 조선통신사와 관원들이 오갔고 임진왜란 때는 왜적의 침공 루트가 되는 등 한민족사의 파노라마 같은 발자취를 남긴 길이다. 몇 년 전 영남대로를 걸으며, 나그네 설움을 옴팡지게 겪었다. 옛 지도에 나타난 길은 철도다, 도로다, 아파트다 개발에 거의 다 파묻혔고, 길의 원형은 박물관에서나 찾아야 할 형편이었다. 길에 흐르던 한민족사 파노라마는 눈물과 울분으로 점철돼 영남대로는 걷고 싶지 않은 길이 되어 있었다.

우리말 속 길의 표정

길은 인간사·세상사의 축도다. 천태만상 길의 표정에 인간사 희노애락·애·오욕이 다 녹아 있다. 세상 모든 일에는 길 아닌 것이 없다. 바로 가도 길이요, 모로 가도 길이다. 가다 막혀도 길이고, 막혀 돌아와도 길이다. 이 길/저 길, 새길/옛길, 샛길/지름길, 외진 길/모퉁이길, 좋은 길/나쁜 길, 떳떳한 길/부끄러운 길, 산길/숲길/마을길/시장길…. 하루 종일 주워섬겨도 길은 끝나지 않는다.

문화비평가 강내희(전 중앙대 교수)는 학계에서 드문 길 연구가다. 그가 한국어로 된 길 이름, 예컨대 갓길, 곁길, 곧은길, 골목길 식으로 목록을 조사했더니 길 관련 보통명사가 무려 281개 나왔다. 이 중 한자로 된 길 이름이 80여 개, 순수 한글 이름이 140개였다. 한글 길 이름 가운데는 생활 현장에 밀착된 것들이 많았다. 한글 길 이름이 많다는 것은 한국인이 살아오면서 길에서 일어나는 일, 길과의 교섭, 사연이 많았다는 뜻이다. 보통명사가 이 정도일진대, 지명이나 브랜드가 들어간 고유명사까지 더하면 그

숫자는 셀 수 없을 정도로 많아진다.

한국어에서 길은 합성능력 또는 조어능력이 뛰어나다. 산책길, 사냥길, 흙탕길, 십리길 식으로 이름을 만들어가자면 끝이 없을 것이다. 길은 시간, 장소, 가치, 재료, 활동, 지향, 행동, 매체 등에 따라 수많은 단어와 결합해 합성어를 만들어낼 수 있다.[*]

길은 곧 삶이다. 삶은 대부분 걷기로 직조된다. 마음을 종잡을 수 없고 다잡기 어려울 때는 걷는다. 걷기는 때때로 지친 삶의 묘약이면서, 얽히고설킨 세상사의 문제를 풀어주는 해결사다. 걷다 보면 세상 잡사가 잘게 부서져 가루가 되어 바람에 날려가는 느낌에 휩싸이곤 한다. 우리 선조들, 어머니 아버지들은 그렇게 살아왔다.

길이 삶일진대, 어찌 우리 문화와 생활 태도가 녹아들지 않겠는가. 길에 스며든 아름다운 순우리말들은 그 자체로 한민족사의 내밀한 표정이요 스토리다. 길 말, 길 연관어들을 불러내 본다.

길라잡이

첫 주자는 '길잡이/길라잡이'다. 길 관련 단어를 안내하는 적절한 말일 것 같아서다. 길잡이는 '길라잡이'에서 유래했을 것으로 본다. 길라잡이는 '길을 인도하는 사람 또는 사물', 일명 길잡이다. '국립국어원 누리집'에는 '길라잡이'의 어원을 두 가지로 소개한다. 첫째는 '길나장이'의 변형으로 보는 것이다. '길나장이'는

---

[*] 강내희, 『길의 역사—직립 존재의 발자취』, 문화과학사, 2016.

옛날에 수령이 외출할 때에 길을 인도하던 사령. 갓을 쓰고 짙은 옥색 철릭을 입되, 두 앞자락을 뒤로 걸쳐 매고 거기에 큰 방울을 하나나 둘, 셋을 달고 다녔다. 둘째는 '길나장이'와 '길앞잡이'(또는 길잡이)가 뒤섞여서 이루어진 말로 보는 것이다. 정리하면, 길라잡이의 '길라'는 '길나장이'에서, '잡이'는 '길앞잡이'에서 온 것으로 볼 수 있다.

'길나장'은 '길+나장(羅將)'으로 같은 길잡이지만, 수령의 길을 인도하던 사령을 말한다. 요즘은 이런 제도가 사라져 '길나장'은 이러한 뜻이 없어졌고, '볼일도 없이 돌아다니는 사람의 별명'으로 쓰인다.

경상도 방언으로 잠자리를 뜻하는 질라래비는 '길라아비'에서 유래했을 것으로 본다. 길라아비는 길라잡이가 변한 것이겠다. 사전에 나오는 '질라래비훨훨'은 어린아이에게 새가 훨훨 날 듯이 팔을 흔들라는 뜻으로 하는 말이다. 아이가 날갯짓하듯 팔을 흔드는 것은 성큼성큼 걷고 싶다는 뜻이겠다. 그려 질라래비훨훨~ 우리말의 운율과 운치가 맛깔나기 그지없다.

'길라잡이'의 '길'은 물리적·실체적 길의 의미를 넘어, 인간의 도리, 방법과 수단, 분야나 방면, 역사나 이력, 목표나 방향 따위의 여러 가지 주변 의미로 확장된다. 길라잡이는 이 모든 것을 이끌고 선도하는 곳에 자리한다.[*]

일상생활에서도 길잡이는 요긴한 단어로 쓰인다. 바다의 길잡

---

[*] 박남일, 『좋은 문장을 쓰기 위한 우리 말 풀이사전』, 서해문집, 2004.

이(등대), 길잡이 별(북극성), 삶의 길잡이(스승), 그리고 문제 해결의 길잡이(전과류) 등이 그것이다.

길라잡이/길잡이는 한글보다 외국어인 가이드(guide)란 말로 더 잘 통한다. 가이드는 관광 따위를 안내하는 사람 또는 여행이나 관광 안내를 위한 책자를 말한다. 가이드에 일정 선을 그으면 가이드라인이 된다. 어떤 일이나 정책, 언론 보도에 대한 기준이 되는 지침이 가이드라인인데, 뭔가에 묶이는 것 같아 썩 마뜩잖은 단어다. 가급적이면 가이드는 안내자, 안내원, 길잡이로, 가이드라인은 지침, 방침으로 바꿔 쓰는 게 좋겠다. 길을 두고 뫼로 갈 필요가 없다.

우리 민속에선 '길잡이'가 공연의 분위기 메이커다. 북청사자놀음에서 길잡이는 각 집을 돌면서 놀아줄 때 선두에서 길을 안내하는 인물을 일컫는다. 이때 길잡이는 길잡이 탈을 쓰고 흰 바지저고리에 검은색 옷차림으로 손에는 긴 막대를 든다. 북청사자놀음의 길잡이 탈은 평범한 마을 주민이 쓴다. 흰색 얼굴 바탕에 검은색 긴 눈썹을 붙이고 코나 입을 자연스럽게 뚫어놓았다. 한마디로 우스꽝스러운 느낌. 마을의 공터에서 야외 공연을 할 때는 길잡이가 동네 사람들을 헤치고 들어와서 가장자리로 빙빙 돌며 장내를 정리하는 역할도 한다.[*] 길잡이 없는 공연은 생각하기 어렵다.

비슷한 말이지만, 길잡이와 앞잡이는 가려 써야 한다. 길잡이

---

[*] 전경욱, 『한국전통연희사전』, 민속원, 2014.

는 흔히 긍정적으로 쓰이나 앞잡이는 부정적 의미로 쓰일 때가 많다. 이를테면 정의의 길잡이, 불의의 앞잡이라고 해야 할까? 길잡이라고 해야 할 곳에 앞잡이라고 써버리면 문장이 배배 꼬인다.

김훈 작가의 장편소설 『남한산성』에는 흥미로운 인간 군상들이 등장한다. 각자 다른 이유로 나라를 위하고 자신을 위하며 나아가는 모습들은 의도치 않게 우리를 돌아보게 만든다. 소설에선 역사상의 중요한 인물이 아님에도 의미있게, 또 입체적으로 다가오는 인물이 적지 않다. 관노 출신으로 청나라에 끌려가 청조 통역으로 위세를 떨친 정명수라는 인물도 그중 하나다. 정명수는 본래 조선 사람으로, 조선 입장에선 나라를 배신한 것도 모자라 적군의 '길잡이'이자 위세 좋은 '앞잡이' 역할을 한다. 길잡이와 앞잡이 사이에서 그는 깊은 고뇌 없이 행동한다. 관노였던 그에게 조국(조선)은 무엇이었던가. 정명수가 앞장서 안내한 길은 조국에 대한 배신의 길이요, 한 인간이 자기 영달을 위해 어떠한 극단적 선택도 한다는 것을 사실적으로 보여준다.

그렇다고, 길잡이나 앞잡이가 민족의식을 가져야 한다고 강변할 수는 없다. 역사에서 길잡이가 잘못된 길의 앞잡이가 된 사례는 적지 않다. 이렇든 저렇든 모두 삶의 길에서 만나는 모습들이다. 무정한 길은 길잡이와 앞잡이를 적절히 섞어 그 속을 걷는 사람들을 웃게도, 울게도 만든다.

길품

'길품'은 '남이 갈 길을 대신 가고 삯을 받는 일'(표준국어대사전)을 말한다. '길품'은 도로와 관련된 우리말 중에서 한국 문화가 직접 반영돼 있는 말이다. 춘향의 편지를 갖고 한양의 이 도령을 찾아가던 방자가 말하자면 길품을 판 사람이다.

하지만 길품은 '아무 보람도 없이 헛길만 가다'는 뜻으로도 사용된다. 이때는 '길품을 들인다', '길품을 판다'라고 하는데, 이는 어떤 목적지를 향해 일부러 노력을 들여 가는 경우를 뜻한다. 길품이 종종 헛걸음이 될 수도 있음이다. 나그네의 하릴없는 설움이다.

길품을 팔다 보면, 때로는 목적지까지 바로 가는 길을 만나지만, 경우에 따라선 빙 둘러 가기도 한다. 이때 가장 가까운 방향으로 질러가는 길이 '지름길'이고, 빙 둘러 가는 길이 '에움길'이다. 에움은 '둘레를 빙 둘러싸다'의 뜻인 동사 '에우다'에서 나왔으며, 같은 말이 '두름길'이다. 삶은 지름길과 에움길을 넘나드는 과정의 연속이다. 길품을 팔지 않으면 닿지 못하는 것이 인생행로다.

길품의 사촌쯤 되는 말 중에 '발품'과 '손품'이 있다. 발품은 '걸어 다니는 수고'를 말한다. 뭐든 발품을 팔면 판 만큼 좋아진다는 게 세상사 이치다. 몸을 아끼지 않고 부지런히 움직이면 뭐가 남아도 남는다는 얘기다. 북한의 평북 지방에서 쓰는 '발품'은 '두 사람 이상이 한 이불을 덮고 누울 때, 두 패로 갈려 머리를 반대 방향에 두고 다리를 사이사이에 엇갈리게 끼어 놓아 서로

상대방의 발을 품듯 하는 자세'를 뜻한다고 한다. 오호라, 맞부딪히는 발품이 정겹다. '발을 품듯' 발로써 정을 쌓는 모습이 삼삼하다.

길품·발품에서 더 나가면 '손품'이 있다. 발품의 오촌쯤 될까. 발품이 '걸어 다니는 수고'이니, 손품은 '손을 써서 문제를 푸는 수고'라 할 수 있다. 사전에도 나온다. 그렇다면, 몸으로 하면 '몸품', 다리를 쓰면 '다리품', 머리를 쓰면 '머리품'이 될까. 너무 나갔다. 그런 말은 거의 쓰지 않는다.

길놀이

놀이판에 '길놀이' 또한 빼놓을 수 없다. 길놀이는 본 놀이에 앞서 연행 장소로 이동하면서 거리에서 펼치는 놀이다. 흔히 가두행렬, 가장행렬, 퍼레이드라 일컫기도 한다.

한국문화에서 길놀이는 연원이 깊다. 고구려 고분의 행렬도에서부터 시작하여 고려시대의 연등회, 팔관회, 나례(儺禮), 어가 행렬, 조선시대의 삼일유가(三日遊街), 동제(洞祭), 가면극의 길놀이, 관원(官員)놀이, 정초의 지신밟기와 사자놀이·거북놀이·소먹이놀이 등에서 길놀이의 모습을 찾을 수 있다.[*]

가면극의 길놀이는 흔히 길굿, 거리굿으로 불린다. 길놀이는 탈춤을 연행하는 장소로 연희자들이 이동하면서 거리에서 갖는 놀이다. 탈꾼 외에도 풍물패나 길군악대들이 풍악을 울리면서

---

* 전경욱, 『한국전통연희사전』, 민속원, 2014.

분위기를 고조시킨다. '길군악'은 임금의 나들이나 군대의 행진 때 연주되던 취타곡으로 조선 중기에 널리 불리던 12가사의 하나이다. 본래 군가였으나 일반 민요가 되었다. 『청구영언』에 '오늘도 하 심심하니/길군악이나 하여 보세'라는 대목이 등장한다.

신통대길 길놀이는 음력 5월 3일 강릉단오제 영신 행차 때 펼치는 지역성 강한 길놀이다. 마을이나 사회단체 단위로 조직된 팀이 정해진 주제에 따라 길놀이를 연출한다.

길놀이는 세계 곳곳의 축제에서도 쉽게 만날 수 있다. 인도와 중국에서는 '행상(行像)'이라 불리는 종교적 길놀이가 있다. 대규모 종교 축제와 결부돼 있다. 고대 그리스의 디오니소스 축제 때 디오니소스의 신상을 수레에 태우고 퍼레이드를 벌였다는 기록이 있다. 현대의 서양에서는 카니발의 퍼레이드가 일종의 길놀이다. 화려한 의상과 가면을 착용하고 신나는 음악과 춤이 펼쳐지면 축제는 달아오른다.

길들임/길듦

길들임과 길듦은 길의 파생개념이다. 길의 익숙함과 습관성이 언어에 녹아들어 길과 무관한 듯 유관한 단어가 되었다. 우리는 의식적이든, 무의식적이든, 의도하든, 의도하지 않든 길들거나 길들여진다. 인간은 태어나자마자 일어서 걷게 되고 걸으면서 세상의 질서를 배워나간다. 그 과정은 길들임과 길듦의 역사다. 스스로 선택하는 것도 있고, 불가피하게 선택되어지는 것도 있다. 길들이기 위해 전쟁도 불사하고, 길들여지지 않기 위해 목숨도

초개같이 내던진다. 삶에 있어 길듦과 길들여짐의 가치가 그만큼 중요한 것이다.

인간은 길듦과 길들여짐의 존재다. 우리는 태어나는 순간부터 자녀를 길들이고 부모에게 길드는 인생을 맞이한다. 인간 주변의 동식물들은 길듦과 길들여짐의 귀결인지 모른다. 불편한 진실만 있는 건 아니다.

'길들이다'의 한자어는 '순치(馴致)'다. 순치는 '짐승을 길들인다'는 뜻과 '목적한 상태로 차차 이르게 한다'는 뜻을 동시에 가진다. 무언가에 '순치된다'는 것은 말을 잘 듣는다는 뜻이요, 세상의 질서에 고분고분해진다는 의미다. 의기를 잃고 무작정 순치되면 정체성이 무너진다. 순치는 거칠게 자란 야생동물을 길들여 함께 지낸다는 뜻도 있지만, 권력이나 자본, 폭력, 억압 같은 것에 길들여진다는 좋지 않은 뜻도 품는다. 자신을 잃고 순치되는 건 좋은 일이 아니다.

비행기를 몰다 사막에 불시착한 생텍쥐페리는 우연히 사막여우를 만나 얘기를 나누며 놀게 된다. 그는 사막여우를 길들이며 얻은 통찰로 세기적 명작 『어린 왕자』를 남겼다. 길들임이 낳은 명작이다.

여우는 말했다. "내 생활은 무척 단조로워. 나는 닭을 쫓고, 사람들은 나를 쫓지. 닭들은 모두 비슷비슷하고 사람들도 크게 다르지 않아. 그래서 나는 늘 지루해. 하지만 네가 나를 '길들인다면' 내 생활은 많이 달라질 거야. 그러면 수많은 발소리 중에 네 발소리를 구별하게 될 거야. 다른 소리는 나를 땅속 깊이 숨게 하지만, 네 발소리는 마치 음악 소리처럼 나를 밖으로 불러낼 거야…. 부탁인데 나를 길들여주겠니?"

여우는 어린왕자에게 인내심을 키울 것을 주문하면서 중요한 말을 한다. "비밀 하나를 알려줄게. 아주 간단한 건데, 마음으로 봐야 잘 보인다는 거야. 정말 중요한 것은 눈에 보이지 않거든."

사막여우는 길들임을 통해 야생이 아름다워지는 순간을 이렇게 일깨운다. '정말 중요한 것은 마음으로 봐야 한다'는 구절은 야생을 길들여 터득한 불멸의 아포리즘이다.

생텍쥐페리는 마주치는 모든 낯선 것들을 길들이려 했다. 그 길들임은 '너를 나에게 맞추는 것'이 아니라, '너와 나 사이의 보이지 않는 끈을 만드는 것'이다. 이때의 길들임은 '깃들임'의 다른 말이다. 인간은 길들임을 통해 서로에게 잊을 수 없는 존재, 외면할 수 없는 존재, 의미가 깊어지고 따스한 존재가 된다.

영국의 인류생물학자 앨리스 로버츠는 『세상을 바꾼 길들임의 역사』(푸른숲)라는 제목의 책에서 인간이 길들임의 주체일 뿐 아니라 객체이며, 나머지 종들을 길들이기 위해 '스스로를 길들였다'는 도발적인 주장을 펼친다.

인류는 스스로의 삶을 개척하면서 동물과 식물도 길들였다. 인간이 길들이고 길든 대표적 동물은 인간의 가장 오래된 친구 '개'다. 약 1만 5,000년 전 일단의 늑대 무리가 인간 곁으로 다가와 사냥에 동참해 쓰러진 먹잇감을 나누어 먹기 시작했다. 늑대와 인간의 동맹은 농경사회가 전개되면서 인간과 늑대의 운명을 바꾸었다. 늑대 개들은 인간의 질서에 편입되어 인간에게서 얻을 수 있는 먹이의 구성을 그들의 입맛에 맞게 바꾸어 나갔다. 정착 생활과 함께 개의 식생활은 육식이 줄고 잡식으로 변할 수밖에 없었다.

인간과 친숙한 소 역시 길들임을 통해 가축화의 길을 걸어왔다. 농경이 시작되고부터 '인간의 협력자'가 된 소는 자신의 모든 것을 아낌없이 인간에게 주고 있다.

한국 농경의 소는 그 의미가 각별하다. 우리 조상들은 소를 단순한 가축의 의미를 넘어 농사를 짓는 데 없어서는 안 될 소중한 '식구'로 여겼다. 소는 논밭을 쟁기질하는 노동력을 제공했고 일상생활의 운송수단이었으며, 급한 일이 생겼을 땐 목돈을 마련할 비상금고 역할도 했다.

소는 최고의 먹거리로서 즐거움도 제공한다. 한국 사람들은 소를 잡아 날로 육회를 쳐서 먹고, 구워 먹고, 삶아 먹고, 볶아 먹고, 고아 먹고, 졸여 먹는다. 소고기 요리법이 30가지가 넘는다. 내장은 물론 머리는 머리대로, 꼬리는 꼬리대로 먹고, 족발, 선지, 뼛속의 등골까지 빼먹는다.

각종 의례에도 소는 신성한 제물(희생)로 사용된다. 정월엔 풍년을 기원하는 소놀음굿을 펼쳤고, 농한기엔 소싸움을 벌여 즐거움을 추구했다. 소가 남긴 뿔로는 각종 화각 공예품을 제작하고 쇠가죽으로는 북과 장구, 소고 등의 악기를 만들었다. "소는 하품 밖에 버릴 게 없다"는 옛말이 실감난다.

소가 길들여져 외양간에 들어가면서 인류문명은 획기적인 전환을 이루었다. 인간은 소에게 무한 고마움을 전해야 마땅하지만 여전히 소를 '소 보듯' 한다.

소를 말하자니, 시골 밭배미의 추억이 새록새록 돋는다. "이랴 ~ 자랴~" 아버지는 뿔이 돋을 시점 어린 송아지의 코뚜레를 꿰 어 논밭으로 데리고 나가 소를 길들였다. 망둥이처럼 뛰던 소가 몇 차례 엉덩이를 두들겨 맞고 뒤뚱뒤뚱 쟁기를 끌고는 길들여 져 돌아오던 저녁 풍경이 눈에 선하다. 이때도 길듦은 좋은 것 인가.

그 밖의 길 관련어들

우리가 걷는 구체적인 길, 도로와 관계가 있는 말로는 길나장, 길군악, 길잡이, 길놀이 외에 길닦음, 길목버선, 길봇짐, 길요강, 길이불, 길제사, 길짐, 길타령, 길호사 같은 말도 있다. 유정천리, 무정만리다.

길닦음은 진도 씻김굿의 한 절차다. 죽은 이가 이승에 맺힌 원 한을 풀고 극락으로 가는 길을 닦아준다는 의미다. 단순히 '새 길을 낸다'는 의미를 넘어선다. 이를 위해 길닦음소리를 하고 길 닦음굿을 연다.

길목버선은 먼 길을 갈 때 신는 허름한 버선이다. 길목버선에 신발이 좋을 리도 없다. 헤진 짚신만 아니어도 나그네는 해동갑 하며 걸을 참이다. 길목버선에 맞서는 말로는 외씨버선이 있다. 외씨버선은 오이씨처럼 볼이 조붓하고 갸름하여 맵시가 있는 버 선. 조지훈의 시 「승무」에도 등장한다. 소백산 자락에는 청송 · 영양 · 봉화 · 영월 4개 군이 함께 만든 '외씨버선길'이 있다.

'길봇짐'은 먼 길을 떠날 때 꾸리는 봇짐이다. 옛날에는 오늘날과 같이 가방을 들고 여행을 떠나는 것이 아니라 책보 같은 것에 짐을 싸가지고 등에 메고 다녔다. 아주 간단하게 꾸린 하나의 봇짐은 흔히 '단봇짐'이라 한다.

'길요강'은 말이나 가마를 타고 여행할 때에 가지고 다니는 놋요강을 말한다. 말하자면 휴대용 요강이다. 크기가 작아 바지 속에 집어넣고 소변을 본다. 사용에 편리하긴 하지만 이동에 불편이 따르는 건 어쩔 수 없다.

'길이불'은 가지고 다니기 편하도록 얇고 가볍게 만든 여행용 이불이다. 오늘날의 슬리핑 백이다. 전천후 여행자들에겐 필요한 물품이다.

'길제사'는 포수가 사냥을 떠날 때에 산신에게 지내는 제사다. 자연을 경외하는 심성에서 발로된 의식이라 하겠다. 초상 때 지내는 노제(路祭)와는 다른 개념이다. 중국의 문헌 『예기』에는 행신(行神)에게 제사 지내는 풍습을 소개하는데, 길제사와 비슷하지 않을까 싶다.

'길짐'은 큰길 근처에 사는 백성이 강제로 동원되어 번갈아 나르던 관가의 짐을 말한다. 힘 없는 백성의 고초가 느껴진다. 우리 속담에는 '아저씨 아저씨하고 길짐(떡짐)만 지운다'는 말이 있다. 겉으로는 존경하고 친근한 척하면서 이용해 먹는 것을 비유적으로 이르는 말이다.

'길호사(豪奢)'는 벼슬아치가 새로 부임하거나, 시집·장가갈 때에 호사스럽게 차리고 길을 가는 일, 또는 그런 차림을 뜻한다.

신부의 신행 가마에 호피(虎皮)를 덮던 것이 한 예다.

'길타령'은 궁중의 연회, 무도 반주악의 하나로 연주되던 관악곡이다. 흔히 〈일승월항지곡(一昇月恒之曲)〉을 이르며, 〈영산회상〉 가운데 '타령'의 변주곡으로서 흥청거리면서도 시원한 느낌을 주는 곡이다.

'-길' 형태의 우리말 중에도 눈여겨볼 것이 많다.

'첫길'은 시집가거나 장가들러 가는 길을 뜻한다. 전통 혼례는 혼인을 하기 위하여 신랑이 신부의 집으로 가는 것부터 시작한다. 결혼은 양쪽 부모의 합의로 추진된다. 이 때문에 신랑 신부가 얼굴도 모르고 결혼하는 경우가 적지 않았다. 따라서 혼례를 위해 가는 길은 '첫길'이 된다. 첫길은 설렘의 길이요, 두근거림의 길이다.

'갓길'은 비상시 이용하도록 고속도로 양쪽 가장자리에 낸 길이다. 한때는 '노견(路肩)', 즉 '길어깨'라 풀어쓴 적도 있다. 서양에서 고속도로의 비상도로를 'shoulder(어깨)'라고 하는데, 이를 일본에서 '노견'으로 번역한 것이다. 갓길은 1990년대 초반 당시 이어령 문화부장관이 국어연구원에 지시해 '노견'을 대신하는 말로 '갓길, 곁길, 길섶'을 제안했고, 정례 국무회의에서 '갓길'이 최종 확정됐다. 이어령 전 장관은 한 인터뷰에서 "1,000번의 기고로도 못 고친 것을 1번의 문화행정으로 이뤄냈다"며 "지금도 길 다니다 혼자 뿌듯해하곤 한다"고 밝힌 적 있다.

논틀길은 꼬불꼬불한 논두렁 위로 난 길을 말한다. 줄여서 '논틀'이라고도 한다. 논두렁이나 밭두렁으로 난 꼬불꼬불하고 좁은 길을 한꺼번에 이를 때는 '논틀밭틀'이라고 한다. 농촌에서 어린 시절을 보낸 사람들은 눈에 선할 것이다. 논두렁 밭두렁 사이의 그 길들, 구불구불 휘어진 논둑과 밭둑길을 걷던 기억과 추억들….

추억의 옛길을 따라가다 보면, 고샅과 고샅길, 속길, 자드락길, 숫눈길을 만나고, 사라져간 뒤안길과 인생의 등굽이길도 마주친다.

고샅은 시골 마을의 좁은 골목길 또는 골목 사이를 뜻한다. 마을 고샅으로 접어드는 길이 '고샅길'이다. 고샅은 좁은 골짜기의 사이, 사타구니를 비유적으로 이르기도 한다. '고샅고샅'은 '시골 마을의 좁은 골목길마다'라는 뜻의 부사다.

'뒤안길'은 늘어선 집들의 뒤쪽으로 난 길이다. 동네 앞 '큰길'에 상대되는 말이다. 동네 앞길은 '한길(큰길)', 마을 속으로 난 길은 '속길(이면도로)', 마을 뒤쪽으로 난 길은 '뒤안길'이 된다. 뒤안길은 관심을 받지 못하여 초라하고 쓸쓸한 생활이나 처지를 은유하기도 한다. '등굽잇길'은 등처럼 굽은 길로, 이 역시 고단한 인생의 비유로 쓰인다. 인생에도 한길과 뒤안길, 등굽잇길이 있는 법이다.

'자락길'은 산자락을 따라서 낸 길이고, '자드락길'은 나지막한 산기슭의 비탈진 땅에 난 좁은 길이다. 경기 안산에 자락길이 있고, 충북 제천에는 자드락길이 나 있다. 걷기 좋은 길이다.

'돌너덜길'은 돌이 많이 깔린 비탈길이고, '서덜길'은 강이나 냇가에 돌이 많이 깔린 길이다. '풋서릿길'은 잡초가 무성하게

난 길이고, '벼룻길'은 아래가 강가나 바닷가로 통한 벼랑길이다. 진주 남강변에 '벼룻길'이 있고, 창녕 낙동강변에 '개비리길'이 있다.

길을 가다 보면 무시로 만나는 고운 순우리말도 많다.

'난달'은 길이 여러 갈래로 통한 곳을 말한다. 사통팔달인 곳이다. 난달은 대개 교통중심지거나 번화가가 된다. '고누'라는 옛 놀이에서 '나들이고누'가 되는 밭을 난달이라고도 한다. 장기로 치면 '외통수'에 해당한다.

'한길'은 차나 사람이 많이 다니는 큰길이고, '통길'은 본디 길이 없던 곳인데 많은 사람이 지나가 한 갈래로 난 길이다. 한반도를 강점한 일제는 한국의 전통 옛길을 넓혀 '신작로(新作路)'를 열었다. 개발이 한창이던 때 1960~70년대 한길은 '신작로'와 같은 의미로 쓰였다.

'한바닥'과 '도린곁'도 아껴 써야 할 우리말이다. 사람들이 많이 모이는 번화한 곳을 한바닥이라 하고, 반대로 사람이 별로 가지 않는 외진 곳을 도린곁이라 한다.

'치받이'는 비탈진 곳을 올라가게 된 방향이고, '내리받이'는 내려가게 된 방향이다. 똑같이 길을 가는데도 방향이 문제다. 오르막길, 내리막길과 비슷한 뜻이다. 오르막길과 내리막길, 오르내림의 길은 곧 인생길이다.

'숫눈길'은 눈이 와서 쌓인 뒤에 아직 아무도 지나가지 않은 길이란 뜻의 아름다운 우리말이다. 발자국이 나 있지 않은 숫눈길을 걷게 되면 신비한 느낌에 휩싸인다. 북한에서는 '혁명의 숫눈길을 걷다'(『조선말 대사전』, 1992) 식으로도 쓰고 있다.

'숫눈길'은 서산대사가 썼다는 선시를 떠올린다.

踏雪野中去(답설야중거: 눈 덮힌 들판을 걸어갈 때)

不須胡亂行(불수호란행: 함부로 걷지 말지어다)

今日我行跡(금일아행적: 오늘 내가 걸어간 발자국은)

遂作後人程(수작후인정: 뒷사람의 이정표가 되리니)

우리 문화가 반영된 길 연관어들은 시대변화에 따라 뜻이 바뀌거나 사라지기도 하지만, 길과 함께 호흡해 온 민족 생활 문화의 소중한 숨결로 읽힌다.

길 위에 선다는 것은 미지에 대하여 손을 뻗는 일이다. 그것은 낯선 세계를 내 가슴으로 수용하여 나의 일부가 되도록 길들이는 일이다. 이 거대한 사건 앞에서 어린 감수성은 언제나 전율한다. 서서히 저무는 낯선 도시의 가로수 길을 바람처럼 걸으며 길손은 안으로 차오르는 쓸쓸한 충만에 조용히 감사한다.

(허만하,『길과 풍경과 시』, 솔, 2002.)

4장

걸음걸이 산책

직립보행과 마사이족 걷기

신발의 뒤축 닳은 상태를 보면 그 주인이 뭘 하는지 대략 알 수 있다. 달리기 선수인지, 경보 선수인지, 서서 일하는지, 앉아서 일하는지, 그리고 바르게 걷고 있는지, 어기적 팔자걸음을 걷는지…. '록(rock)' 음악은 아프리카에서 흑인 짐꾼, 부두 노동자 등이 짐의 무게를 가볍게 하려고 몸을 흔들며 비틀거리던 전통에서 나왔다*고 한다.

신발 밑창도 마찬가지다. 오래 신은 신발일수록 신발 바닥, 밑창이 많이 닳는다. 신발 밑창을 보고 '신발을 바꿀 때가 됐구나'라고 할 수도 있지만 '내 걸음걸이가 이렇구나'라고 알 수도 있다. 어느 한쪽이 심하게 닳아 있거나 한쪽 바깥쪽이 유난히 닳아 있다면 팔자걸음(외족지보행)을 하고 있을 가능성이 크다. 팔자걸음은 발의 각도가 15도 이상 바깥 쪽으로 벌어진 채 허리를 뒤로 젖히면서 걷는 경우를 일컫는다. 체중이 늘거나, 골반이 벌어지

---

* 조지프 아마토(Joseph A. Amato), 『걷기, 인간과 세상의 대화』, 작가정신, 2006년.

거나, 몸이 불안정할 때 팔자걸음이 나타난다.

　신발 바닥의 안쪽이 많이 닳아 있다면 대개 안짱걸음(내족지보행)일 수 있다. 안짱걸음은 걸을 때 발이 안쪽으로 모인다. 원인은 엉덩이 관절의 허벅지 뼈 골두가 앞을 향해 있거나 정강이뼈가 안쪽으로 뒤틀려 생기는 경우가 많다.[*]

　구두 신을 때와 운동화 신을 때, 슬리퍼 신을 때 걸음걸이가 다르다. 형식이 내용을 규정하고 습관이 형식을 결정한다. 걸음걸이는 걸어온 길을 말해주고 걸어갈 길을 예고한다.

　인간이 직립보행을 시작한 지 600만 년이 됐다. 태초에 길이 있었다고 할 때 그 전제는 보행이다. 인류는 두 발로 걸으면서 손을 사용해 인류문명을 개척했다. 두 발이 문명의 발전 동력이었다. 옹색한 걸음이든, 여유로운 걸음이든, 멈칫거리는 걸음이든, 대담한 걸음이든, 모든 걸음걸이에는 걷는 사람의 에너지와 감정이 드러난다. 몸의 자세나 걸음걸이, 걷는 속도나 보폭은 그 사람의 신분이나 지위, 현재 상태를 짐작할 수 있는 정보를 제공한다.

　인간은 직립보행으로 '걸으면서' 특별한 존재가 되었다. 프랑스 작가 발자크는 인간의 직립보행은 '우주의 원리'를 오롯이 담고 있는 놀랍도록 아름다운 행위라고 말한 바 있다. 그럼에도 불구하고 걷기는 오랫동안 천대받았다. 중세의 귀족들은 우아함에 취한 나머지 걷기를 꺼렸다. 한국의 양반들은 한술 더 떠 걷는 대

---

[*] 〔의학 칼럼〕 신발과 걸음걸이, 그리고 나의 건강 상태(박태훈), 〈경기일보〉, 2020. 4. 19.

신 말을 타거나 견여(肩輿)나 사인교에 의지해 이동했다.

그러던 것이 근세 서양 철학자들이 걷기에 주목해 사유를 확장시켰고, 조선 후기 실학자들은 길에서 실사구시를 강구했다. 또 근대 부르주아 계급 사이에 무도회와 오페라 같은 사교문화가 발달하면서 우아한 걸음걸이와 교양 있는 자세에 대한 관심이 커졌다.

최근 걷기가 다시 각광받는 걸 보면, 인류 문명사에서 걷기가 사이클을 형성한다는 걸 알 수 있다. 직립보행으로 탄생한 현대인은 걷기를 못하여 몸과 정신이 허약해지고 병에 걸려 매일 1만 보씩 걷도록 강요받고 있다. 만보계와 걷기 앱의 개발은 걷기 역사의 또 다른 변곡점이다.

한때 마사이족 걷기가 유행을 탄 적이 있다. 마사이족은 아프리카 케냐 북부에 위치한 나이로비에 사는 인구 30만의 소수민족이다. 이들은 180cm가 넘는 큰 키와 늘씬한 몸을 자랑한다. 그리고 마을과 100km나 떨어진 시장을 수시로 걸어서 다닐 만큼 많이 걷는다. 갓 걸음마를 뗀 아이에서부터 80대 노인에 이르기까지 예외란 없다. 이렇게 해서 이들은 하루 평균 약 3만 보를 걷는다.

마사이족은 많이 걷기도 하지만, 올바른 자세로 걷기로도 유명하다. 마사이족의 척추는 S자로 굽은 현대인과 달리 곧은 일자형이다. 마사이족은 허리를 꼿꼿하게 펴고 시선을 정면으로 향한 채 보폭을 크게 해서 리듬을 타듯 빠르게 걷는다. 이때 무게 중심은 발뒤꿈치→발 외측→새끼발가락 부근→엄지발가락 부근→엄지발가락 순으로 이동한다.

그렇다고 기초 체력도 없이 무작정 따라 하다가는 뱁새 꼴이 날 수 있다. 한국인은 잘해야 하루 평균 5,000보 안팎을 걷는다. 자가용 출퇴근자는 하루 3,000보 정도 걷는다. 하루 1,000보도 안 걷는 걷기 지체족도 적지 않다. 현대 도시인들의 걸음은 발끝과 발뒤꿈치가 거의 동시에 닿는다. 그만큼 빨리 지친다. 이래선 많이 오래 걸을 수가 없다. 최근 전국 곳곳에 탐방로가 많이 생겨나긴 했지만, 도심 일대는 여전히 딱딱한 콘크리트 길이 많다. 콘크리트 길은 우리 몸을 튕겨낸다. 사람 몸은 원래 부드럽고 울퉁불퉁한 땅에서 잘 걷게끔 돼 있다. 최적의 보행 조건은 아늑한 흙길 산책로다. 흙길은 몸과 발의 충격을 흡수하여 몸과 자연이 하나 되게 돕는다. 마사이족처럼 걸으려면 최대한 자연상태의 흙길에서 걸음걸이를 재촉하는 것이 좋다.

아버지의 소걸음

오랜만에 만난 시골 친구와 모처럼 낙동강 하구 둔치길을 걸었다. 친구가 말했다. "니는 부친을 별로 닮지 않은 것 같은데, 걸음걸이는 아주 닮은 것 같아. 소걸음처럼 말이야." 소걸음이란 말에 유년기의 시골 생활이 주마등처럼 지나갔다.

아버지는 가난한 농부였다. 눈 뜨면 들에 나가 일하고, 해지면 집에 돌아왔다. 사시사철 일을 하셨고 애오라지 걸으셨다. 소를 앞세우고 앞산 자락의 논두렁 밭두렁을 어슬렁어슬렁 걸어 집에 돌아오는 모습이 선하다. 당시엔 소가 집안의 큰 일꾼이었다.

아버지는 소의 보폭에 맞춰 걸으셨다. 급할 것도 쫓길 것도 없었다. 아버지의 걸음걸이는 자연스럽게 소걸음을 닮아 있었다. 초여름 늦게 모내기를 끝내고 땅거미가 거뭇거뭇해질 무렵 소를 몰고 집으로 돌아올 때면 논두렁길에 초롱초롱한 별들이 머리 위에 쏟아졌다. 이 들녘 풍경은 농사의 '농(農)'자가 왜 '별(辰)'을 노래(曲)'하는 뜻을 품었는지 일깨워주었다.

1980년 초 아버지는 우리집 소가 낳은 송아지를 팔아 나의 대학등록금을 댔다. 그리고 90년 중반 아버지가 돌아가시고 어머니마저 "농사는 이제 다 지었다"며 농토를 흩어버리자(남에게 소작을 주는 것), 소는 여물만 축내는 천덕꾸러기가 되어 한동안 버티다, 끝내 마을 소장수에 의해 우시장으로 끌려갔다. 끌려가던 날 아침, 외양간을 나서며 우~우~ 애잔하게 울던 소울음 소리가 아직도 귓전에 쟁쟁하다.

내 고향 창녕의 유년 시절 절반은 소 먹이고 꼴(풀) 뜯던 기억으로 채워진다. 초등학교, 중학교 시절 나는 고삐 꿰인 소를 데리고 산으로 들로 부지런히 풀을 먹이러 다녔다. 어린 초동에게 부여된 집안의 일이었다. 들판 개활지에 소를 풀어놓으면 소가 알아서 풀을 뜯어 먹었다. 소도 고삐가 풀어지면 자유를 얻은 양 가벼운 몸놀림으로 여기저기 돌아다니며 모처럼 먹고 싶은 풀을 제 깜냥껏 뜯어먹는다. 소는 먹을 수 있는 풀과 먹을 수 없는 독초를 본능적으로 구분해낸다. 가령 풀을 뜯을 때 노란 즙에 독이 들어 있는 애기똥풀 같은 건 쳐다보지도 않는다.

그사이, 아이들은 자치기나 딱지 따먹기를 하며 정신없이 논다. 소가 어디에 있는지 곁눈으로 보면서 놀이에 정신이 뺏긴다. 주인의 채찍에서 놓여 자유를 맛본 소는 풀이 있는 곳을 찾아다니며 논두렁이며 밭두렁을 헤집기도 한다. 집에 가야 할 시간이 되어 소를 찾는다. 어? 소가 보이지 않는다. 말귀를 알아듣지 못하는 소인지라 소리 지르고 부를 수도 없다. 외고 펴고 소를 찾아 나선다. 소를 찾았을 때는 이미 먼 곳에 떨어져 있는 남의 채소밭에 들어가 농작물을 뜯어 먹고 난리를 부린 뒤다. 농작물을 짓밟았으니 주인이 가만있을 리 없고, 소 먹이러 갔다가 딴짓하다 말썽을 피웠으니 아버지가 가만있을 리 없다. 이후 닥친 일은 상상에 맡기겠다.

그날 우리집 소는 풀밭에서 무단이탈한 죄로 내게 소 이까리(고삐까지 연결된 줄)로 대여섯 차례 세차게 얻어맞았다. 찰싹찰싹. 소는 시커먼 눈을 껌뻑거리며 나의 매를 저항 없이 받아내면서 우직하게 걸어갔다. 소도 할 말이 있다는 듯 입을 삐죽삐죽거렸는데, 나는 알아들을 수 없었다. 소의 눈에 눈물이 그렁그렁 맺혀 있었다. 지금 생각하니 때린 내가 더 아프다.

목가적 풍경을 간직한 프랑스 브르타뉴 출신의 작가 피에르 자케 엘리아스는 시골 농부의 걸음걸이를 유심히 관찰했다. "마을에서 농부는 자신의 속도, 즉 자신의 일상적인 리듬으로 움직인다. 여기저기가 움푹 팬 길, 사람들의 발길로 다져진 흙길, 초원 등을 걸을 때 그의 걸음걸이는 도시의 보도를 걷는 사람들과 다르다. … 농부의 느린 움직임, 무겁지도 않고 서투르지도 않아서 경탄을 자아내는 경제적인 움직임은 그가 일을 하면서 익힌 리듬 덕분에 생긴 것이다."[*]

삶에서는 리듬이 중요하다. 농부가 갖는 리듬은 하늘과 땅, 공기와 바람의 상호작용과 관계가 있다. 아마 농부의 리듬은 소에게서 배웠을 것이다. 어떤 일이 있든 제 할 일, 제 갈 길을 가는 소야말로 농부의 스승이 아닌가.

2021년은 신축년(辛丑年), 흰색에 해당하는 천간 '신(辛)'이 붙은 '흰 소'의 해다. '흰 소'는 불가에서 깨달음을 의미하는 말이다. 세간에는 흰 소가 부를 안겨준다는 속설도 믿는 모양이다. 소는 근면, 성실, 끈기, 뚝심의 상징이다. 고마운 가축이다. 우보천리(牛步千里, 소걸음으로 천 리를 간다)라 했다. 어슬렁어슬렁, 뚜벅뚜벅 가다 보면 어딘들 못갈까.

우보천리는 우시호행(牛視虎行)으로 이어진다. 소처럼 신중하게 관찰하되, 결정을 내리면 호랑이처럼 단호하게 실행에 옮긴다는 뜻이다. 의미가 좋다. 말을 뒤집어 호시우행(虎視牛行)이라 하면 어떤가. 호랑이의 눈빛을 간직한 채 소걸음으로 간다! 이거다. 호랑이의 날램에다 소의 덕성을 겸비하면 안 될 일, 못 할 일이 없을 것이다.

천태만상 걸음걸이

사람의 걸음걸이는 그 사람이 걸어온 과거를 따라간다. 세 살버릇 여든까지는 아니더라도, 몸에 붙은 습성화된 걸음걸이는

---

[*] 「'어슬렁어슬렁' 걷다 보니 경이로운 세상이 다가왔다」, 김화성, 주간동아, 2010. 7. 12.

좀처럼 고치기가 어렵다. 걸음걸이에는 몸매와 눈빛, 얼굴 표정, 팔다리의 움직임, 엉덩이와 어깨의 움직임이 유기적으로 결합되어 나타난다. 생활 습관과 몸 상태, 체험이 반영되기도 한다.

가을날은 어딜 걸어도 좋다. 낙동강 하구 둔치 길을 온종일 어슬렁거린다. 소요한다는 표현이 어울릴 것 같다. 갈대숲 사이 흙길이 예쁜 자태로 얘기 좀 하자고 꼬드긴다. 흙길의 꾐에 빠져 느릿느릿 소걸음으로 걷다가, 아장아장 종종걸음을 걸어본다.

문득 춘향전 한 대목이 생각난다. '어화둥둥 내 사랑아, 어화 내 간간 내 사랑이로구나. 여봐라 춘향아, 저리 가거라, 가는 태를 보자. 이만큼 오너라, 오는 태를 보자. 빵긋 웃고 아장아장 걸어라, 걷는 태도 보자.'(완판본 『열녀춘향수절가』 중) 간간하다. 간질간질 깨가 쏟아진다. 춘향이 아장아장 걷는 모습이 매혹적이다.

우리말에는 걸음걸이를 표현하는 의태어가 아주 풍부하다. 비틀비틀, 흐느적흐느적, 비실비실, 비척비척, 휘청휘청, 휘적휘적, 기우뚱기우뚱, 건들건들, 흔들흔들, 아장아장, 어정어정, 어기적어기적, 성큼성큼, 살금살금, 타박타박, 터벅터벅, 뚜벅뚜벅, 사뿐사뿐, 살랑살랑…. 걷는 모습이 각양각색, 천태만상이다.

걷고 싶은 길, 걷고 싶은 대로 걸어본다. 걸음걸이 놀이다. 강바람 따라 건들건들* 걷는다. 팔다리를 자유롭게 흔들며 허위허위** 걷는다. 살금살금 걷는다. 성큼성큼 걷는다. 개구쟁이처럼

---

* 바람이 부드럽게 살랑살랑 부는 모양.
** 팔다리를 자꾸 이리저리 내젓는 모양.

아기작아기작* 걷는다. 까치처럼 총총걸음을 걷고, 노루처럼 경중경중 걷고, 뒤뚱뒤뚱 오리걸음을 걷고, 슬금슬금 게걸음을 걷는다.

"가재 뒷걸음이나 게 옆걸음이나"라는 속담이 있다. 가재가 뒤로 가는 것이나 게가 옆으로 가는 것이나 앞으로 가지 않는 것은 마찬가지라는 뜻이다. 뒤로 걷는 걸음은 '가재걸음', 옆으로 걷는 걸음은 '게걸음'이다. 가재걸음은 일이 매우 더디고 앞으로 나아가지 못함을 비유적으로 이르기도 한다.

걸음걸이를 나타내는 말에는 동물의 걷는 모양에서 따온 것들이 많다. 가는 듯 마는 듯 아주 느리게 걷는 것은 '달팽이걸음', 발자국 소리가 나지 않게 조용히 걷는 것은 '고양이걸음'이다. 긴 다리로 보폭을 크게 하여 걷는 모습은 '노루걸음', '두루미걸음', '황새걸음'이다. 노루나 두루미와 황새는 대개 '경중경중', '경둥경둥', '성큼성큼' 보기에도 시원하게 걷는다.

동물들의 걷는 모양새를 나타내는 의태어가 풍부한 것은 걸음걸이가 인간의 개체적 특징을 구분 짓는 중요한 행동이라는 말이다. '경중경중', '경둥경둥' 같은 의태어를 외국어로 옮기는 건 거의 불가능하다. 우리말의 고유성 특수성이라 하겠다.

내친 걸음에 어기여차 모여 울력걸음**을 걷고, 바퀴를 돌려 뒷걸음질 치는 물레걸음도 걸어본다. 호리낭창 팔자걸음을 걷고,

---

* 작은 몸집으로 팔다리를 어색하게 움직이며 천천히 걷는 모양.
** 여러 사람이 떨쳐나서는 데 덩달아 끼어서 함께 걷는 걸음.

낙동강 하구 대저 둔치의 산책로. 낙동강을 벗하며 걷기 좋은 길이다.

엉거주춤 배착걸음*도 걸어본다.

이 걸음 저 걸음 걸음도 많다. 하지만 걷지 않으면 헛방이다. 걸음걸이가 팔자를 고친다고 한다. 걸음걸이대로 간다는 말도 있다. 그러자면 팔자걸음을 고치고 올바로 걸어야 한다. 뜻을 세웠다면 느려터진 가재걸음이나 헛심만 쓰는 공걸음**은 걷지 말아야 한다. 좋은 사람과 걷고 싶은 곳에서 올바르게 걷는 것, 그 이상의 행복은 없다.

---

*   다리에 힘이 없어 쓰러질 것같이 걷는 걸음.
** 목적을 이루지 못하고 헛수고만 하고 돌아갈 때의 걸음.

5장

호모 비아토르(Homo Viator)

문을 나서면

나도 길 떠나는 사람

가을 저물녘

門を出れば我も行く人秋の暮れ

(부손(蕪村, 1716~1783)의 하이쿠)

어디든 갈 수 있고, 떠날 수 있는 사람은 행복하다. 길 위에는 행복의 마법이 펼쳐져 있다. 그 마법은 걷는 자에게 행복을 안겨 주고 살아갈 힘을 불어넣는다. 집에서 보이지 않던 것이 떠나면 보인다. 부손의 짧은 하이쿠는 떠나고 싶은, 떠나야 하는 욕구를 자극한다.

'길 떠나는 사람'. 인류와 인간의 운명과 숙명을 암시하는 말이 다. 태어나 돌 무렵부터 걷기 시작하는 인간은 한평생 대부분을 길 위에서 보낸다. 집보다 길에 있는 시간이 더 많다. 창조와 변용도 길에서 주로 일어난다.

여행하는 인간

프랑스 철학자 가브리엘 마르셀은 '호모 비아토르(Homo Viator)'라는 말로 인간의 특성을 해석하려 했다. '비아토르'는 라틴어로 여행자, 나그네를 의미한다. 곧 '여행하는 인간'이다. 인간은 '본능적으로' 걷거나 떠나려 하는 존재라는 것이다. 반드시 목표나 목적이 있어서 걷는 건 아니다. 때로는 별다른 이유도 없이, 목적도 잊은 채 길을 나선다. 공연히 걷고 싶을 때가 있다. 사람의 몸에 호모 비아토르의 유전자가 흐르고 있음이다. 사람들의 가슴마다 아마 주체할 수 없는 야생, 야성의 맹수가 '걸어라, 걸어라'하고 으르렁거리고 있는지 모른다.

호모 비아토르의 근원을 추적하면 '호모 노마드'(Homo Nomad)'를 만난다. 유목하는 인간이다. 노마드는 원래 '유목민', '유랑자'를 뜻하는 말로, 프랑스 철학자 들뢰즈가 처음 사용한 철학적 용어다. 자크 아탈리는 이를 '특정한 방식에 매달리지 않고 끊임없이 삶을 탐구하고 창조해온 인류의 보편적 가치' 또는 '디지털시대 현대인의 새로운 생존전략'으로 주목했다. 21세기를 흔히 '신 유목의 시대', '디지털 노마드 시대'라고 부른 것도 자크 아탈리다.

여행이나 유목, 또는 유랑의 공통점은 예외 없이 걷기를 통해 목표에 다가간다는 것이다. 산업혁명 이후 기차나 자동차 등 탈것이 발달했지만, 인류사는 대부분 생짜로 걸어서 이룬 문명이다. 어디를 떠돌든, 마침내 정주를 하든 두 발로 가야 한다는 사실은 흔들리지 않는다.

'집 나가면 고생'이라 하고, 많이 돌아다니면 '역마살이 끼었다'고 한다. 그런데도 사람들은 왜 그렇게 떠나려 할까? '호모 비아투르'는 인생의 참 의미는 고생도 사서 하고, 역마살도 즐기는 것이라 가르친다. 고생 끝에 낙이 온다는 말을 믿으라는 얘기다.

역마살은 '역마(驛馬)'와 '살(煞)'이 합쳐진 단어다. 한곳에 정착하지 못하고 여기저기 돌아다니게 되는 운명. 이러한 운명에 처한 사람을 과거 역(驛)에서 쓰이던 말들이 한자리에 정착하지 못하고 여러 역을 떠돌아다녔던 것에 비유한 것이다. '역마보다 고달픈 신세가 또 있으랴' 싶지만, 그건 옛날이야기다. 여기저기 떠돌아다니는 것은 여행가의 첫째 조건이자 운명이다. '호모 비아투르'는 집 나가는 고생을 사서 하고, 역마살을 기꺼이 받아들이는 신통한 여행자다. 여행자는 길 위에 있을 때가 가장 아름답다. 영어 단어 'way'가 길을 뜻하면서 방법과 방향을 의미하는 건 우연이 아니다. 길의 마법이 실로 신통방통하다.

위대한 여행자들

길에는 고래(古來)로 여행가들의 도전과 모험, 성취와 눈물이 배어 있다. 호모 비아투르의 사례가 될 만한 인물을 찾기란 어렵지 않다.

'이븐 바투타(Ibn Battuta)'가 그중 한 사람이다. 1304년, 이슬람 세력 하에 있던 북아프리카의 항구도시 탕헤르에서 태어난 그는 21세 때인 1325년에 고향을 떠나 아라비아반도의 메카와 메디나로 성지순례를 떠나 약 30년간 여행자로 살았다. 그의 여행 궤

적은 북아프리카, 아프리카 중부, 스페인 남부, 예루살렘과 터키, 러시아 남부, 인도, 중국을 넘나들었고, 총 거리가 줄잡아 10만여 km에 이른다. 말이 제대로 통했을까. 길은 험하고 도처에 도둑이 득실대고 맹수까지 출몰하던 시대에 어떻게 그 먼 길을 여행했는지 궁금하다. 그 결과 탄생한 것이 여러 도시의 경이로움과 여행의 신비로움을 열망하는 사람들에게 주는 선물, 『이븐 바투타 여행기』다. 호모 비아투르의 본색을 제대로 보인 것이다.

『이븐 바투타 여행기』는 마르코 폴로의 『동방견문록』과 쌍벽을 이룬다. 『동방견문록』은 이탈리아의 마르코 폴로가 동방을 여행한 체험담을 기록한 여행기다. 마르코 폴로는 1271년에서 1295년까지 동방의 여러 나라를 거치고 중국에 17년간 머무르면서 보고 들은 것을 후에 구술을 통해 정리했다고 한다. 『동방견문록』은 유럽 사람들의 동양에 대한 관심을 불러일으켰으며, 콜럼버스의 신항로 개척에도 많은 영향을 주었다.

『이븐 바투타 여행기』와 『동방견문록』의 공통점이라면 서양인들의 호기심을 자극하여 대항해시대를 이끌어냈다는 데 있다. 이들의 여행기는 동서 교류사에 있어서도 매우 중요한 자료다. 이븐 바투타가 실제 모험과 체험을 통해 장소를 비교적 사실적으로 기록한 반면, 마르코 폴로는 간접 정보나 허구적 상상력도 놓치지 않고 다루었다.

중국 당나라의 현장(602~664) 법사 역시 위대한 여행가였다. 인도 성지순례에 나선 현장은 실크로드를 따라 지금의 키르기스스탄, 우즈베키스탄, 아프가니스탄과 파키스탄 지역을 거쳐 인도로 들어간다. 험준한 티베트 고원과 파미르 고원을 넘고, 히말라야 산맥을 돌고 돌아서 가야 하는 길이었다. 현장은 험로와 사막을 지나면서 오직 자신의 그림자만 보고 오직 '반야심경'만 외웠다고 한다.

현장의 『대당서역기(大唐西域記)』는 17년간 중국~인도를 오가며 그가 지나갔거나 들렀다는 110개 나라의 이야기가 실려 있다. 이 이야기는 훗날 삼장법사, 손오공, 저팔계, 사오정 등이 등장하는 『서유기』로 만들어졌다. 『서유기』가 불후의 명작이 된 것은 길 위에서 온갖 모험을 겪고 위기를 이겨낸 현장의 여행정신이 있었기에 가능했을 것이다.

신라의 혜초(704~787) 스님도 세기의 도보여행자였다. 15세 때 중국으로 건너간 혜초는 중국 광저우(廣州)에서 인도 승려 금강지를 만나 밀교를 배우던 중 그의 권유로 스무 살의 젊은 나이에 원대한 구법 여행을 떠난다. 4년 동안 인도, 아프가니스탄, 중앙아시아 일대를 답사하고 중국 쿠처를 거쳐 장안으로 돌아온 혜초는 『왕오천축국전(往五天竺國傳)』을 남겼다. '천축국'은 인도를 말한다.

혜초가 걸어간 서역 길은 거칠고 험난한 노정이었다. 귀로에 파미르 고원을 앞에 두고 그가 남긴 시는 당시 여정을 실감나게 전해준다. '길은 험하고 눈 쌓인 산마루 아스라한데 … 평생 눈물을 훔쳐본 적 없는 나건만/오늘만은 하염없는 눈물 뿌리는구나….'

『왕오천축국전』은 8세기경 인도와 중앙아시아에 관한 유일한

기록으로, 당시 여행길을 신라인의 눈으로 보았다는 점에서 의미
가 크다. 다양한 사원에 대한 설명과 나라마다의 각기 다른 불교
풍습, 옷을 벗고 사는 나체족을 만난 일, 여러 형제가 한 아내를
맞이하는 풍습 등은 이채롭고도 흥미롭다. 이 책이 있어 신라는
여행국가로서의 면모를 중국에 각인시킬 수 있었다.

『이븐 바투타의 여행기』와 마르코 폴로의 『동방견문록』, 혜초
의 『왕오천축국전』은 오도릭의 『동방기행』과 함께 세계 4대 여
행기로 일컬어진다. 『동방기행』은 이탈리아 출신의 프란체스코
회 탁발 수사(修士) 오도릭이 12년간(1318~1330년) 서아시아, 동
남아시아, 중국, 중앙아시아 등 아시아 지역 총 59곳을 주유한
여행 기록이다.

그러고 보면, 위대한 여행가는 여행기를 통해 탄생한다. 여행
기가 여행가를 위대하게 만드는 셈이다. 우리 고전 중에는 세계
4대 여행기에 포함시켜도 손색없는 여행기(견문록)가 있으니, 『열
하일기』다. 『열하일기』는 조선 후기 실학자 연암 박지원이 청나
라에 다녀온 후에 작성한 견문록. 단순히 보고 들은 것을 기록한
책이 아니다. 고전평론가 고미숙은 "조선왕조 500년을 통틀어
단 하나의 텍스트만을 꼽으라면, 동서고금의 여행기 가운데 오
직 하나만을 선택하라고 한다면? 나는 단연 『열하일기』를 들 것
이다"라고 했다.

『열하일기』는 이국적 풍물과 기이한 체험, 이질적인 대상들과
의 뜨거운 '접속'의 과정이고, 침묵하고 있던 '말과 사물'들이 살
아 움직이는 '발굴'의 현장이며, 예기치 않은 담론들이 범람하는

'생성'의 장이다.* 한마디로 아주 낯설고, 새롭고, 유익하고, 재미있는 여행을 이끄는 여행기다.

연암에게 삶과 여행은 동전의 양면처럼 붙어 있다. 그는 길 위에서 사유하고 성찰하면서 길을 떠나는 '노마드'였다. 더 중요한 것은 『열하일기』가 18세기에 갇히지 않고, '지금, 우리'에게 삶과 우주에 대한 눈부신 비전을 던져준다는 데 있다. 연암은 '호모 비아투르'의 본질을 꿰뚫고 있다.

'호모 비아투르'는 고대 수메르 신화에 등장하는 영웅담인 '길가메시(Gilgamesh)'에까지 이어진다. '길가메시'는 지금의 이라크 땅에 전해오는 무려 4,600년 전의 이야기다. 세계 최초의 서사시로 알려져 있다. 첫 음절이 '길(Gil)'인 것도 의미로 다가온다. 구전과 기억을 통해 전승된 '길가메시'에 여행이 등장하는 건 우연이 아니다. 거칠고 험난한 세상사를 겪은 길가메시는 마지막에 영생의 비밀을 찾겠다면서 길을 나선다. 기약 없는 여행길. 그때부터 걷기 시작한 여행길이 지금까지 이어지고 있다.

---

* 고미숙, 『열하일기, 웃음과 역설의 유쾌한 시공간』, 북드라망, 2013.

6장
길의 노래, 길 위의 시

경남 남해에 '섬노래길'이라 이름 붙여진 호젓한 탐방로가 있다. 미조항 일대를 아우르는 남해 바래길 4코스다. 미조(彌助)는 '미륵이 돕는 마을'이란다. 그래선지 이곳의 노을과 밤바다는 여심(旅心)을 자극하는 매력을 지녀 많은 여행객을 불러 모은다. '바래길'은 남해 아낙들이 갯것을 잡으러 나가는 일을 '바래 간다'고 한 데서 나온 이름. 아름답기로 소문난 미조항에서는 만나는 것, 보는 것, 먹는 것, 닿는 것 모두가 노래다. 이곳을 유별나게 섬노래길이라 부른 이유다.

최희준의 〈길〉

길에는 노래가 있다. 노래가 있어 길은 길다워진다. 노래는 길을 파고들고, 길은 노래를 불러낸다. 노래는 나그네를 걷게 하고, 나그네는 길의 노래를 만든다. 길과 노래는 삶의 희노애락처럼 서로 부르고 불려지는 관계다.

'길' 하면 곧장 떠오르는 가수가 있다. 2018년 작고한 최희준이다. 서울대 출신 대중가수로서 국회의원까지 지낸 최희준은

〈하숙생〉(1966년), 〈길〉(1971년) 같은 많은 히트곡을 냈다. 최희준의 노래는 길에서 들어야 제격이다.

인생은 나그네 길 어디서 왔다가/어디로 가는가/구름이 흘러가듯 떠돌다가는 길에/정일랑 두지 말자 미련일랑 두지 말자/인생은 나그네 길 구름이 흘러가듯/정처 없이 흘러서 간다.

세월과 부대끼며 '하숙생'이 걸어온 길이 아스라하다. 최희준의 노래는 따스하고 푸근하다. 노래를 듣노라면 마음이 편해진다. 노래하며 악 쓰는 법이 없고 고음도 아주 평이하게 처리한다. 어느 자리에서 최희준은 "난 목소리가 과히 좋지 않지만, 가슴으로 노래를 한다"고 말한 적 있다. 이게 대중의 심금을 울리는 비결이 아닐까 싶다. 최희준은 키 160cm 정도의 단신이지만, 푸근한 목소리와 마음으로 대중을 어루만지는 힘은 변함없이 거인이다.

〈하숙생〉은 1966년 제작된 정진우 감독의 동명 영화 주제가다. 신성일, 김지미 등이 출연한 이 영화는 출세하자 신발을 바꿔 신은 사랑했던 여자에게 집요한 복수를 하고 쓸쓸히 떠나는 하숙생의 회한을 그렸다. 영화는 쉽게 잊혀져버렸지만, 그가 부른 〈하숙생〉은 대중의 뇌리에 불멸의 히트곡으로 남아 있다. 이걸 보면 노래가 영화보다 힘이 센 것 같다.

세월 따라 걸어온 길 멀지는 않았어도/돌아보니 자욱마다 사연도 많았다오/진달래꽃 피던 길에 첫사랑 불태웠고/지난 여름 그 사랑에 굳은 비 내렸다오.

최희준이 부른 〈길〉도 길 노래에서 놓칠 수 없는 명곡이다. 경쾌한 선율에 실린 담백한 가사가 멀지 않은 길을 걸어오면서 쌓인 추억의 길을 더듬는다. 노래가 있어 길은 외롭지도, 쓸쓸하지도 않다. 노래 따라 찾아온 최희준이 노랫길 따라 가버린 길을 이제 우리가 걸어간다. 언제 들어도 좋은 최희준의 〈길〉은 길이 안겨준 불멸의 노래 선물이다.

나그네 설움

'오~늘도 걷는다마는 정처 없는 이 발~길~'.

노래를 좀체 부르지 않으셨던 우리 아버지가 가끔씩 흥얼거린 노래 하나가 〈나그네 설움〉이다. 시골 농사꾼이셨던 아버지는 막걸리라도 드시는 날엔 대단한 용기라도 낸 듯 〈나그네 설움〉을 사설 풀 듯 읊으셨다. 노래는 높낮이가 일정하지 않았고 슬프고도 느렸다. 마지막 부분 '~한이 없어라' 하고 노래를 끝낼 무렵엔 한을 토하듯 한숨을 푹푹 내뿜기도 했다.

〈나그네 설움〉은 나이가 조금 든 한국인이면 누구나 아는 애창 국민가요다. 노래 하나가 이처럼 폭넓은 공감을 얻어 널리, 오래 불려진 사례가 또 있던가. 작사자(조경환)나 작곡자(이재호)는 중요하지 않았다. 일제강점기인 1940년 백년설이 부른 노래란 사실도 중요한 정보가 아니었다. 백년설이 남자인지 여자인지도 관심사가 아니었다. 대중들은 그저 나그네가 된 듯 '오~늘도 걷는다마는~' 하고 노래를 따라 부를 뿐이었다. 그렇게 부르고 또 불러 국민들 뇌리 깊숙이 파고들었으니 생명력이 길 수밖에.

〈나그네 설움〉은 일본풍이 살짝 가미된 노래다. 1930년대 후반 일본에서 유행한 도추모노(道中物) 스타일의 영향을 받아 낭만적 유랑의 분위기를 선율에 담은 터다. 그 흐름이 물 흐르듯 자연스러워 일본풍이든 한국풍이든 그것 또한 중요하지 않다. 한국인의 잠재의식 속에 잠자는 '뽕필'을 채워주는 노래라는 사실이 중요하다.

노래 속 나그네는 식민 지배를 받고있는 우리 민족의 상황을 은유한 것으로 보는 시각이 많다. 당시는 일본 제국주의가 정점에 달하던 시기여서 〈나그네 설움〉도 일본총독부의 탄압을 받았다. 아이러니하게도, 백년설은 그 후 일본 국민가요 정책에 따라 친일가요도 부르는데, 그게 두고두고 친일파 논란을 불러일으켰다.

해방이 되자, 〈나그네 설움〉은 그간 핍박받은 민족의 모진 설움을 보상받기라도 하듯, 국민적 애창가요로 떠오른다. 그 후 백년설은 1953년 서라벌레코드사를 창업하고 1960년에는 가수협회 초대회장까지 맡는다. 일제에 설움 당하고 일제를 도왔다는 과거 전력에서 자유롭지 못했던 백년설. 어느 쪽이 실제 백년설의 모습에 가까운지는 단정하기 어렵지만, 그 시대가 남기고 간 아픔은 지금도 이어지고 있다. '나그네'의 진짜 설움은 바로 이 대목일 것도 같다.

백년설의 고향인 경상북도 성주군에는 불멸의 국민가요를 남긴 백년설을 기리는 '나그네 설움 노래비'가 세워져 길손들을 맞고 있다.

길을 소재로 한 노래는 우리 가요사에 널려 있다시피 하다. 길 위에 노래는 삶의 노래에 다름 아니다. 길 위의 삶이 노래를 부르고 노래를 듣게 한다. 살아 있는 자보다 앞서 가버린 사람이 부른 노래들이 더 와닿는 건 무슨 이유인가. 시대를 앞서 간 천재 가수 유재하가 남긴 〈가리워진 길〉은 가사 한 구절 한 구절이 절규하듯 사무친다.

보일 듯 말 듯 가물거리는/안개 속에 쌓인 길/잡힐 듯 말 듯 멀어져 가는/무지개와 같은 길/그 어디에서 날 기다리는지/둘러보아도 찾을 수 없네//그대여 힘이 돼주오/나에게 주어진 길 찾을 수 있도록/그대여 길을 터 주오/가리워진 나의 길….

담백하고 서정적인 멜로디와 가사, 노래를 따라 부르다 보면 보이지 않는 청춘길, 인생길이 불현듯 나타났다 사라지곤 한다. 그 길은 '가리워져' 있기에 다가가기가 더욱 힘들다. '그대여 길을 터 주오!'라고 애원하는 유재하의 감성 어린 목소리만 길 위에 쟁쟁하다. '가리워진 길'에서도 노래할 수밖에 없는 것은 길의 무정이다.

마왕을 만나는 〈길 위에서〉

가요계의 '마왕'이라 불렸던 사내. 신해철(1968~2014). 천재 싱 어송라이터로 불렸던 그는 마흔여섯 한창 삶을 꽃피울 이른 나 이에 우리 곁을 떠났다. 한국 가요계의 슬픔이자 손실이었다.

1988년 MBC 대학가요제에서 신해철은 '무한궤도'라는 그룹사 운드를 이끌고 〈그대에게〉라는 곡으로 대상을 거머쥐었다. 1990 년 솔로 가수로 나서며 〈슬픈 표정하지 말아요〉, 〈재즈 카페〉, 〈내 마음 깊은 곳의 너〉 등이 잇달아 히트했다. 1992년 그는 밴 드 넥스트를 결성해 독자적인 음악 세계를 구축해갔다. 〈길 위에 서〉가 실린 솔로 2집은 마왕의 진면목을 드러낸 역작이었다.

… 끝없이 뻗은 길의 저편을 보면 나를 감싸는 것은 두려움/혼자 걷기에는 너무 멀어 언제나 누군가를 찾고 있지/세상의 모든 것 을 성공과 실패로 나누고/삶의 끝 순간까지 숨 가쁘게 사는 그런 삶은 싫어/난 후회하지 않아 아쉬움은 남겠지만/아주 먼 훗날까 지도 난 변하지 않아/나의 길을 가려하던 처음 그 순간처럼/자랑 할 것은 없지만 부끄럽고 싶지 않은 나의 길/언제나 내 곁에 있는 그대여 날 지켜봐주오.

〈길 위에서〉는 힘찬 리듬과 감성적 선율이 조화를 이룬 명곡이 다. 20대 초반의 뮤지션이 철학적 감성과 삶의 회한이 묻어나는 노래를 어떻게 만들었는지 신기하기만 하다.

신해철은 활발한 사회 참여와 독설로도 유명했다. 사람들이 왜 사회문제에 관심을 갖느냐고 물으면 신해철은 이렇게 대답했다. "남들이 똑같이 걷는 길에서 낙오하는 것에 대한 무서움보다 내가 진실로 원하는 나의 삶을 살지 못하는 것에 대한 무서움이 훨씬 더 엄청나게 무서웠기 때문에 그냥 나의 방식을 택했다." 그는 MBC 〈100분 토론〉의 단골 토론자였고, 라디오 프로그램 〈신해철의 고스트스테이션〉을 진행하며 청춘들을 위로했다.

'마왕'의 최후는 여전히 미스터리다. 2014년 10월 27일, 신해철은 장협착 수술을 받은 지 며칠 만에 저산소 허혈성 뇌 손상으로 세상을 마감했다. 팬들의 충격과 슬픔은 이루 말할 수 없이 컸다.

신해철의 마지막 길을 지킨 것은 그의 〈길 위에서〉였다. '자랑할 것은 없지만 부끄럽고 싶지 않은 나의 길/언제나 내 곁에 있는 그대여! 나를 지켜봐주오.' 장례식 때 현수막으로 내걸린 신해철의 노래 가사는 많은 이들을 울렸다.

신해철은 가버렸으나 그의 음악은 길 위에 고스란히 남았다. 그의 음악과 열정적 삶의 흔적을 기억하려 한 사람들이 경기도 성남시 분당에 '신해철 거리'를 만들었다. 2015년 이재명 성남시장이 추진한 신해철 거리는 길이 160m 규모이며, 마이크를 들고 노래하는 신해철 동상과 버스킹 무대, 추모 벽화, 노랫말, 남긴 말, 벽화, 포토존 등으로 꾸며져 있다. 남긴 말 중에 눈에 들어오는 한 구절.

'인생은 산책이다. 그러니까 살면서 얼굴 붉히지 말자. 산책을 나가듯 크게 의미를 부여하지 말고, 여유 있게 즐기며 살자.'

마침내 길이 되어버린 마왕이 길 위에 남긴 한마디가 나그네의 심사를 흔든다. 그려, 여유 있게! 즐기며!

god의 〈길〉

내가 가는 이 길이 어디로 가는지/어디로 날 데려가는지/그곳은 어딘지/알 수 없지만 알 수 없지만/알 수 없지만/오늘도 난 걸어가고 있네/사람들은 길이 다 정해져 있는지/아니면 자기가 자신의 길을/만들어 가는지/알 수 없지만 알 수 없지만/알 수 없지만/이렇게 또 걸어가고 있네…

그룹 'god'(지오디)의 노래 〈길〉 도입부이다. 슬로우고고 리듬에 실린 다섯 청년(장년)의 매력적인 목소리가 각기 걷는 길을 되돌아보게 만든다. 사람들은 모두 어디로 가고 있는가?

'god'는 1999년 초 〈어머님께〉로 데뷔한 남성 5인조 그룹이다. 〈어머님께〉는 사회적으로 훈훈한 반응을 일으키면서 '착한 그룹 god'란 이미지를 부여했다. 멤버는 손호영, 윤계상, 김태우, 데니안, 박준형 5명이며 특유의 감성을 담은 발라드로 가요계에 새바람을 불러일으키면서 '국민그룹'이란 명성을 얻었다.

god는 'groove over dose'의 약자로서, '글루브 과다복용/리듬 중독' 등으로 번역되나, 골수 팬들은 그냥 '마음속의 신이 되자'는 의미로 해석한다. 대문자(GOD)를 쓰지 않고 점(g.o.d)을 찍지 않는 것도 특이하다.

2019년 1월 열린 god 결성 20주년 기념공연 'god GREATEST

20th Anniversary 〈PRESENT〉'를 앞두고는 콘서트 티켓 1만여 석이 3분 만에 매진되어 'god 파워'를 입증시켰다. 한마디로 대세 남성그룹 BTS(방탄소년단)가 출현하기 전까지만 해도 god는 한국 가요계를 호령했다고 해도 틀리지 않는다.

〈길(Road)〉은 2001년 11월에 발매된 4집 타이틀 곡이다. '내가 가는 이 길이 어디로 가는지 어디로 날 데려가는지…'로 이어지는 가사가 팬심을 흔들었다. 이 노래는 성공을 위해 나아가는 사람들, 그렇지만 그 길에서 방황하는 수많은 사람들의 마음을 대변한다고 할까. 말하자면 길 위의 꿈과 행복을 찾기 위해 걷는 방황과 고민을 풀어낸 노래다. 그래선지 세대를 초월해 공감을 얻으며 인기를 끌었다.

〈길〉이 수록된 god 4집은 2개월 동안 173만 장의 판매고를 올려 역대 남성그룹 부문 음반 판매량 2위에 랭크되어 있다. 그해 연말 가요 시상식에서는 MBC, KBS, SBS 3사에서 모두 대상을 차지했다.

〈길〉의 가사와 사람의 다소 느린 보폭과도 같은 안단티노 (Andantino, 조금 느리게) 리듬은 삶의 행로, 살아갈 방향을 생각하게 만든다. 내가 누군지, 내가 가고 있는 곳이 어딘지, 종래 어디에 닿을지 좀처럼 가닥이 잡히지 않을 때, god의 〈길〉은 조용히 가는 길을 일러준다.

내가 걸어온 길이 잘못 걸어온 길이 아닌데도, 마음 한구석이 늘 아쉽고 허전하며 외로운 것은 웬일인가. 내가 꿈꾸었던 나의 모습, 나의 꿈에 닿지 않았음인가. 그럼에도 가야 하는 것이 삶의 길이다.

답답하고 걱정되고, 때론 두렵고 막막할 때 god의 〈길〉을 듣고 있으면 답답함과 막막함이 어느 순간 안개처럼 걷힌다. 좋은 노래의 마력이다. 답을 몰라 피하고 싶은 질문들도 이 노래를 듣고 있으면 나도 모르게 스스로 질문하게 된다. 답을 몰라서, 길을 몰라서 눌러두고 덮어 두었던 두려움과 답답함이 씻기면서 눈물이 나기도 한다. 노래가 주는 놀라운 위안이자 카타르시스다.

2020년 7월. 긴 코로나19 바이러스로 온 나라가 홍역을 치르고 있던 때, 전주 한옥마을에서 JTBC의 〈비긴어게인 코리아〉 버스킹 무대가 열렸다. 이 무대에서 god의 〈길〉을 노래하던 가수 크러쉬는 노래를 잇지 못하고 왈칵 눈물을 쏟았다.

방송 중 예기치 않은 일이었다. 크러쉬가 울자 객석에 드문드문 앉은 관객 몇도 함께 눈시울을 붉혔다. 나중에 크러쉬는 "거기에 혼자 있는 느낌이었다. 앞만 보고 계속 달렸으니까, 내가 지금 걸어가고 있는 길이 맞는 길인가? 스스로에게 처음 질문했던 것 같다. 사실 모르겠다. 어떤 길을 가고 싶은지"라고 진솔한 고백을 하였다. 크러쉬가 잠시 자리를 비운 사이, 멤버들은 크러쉬를 위해 〈촛불하나〉를 함께 부르며 '길'에서 흘린 눈물을 닦아냈다. 〈길〉이 가져다준 의외의 감동적인 무대였다.

길 위의 시-김삿갓의 해학

'죽장에 삿갓 쓰고 방랑 삼천리/흰 구름 뜬 고개 넘어가는 객이 누구냐…'.

명국환이 부른 〈방랑시인 김삿갓〉(작사 김문응, 작곡 전오승)의 유명한 첫 대목이다. 김삿갓은 조선 후기의 시인으로 본명은 김병연, 호는 김립, 난고이다.

김병연이 '김삿갓'이 된 원인은 할아버지였던 무신 김익순에게 있다. 김병연은 대여섯 살이던 때에 홍경래의 난을 겪는다. 당시 선천 부사 5품 관료인 김익순이 홍경래에게 붙잡혔고, 구걸하다시피 자신과 가족의 목숨을 부지한다. 김삿갓의 삶은 이런 파란만장한 배경에서 전개된다.

그게 부끄러워 평생 삿갓을 쓰고 전국을 돌아다녔다는 김삿갓은 시도 잘 썼지만, 많은 일화를 남겼다. 전해지는 일화 하나다.

금강산으로 향해 가던 중 강원도 땅에서 날이 저물었다. 할 수 없이 하룻밤 묵어가기로 하고 가까운 마을을 찾아 들었다. 마침 마을에 서당이 있었다. 방 안에는 글 배우는 아이들만 시끌벅적하고 훈장은 보이질 않았다. 김삿갓은 한 아이를 불러 "지나가던 과객이 하룻밤 묵기를 청한다고 훈장에게 일러라"고 하였다. 아이가 말을 전했는데도 훈장은 나타나지 않았다. 한참을 기다리다 재차 부탁해도 훈장은 오리무중이었다. 김삿갓은 묵어가기를 포기하고 아이에게 지필묵을 가져오라 하여 일필휘지로 시 한 수를 남기고 표표히 떠난다. 내용은 이러했다.

書堂乃早知(서당을 내 일찍부터 다녀 알건만)

房中皆尊物(방안엔 모두 존귀한 분들만 계시는구나)

生徒諸未十(생도들이야 다 합해도 열도 채 안 되는데)

先生來不謁(선생은 나와서 인사도 안 하는구료)

그저 그렇고 그런 풍자시 같지만, 문장의 음을 소리 내어 읽으면 온통 언중유골이다. '서당내조지(요)/방중개존물(이라)/생도제미십(이고)/선생내불알(이라)'. 경우에 없이 문전박대를 당한 김삿갓이 단단히 화가 났던 모양이다. 오늘날 기준으로 봐도 상당히 저속한 단어를 썼는데, 19세기에 이런 표현이 통용됐다는 게 신기할 따름이다. 길 위에서 체득한 민중 정서의 발로라 하겠다.

김삿갓은 언어의 마술사처럼 언어유희의 솜씨가 뛰어났다. 이런 일화도 있다. 마음 쓰는 폭이 좁은 친구의 파자(破字)를 풀어서 파자로 반박을 한 사연이다.

어느 날, 김삿갓이 친구 집에 놀러 갔다. 안주인이 "人良卜一(인량복일) 하오리까?"라고 묻자, 그 친구가 "月月山山(월월산산) 하거든" 하고 답했다. 그러자 김삿갓이 화를 내며, "丁口竹天(정구죽요)로구나. 이 亞心土白(아심토백)아" 하고 가버렸다.

파자하여 해석하면 이러하다. '人良卜一'을 붙이면 '食上'(식상: 밥을 올리다), '月月山山'은 '朋出'(붕출: 친구가 나가다)이 된다. 이에 답한 '丁口竹天'는 '可笑'(가소: 가소롭다), '亞心土白'은 '惡者'(악자: 나쁜 놈)가 된다.

친구지간에 밥 한 끼 나눠 먹지 못하는 세태를 비꼰 시다.

김삿갓의 시 중에는 시(是)와 비(非) 단 두 글자로 지은 시도 있다. 「시시비비가(是是非非歌)」다. 허황된 이론을 가지고 옳다 그르다, 맞다 아니다 하며 탁상공론이나 일삼는 세태를 풍자하는 시로 읽힌다.

是是非非非是是
(옳은 것을 옳다 하고 그른 것을 그르다 함이 옳지 않으며)

是非非是非非是
(그른 것을 옳다 하고 옳은 것을 그르다 함이 옳지 않음이 아니다)

是非非是是非非
(그른 것을 옳다 하고 옳은 것을 그르다 함이 그른 것이 아니며)

是是非非是是非
(옳다는 것을 옳다 하고 그른 것을 그르다고 함이 도리어 그른 것을 옳다 함이다.)

김삿갓은 길 위의 황망한 상황에서도 위트 넘치는 글을 썼다. 어느 머슴이 헐레벌떡 뛰어가길래 김삿갓이 불러 세워 "어딜 그리 급하게 가느냐"고 물었다. 머슴이 대답하기를 "사람이 죽어 부고를 쓰러 간다"고 했다. 김삿갓이 "내가 글을 알고 있으니 써주겠다"면서 '유유화화(柳柳花花)'라는 글을 써준다. 글을 모르는 머슴은 "고맙다" 인사하고 받아 갔다. '유유화화(柳柳花花)'를 한글로 직역하면 '버들버들꽃꽃'이 된다. '버들버들 떨다가 꽃꽃해졌다'는 이야기가 아닌가. 죽음을 희화화했다는 비판을 받을 수 있으나, 길에서 얻은 공감의 언어가 놀랍기만 하다.

김삿갓은 전라도 화순 땅에서 최후를 맞는다. 몸이 아파 지인 집에서 치료를 받던 중 방랑의 종지부를 찍은 그의 마지막 말은 이랬다. "이보게 친구, 춥구려. 이제 잠을 자야겠으니 불을 꺼주시오…."

강원도 영월군 김삿갓공원의 조형물.

살아서 고행의 자유를 누린 김삿갓은 우리 시대 최고의 문화콘텐츠로 떠올랐다. 작가 정비석은 1991년 장편 『소설 김삿갓』(전 6권)을 펴냈고, 그해 이문열은 김삿갓의 일생을 『시인』으로 소설화했다.

김삿갓의 고향인 강원도 영월군에는 2009년 '김삿갓면'이 생겨난 데 이어 '김삿갓 문학관'이 들어섰고, 전라도 화순에는 '김삿갓 공원'이 조성됐다. 강원도 속초에서는 김삿갓 막국수가 유명하다.

길 위에서 자유를 노래한 시인 김삿갓은 여전히 우리 곁을 걷고 있다.

세한도 가는 길

서리 덮인 기러기 죽지로/그믐밤을 떠돌던 방황도/오십령(五十嶺) 고개부터는/추사체로 뻗친 길이다/천명(天命)이 일러주는 세한행(歲寒行) 그 길이다/누구의 눈물로도 녹지 않는 얼음장 길을/닳고 터진 알발로/뜨겁게 녹여 가라신다/매웁고도 아린 향기 자

추사 김정희의 「세한도」.

오록한 꽃진 흘려서/자욱자욱 붉게붉게 뒤따르게 하라신다.

(유안진, 「세한도 가는 길」 전문)

추사의 「세한도」가 명품이라면, 유안진의 「세한도 가는 길」은
절창이다. 시인은 보이지 않는 것을 보게 하고, 들리지 않는 것을
듣게 한다. 약 200년을 시차로 조선의 시서화 대가와 현대시인이
나누는 교감과 소통이 아름답기만 하다.

「세한도」는 추사가 1840년 유배지 제주도에서 모든 걸 잃고
고립되어 있었을 때 애제자 이상적에게 그려준 그림이다. 이상적
은 역관 출신의 중인이었지만, 추사를 위해 서책을 챙겨주는 등
성심을 다한 의리의 제자였다. 권력보다 의리를 택한 제자에게
추사는 설원에 토담집 한 채와 소나무와 잣나무를 그린 소박한
수묵화 한 점을 그려주었다. 문자향서권기(文字香書卷氣, 문자의 향

기와 서책의 기운)가 느껴지는 붓으로 휘저은 설원의 푸른 소나무
는 추사의 올곧은 정신과 예술세계를 말해주는 징표가 되었다.
「세한도」는 국보 제180호로 문인화의 최고봉이라 일컬어진다.

시인은 「세한도」를 보고 겉으로 드러난 풍경보다 추사의 마음
속을 파고들었다. 돌아갈 기약 없는 추사의 처연한 심경과 적소
의 외롭고 힘든 처지에도 자신을 추슬러 명작을 빚어낸 추사의
예술혼을 붙든 것이다.

세한도 가는 길은 하늘이 일러준 길이다. 누구라서 천명을 거
역할까. 그 길은 '세한행(歲寒行)', '추사체로 뻗친 길'이며, '매웁
고도 아린 향기 자오록한' 길이다. 시인의 감정이입으로 추사의
마음이 다가온다. 추사가 「세한도」에 찍은 인장 '장무상망'(長毋
相忘, 오래도록 서로 잊지 말자!)도 되새겨 두자. 시류와 권력, 명예
같은 것에 휘둘리지 말고, 신의와 배려를 지키며 사람의 향기를

간직하자는 다짐으로 들린다. 세한도가 감춘 또 다른 진경(眞景)이다.

시인들의 세한도 사랑은 끝이 없다. 내로라하는 이 땅의 많은 시인들이 세한도를 노래했다. 유안진 외에도 이근배·김지하·정희성·정호승·황지우·곽재구·도종환·전인식 등이 세한도를 붙잡고 시심을 불태웠다.

먹붓을 들어 빈 공간에 선을 낸다/가지 끝 위로 치솟으며 몸놀림하는 까치 한 쌍/이 여백에서 폭발하는 울음…/한 폭의 그림이/질화로같이 따숩다. (송수권, 「세한도」 부분)

따뜻한 아랫목에 누워/누군가 만들어 놓은 책 속의 길 따라 쫓는/나에게도 봄은 올까, 노래할 수 있을까/환호 지르며/세상 한 가운데 알몸으로 뛰쳐나갈/유레카의 순간을 위해 오늘 나는/사철 내내 눈발 펄펄 날리는 세한도 속으로/저벅저벅 큰 걸음으로 걸어들어야겠다…. (전인식, 「세한도 속으로」 부분)

행운유수와 운수납자

걷기는 글쓰기와 닮은 데가 있다. 뚜벅뚜벅 한 땀 한 땀 온몸으로 스스로 다독이면서 나아가야 하는 것이 그렇다. 걸어간 궤적과 지나간 자취를 스스로 갈무리해야 하는 것도 닮은 꼴이다. 옛 선인들은 이를 '행운유수(行雲流水)'라 표현했다. 행운은 지나가는 구름, 유수는 흐르는 물이다. 행운유수는 흔히 문장이나 말이 거침없이 이어지는 경우를 일컫지만, 속세를 떠나 초연한 심경에 있는 것을 말하기도 한다. 산수경개를 찾는 나그네의 유정한 발걸음이라 하겠다.

이쯤 되면 소동파를 불러내야 한다. 오고 가는 길에서 그가 건져 올린 시가 행운유수의 이치를 설파한다.

大略如行雲流水(대략여행운유수), 初無定質(초무정질),

常行於所當行(상행어소당행), 常止於所不可不止(상지어소불가불지).

그대의 글은 대략 구름이 가고 물이 흐르는 것처럼 처음에는 정해진 바탕이 없으나, 항상 마땅히 가야 할 곳에 가고, 항상 그치지 않으면 안 될 곳에서 그칠지라….

소동파로 더 잘 알려진 소식(1037~1101)의 『답사민사서(答謝民師書)』에 나오는 글의 일부로, 흔히 '행운유수'의 출전으로 소개되는 시구다. 소식은 당송팔대가의 한 사람으로, 시와 산문의 대가였고 서예의 명인, 문인화의 창시자였다. 그는 오랫동안 지방관으로 여러 지방을 두루 다니면서 많은 인물과 교유했으며, 세상을 넓고 깊이 보는 철학과 통찰력으로 후대에 큰 영향을 끼친 위대한 시인이었다.

소동파가 언급한 '행운유수'는 원래 글을 쓰는 방법론을 설파한 것이었다. 정해진 격식 없이 늘 '가야 할 곳'을 가고, '멈춰야 할 곳'에서 멈추면 자연스런 좋은 글이 나온다는 얘기다. 예로부터 글이 아무리 아름답고 기발해도 문장에 기교를 부린 자국이나 인공의 흔적이 드러나면 높이 평가하지 않았다. 선녀의 옷에는 바느질한 자리가 없다는 천의무봉(天衣無縫)을 최고의 경지로 쳤던 것이다.

'가야 할 곳'과 '멈춰야 할 곳'은 문사나 선비뿐만 아니라, 나그네가 지녀야 할 최고의 덕목이 아닐까 한다. 자기가 선 위치에서, 앞을 바르게 보고 자기 보폭에 맞게 걸어야 한다는 고전의 가르침이다. 늘 가야 할 곳을 가고 멈춰야 할 곳에서 멈춘다면 그것이 자연스러운 모습이며 최고의 경지가 아닐까. 자연스러움! 그건 자연이 인간에게 준 최고의 선물이 아닐 텐가.

'행운유수'에서 갈라진 말이 불교에서 쓰는 '운수행각(雲水行脚)'이다. '행각승'이란 말도 행운유수에서 나왔다. 행각승은 구법을 위해 천하를 떠돌아다니는 것을 말한다. 승은 본래 무일물(無一物)로 한곳에 머무르지 않는다. 수행시대의 선승은 운수(雲水)가 되어서 행각(行脚)해야 한다. 행각에는 직접 짠 옷을 입고 각반, 짚신을 신으며, 두타대(頭陀袋)나 삼의대(三衣袋)를 어깨에 걸치고, 철발을 받쳐서 큰 회립을 쓰고 석장을 짚기도 한다. 행각 동안에는 탁발로 생활한다.* 행각승을 달리 운수(雲水) 혹은 운수납자(雲水衲子)라고 하는데, 이 역시 '행운유수'에서 나온 말이다.

불가의 행각 풍습은 중요한 수행 과정의 하나다. 안거가 끝나면 선방스님들은 홀홀히 행각을 떠난다. 두 발로 걸어서 세속과 산천을 주유하는 것이다. 불가에서는 이를 보살이 육바라밀을

---

* 『종교학대사전』, 한국사전연구사, 1998.

실천하는 행위로서, 만행(萬行)을 닦는 것으로 본다. 이를 통해 선승들은 세속의 갖가지 상황과 번잡함 속에서 수행의 경지를 점검하고 교화를 하거나 깨달음을 얻는다. 세상을 주유하는 선승들은 '구름처럼 물처럼 흘러가기를' 원한다. 말하자면 행운유수요 운수행각이다.

행운유수의 행각 길에는 어디에도 걸림이 없는 자유로움과 가식 없는 자연스러움, 모든 것을 비우는 빈 마음이 깔린다. 인위나 인공을 가미하면 그만큼 수행에서 멀어진다고 본다. 행운유수는 흔적과 자취가 없다. 떠도는 구름과 흘러가는 물에 무슨 자취와 흔적이 남는가. 터벅터벅 걸어가는 수행자에겐 자취와 흔적이 없기에 누구도 그 사람을 뒤쫓지 못한다.* 이때 운수승은 천의무봉의 자유로움을 안고 걷는다.

해제 때가 되면 예전에는 오로지 걸어서 운수행각하며 이 산 저 산, 이 마을 저 마을, 이 절 저 절을 찾아다니는 운수승들을 어렵지 않게 볼 수 있었다. 운수승이 찾아오면 거개의 마을에서는 밥이나 노자를 챙겨주었다. 밥 한술을 뜨는 둥 마는 둥한 운수승은 바쁠세라 재너머로 사라져 갔다. 해 질 녘 산 고개를 넘고, 해풍이 스치는 포구길을 걷는 운수승들은 모두 어디로 가버린 걸까.

요즘은 예전의 운수승들을 보기가 몹시 어려워졌다. 운수승들의 탁발 행각도 추억이 되어간다. 행각길에 나선다 해도 자가용을 이용해 이동한다.

---

* 고명석, (29)행운유수(行雲流水), 《불교저널》, 2011. 8. 29.

걷기를 잊어버린 행각. 어쩌랴, 흐르는 세월이 바뀌어 행운유수, 운수행각도 흘러가고 있는 것을.

작가 이문구(1941~2003)는 한국의 토속적·전통적 삶의 편린을 소설 「행운유수」에 녹였다. 「행운유수」는 유년 시절 자신을 친동생처럼 돌봐 줬던 당찬 소녀 옹점이가 6·25 전쟁의 와중에서 겪는 인생유전을 그린 이문구의 『관촌수필』에 실린 연작 소설 세 번째 작품이다.

작가의 어린 시절 경험을 그대로 살려 썼다는 「행운유수」는 억척스럽고 정감넘치는 시골 부엌데기 옹점이를 중심으로 이야기가 전개된다. 옹점이는 누구에게 배운 것 하나 없어도 혼자서 글을 떼고 노래도 잘 불렀으며 누구보다 주체의식이 강한 여자였다. 일제강점기, 해방, 한국전쟁을 겪으면서 남편을 잃고 근대화의 소용돌이 속에 집안이 몰락하지만, 자신의 인생을 찾아 홀연히 길을 떠나는 여자. 그녀가 약장수를 따라가며 부른 마지막 노래가 귓전에 아련하다. '사공의 뱃노래가….'

작품에 녹아든 걸쭉한 충청도 사투리는 언제 봐도 푸지다. 한 대목을 본다.

옹점이는 마침 발아래 어슬렁거리던 검둥개의 뱃구레를 냅다 걷어차며 험한 욕을 퍼붓는데, 사실은 순경 들으라는 소리였으니 이러했다. "이런 육시럴늠으 가이색깃 지랄허구 자빠졌네. 주둥패기 뒀다가 뭣허구 이 지랄허여. 너 니열버텀 잘 굶었다. 생전 밥 구경을 시키나 봐라.

옹점이의 말이 행운유수다. 그녀의 삶, 한국 농촌의 서정이 바로 그랬으리라.

정태춘의 '심산무도'

'시인의 마을' 하면 가장 먼저 떠오르는 가수가 정태춘이다. 서정적이면서 토속적인, 감미롭고도 회한이 느껴지는 선율은 많은 이들의 감성을 적셨고, 지금도 많은 이들이 부르는 불멸의 명곡이다. 〈시인의 마을〉은 1978년 발표된 정태춘의 데뷔 앨범 〈시인의 마을〉의 타이틀 곡이다.

정태춘은 한국을 대표하는 싱어송라이터이자 '노래하는 시인'이다. 가수 활동을 하면서도 2004년 첫 시집 『노독일처』를 펴냈고 2019년엔 신작 시집 『슬픈 런치』를 출간해 시인으로서의 면모를 다졌다. 그가 만든 노래도 좋지만, 노랫말은 더 좋다는 찬사가 따랐다. 정태춘은 한국 사회를 폭넓게, 깊이, 뜨겁게 투시하면서 휘황찬란한 성장 이면을 되비추는 거울 같은 시를 썼다. 그에겐 시가 노래였고, 노래가 시였다.

그의 든든한 반려자 박은옥은 서정적이고 메시지 강한 노랫말을 고운 목소리로, 때론 화음으로 뽑아냈다. 정태춘-박은옥은 한국가요계에서 화음이 가장 멋진 부부 가수이다.

정태춘은 문화운동가·사회운동가였다. 그는 1980년대 말부터 진보적인 문예운동 진영에 뛰어들어 활동했다. 주요 시국 집회 현장엔 기타를 둘러멘 그가 있었다. 세상과의 불화는 그를 노래꾼, 투사로 만들었다. 1990년대 초에 사전심의 폐지운동을 전개하여 1996년 헌법재판소의 '가요 사전심의 위헌 결정'을 이끌어낸 것은 일대 사건이었다. 현장에서 참여와 연대를 통해 이룬 길 위의 투쟁이 낳은 결과였다.

데뷔 40년을 넘긴 정태춘은 새로운 행보를 시작했다. 2019년 벽두부터 경향신문에 연재하고 있는 '붓으로 쓰는 노래'는 여러모로 눈길을 끈다. 정태춘은 연재 서문에 이렇게 썼다.

노래 만들기를 접고 가죽을 몇 년 잡았었다. 또 칼과 바늘과 실… 무념무상으로 가방을 만들었다. 그걸 접고 카메라를 잡았었다. 작은 사진전도 했었다. 또 몇 년. 그걸 또 접고 만난 게 붓이었다. … 이제 붓은 쉬이 놓지 않을 것 같다. 난 '말하는 사람'이란 걸 이제서야 깨달은 것이다. 음악도, 사진도, 붓도 도구일 뿐이었다….

노래와 시, 사회운동을 맹렬히 벌여온 정태춘이 붓을 잡고 새로운 길을 찾아 나선 것은 또 다른 진보(進步)다. 〈시인의 마을〉 발표 이후 그의 삶은 늘 용광로처럼 뜨거웠다.

몇 년 전, 강원도 부론의 남한강 강변에 작업실을 마련한 정태춘은 번잡한 도시를 벗어나 한동안 산천과 벗하며 '나를 놓아버리는 시간'을 보냈다고 한다. 그곳에서 '붓'을 잡고 쓴 글 중에 「江村濃霧(강촌농무)」가 있다. 존재의 시원을 찾는 듯한 글이다.

환절기 아침 안개가 참 좋았다. 글로 쓰고 싶은 좋은 말들도 툭툭

튀어나오고. 설사 말장난에 지나지 않을지라도 스스로의 말에 마음 닦을 시간도 조금씩 생겼더랬다. 깊이야 어떠하든 존재 자체에 관한 생각, 존재의 근간인 집착의 문제, 부끄럽다 아니다 뭐 날 평가할 것도 없이 그냥 나를 놓아버리는 그런 시간. … 돌이켜보면 소중한 날들이었다. 그럴 때 그냥 오늘이 일생이고 오늘 하루 고요하게 존재하자. 일생도 그러하다. 부산 떨지 마라… 생각했으나 그것도 지나간 일이 돼 버렸다. (2019. 2. 20.)

최근엔 '深山無道(심산무도)'라는 짧은 하이쿠 같은 글을 올려 나그네의 발길을 심란하게 했다. 제목은 '심산무도, 깊은 산, 길 없다'였다.

장엄하구나/가자, 저 산/고요하구나/가자, 거기 길 없는 골짜기 물소리 있고/야생초 싱그런 풀밭도 있으리니/깊은 산 사람 발자국 없고/길 없으면 또 저들의 문명도 없으리니/가자, 저 산/깊은 산 (202. 1. 15.)

정태춘이 찾은 '심산'이 참으로 고즈넉하고 유여롭다. 어느 행각승이 행운유수처럼 천의무봉으로 왔다 간 곳이 이럴까. 싱그런 풀밭에서 풀피리 소리 들리고, 청아한 계곡에서 신선이 노닐다 사라진 분위기다. 이런 곳엔 길이 없어야 하리! 정태춘의 노래하는 붓은 그렇게 외치고 있다. 무도(無道)! 길 찾는 이에게 길이 없다니!

시인 권태원의 유랑과 해방

길을 걸을 때 나는 배낭에 시집을, 호주머니에 시 한두 편을 넣고 걷는다. 그러다 고갯마루나 쉼터가 나오면 무시로 시를 꺼내 읽는다. 나는 짧고 강렬하게 심상과 이미지를 구축하는 시인들을 존경한다. 시인은 시를 걷는 사람이다. 시를 쓰기 위해 걷고, 걷기 위해 시를 쓴다. 시와 걷기는 내통하면서 길항하는 관계다. 길 위의 시는 내게 간식이 되고, 길동무가 되고, 활력을 불어넣는 원기소가 된다. 산들바람 속에서 시는 노래가 되기도 한다.

많이 걷고 많이 쓰는 시인으로 권태원을 당할 사람이 있을까. 그가 23번째 시집을 냈다. 놀라운 창작열이다. 주변에선 그를 기인이라 부른다. 남다른 문학활동이나 생활이 기이한 것도 있지만, 걷기를 일상화하고 있다는 점에서도 확실히 기이하다.

그는 여전히 슬프고 황당한, 그러면서도 자유롭고 활발한 열정을 품은 사나이였다. 올해(2021년) 우리 나이로 일흔둘. 나이 앞에 장사 없다지만 그는 나이를 이기고 있었다. 최근 건강이 많이 좋아졌다고 했다. 5~6년 전 고혈압에 당뇨, 갑상선 질환까지 겹쳐 병원을 들락날락할 때만 해도 주변에선 "권태원이 인자 가는 갑다"는 말이 나돌았다. 그런데 기적 같은 일이 벌어졌다. 걷기 수행을 일상화하면서 몸이 좋아졌다. 걷기가 명약이었다.

길을 걸으면/아무도 없는/길을 걸으면/눈물이 난다, 그저 눈물만 난다.//보이지 않는 하늘/갈 곳도 없고/같이 갈 사람도 없다//어제까지 따라다니던/햇빛 한 움큼마저/나를 떠난 오늘//이제는/

무엇을 해야 하나/누구를 만나야 하나//살아갈수록/나의 별은/안으로, 안으로 떨어지는데//아무도 없는/길을 걸으면/미안해진다, 자꾸 미안해진다 (권태원, 「나의 별은」 전문)

'아무도 없는 길'에서 별을 품고 눈물 흘리며 걷는 시인. 갈 곳도, 같이 갈 사람도 없지만, 가야만 하는 길. 걸을 수 있다는 사실이 고마워 그저 미안해지는 길. 오늘은 내가 그의 도반이 되고 싶어진다. 그와 길동무하며 짧은 길이라도 걷고 싶다.

요즘 그는 두 다리가 바퀴인 '자가용 11호'를 끌고 만보계를 차고 다닌다. 만보계는 거짓말하지 않는 진실한 친구다. 적게 걸으면 하루 8만 보, 많이 걸으면 11만 보까지 찍는다. 하루하루 찍히는 걸음 수는 일상의 활력 지수다.

권 시인은 주로 북두칠성이 빛나는 한밤에 시를 쓴다. 낮에 길에서 얻은 시상과 이미지들을 한밤에 갈무리하는 것이다. 저녁 9시에 잠자리에 들면 밤 12시쯤 잠이 깨는데, 이때부터 일과가 시작된다. 1시간 정도 요가 명상을 하고 꼭두새벽의 기운을 모아 집중적으로 작업을 한다. 그리고 햇살이 비치면 다시 거리로 나가 걷는다.

권 시인은 요즘 '화엄경'에 빠져 있다. 무던히 걷다 보니 작은 깨달음이 왔다고 했다. 일체유심조! 모든 것은 오직 마음이 지어낸다…. 오랫동안 부처를 찾았는데, 문득 보니 부처가 내 안에, 시 속에서 웃고 있다! 마음을 등으로 짊어지면 짐이 되지만, 가슴으로 안으면 사랑이 된다. 그런 부처를 품었기에 그는 오늘도

'길 없는 길'을 뚜벅뚜벅 걷는다.

박노해의 길과 사진

'먼 길을 걸어온 사람아/아무것도 두려워 마라/길을 잃으면 길이 찾아온다/길을 걸으면 길이 시작된다/길은 걷는 자의 것이니.'

박노해 사진 에세이 『길(THE PATH)』을 보다가 길에 흠뻑 빠져든다. 박노해가 누구던가. 「노동의 새벽」으로 한 시대를 고뇌하고 성찰하게 만든 얼굴 없는 시인. 1980년대 말 남한사회주의노동자동맹(사노맹)을 결성해 활동하다 무기징역을 받은 그가 '길의 시인'으로 우리 곁에 돌아왔다. 출소 뒤 그는 생명 평화 나눔을 기치로 사회운동을 하면서 세계의 낯설고 후미진 길을 찾아 깊은 성찰과 울림을 주는 메시지를 던져왔다.

책 서문에 이런 대목이 있다.

"우리가 앞이 보이지 않는 것은 어둠이 깊어져서가 아니라 너무 현란한 빛에 눈이 멀어서이다. 우리가 희망이 없다는 것은 희망을 찾지 못해서가 아니다. 너무 헛된 희망을 놓지 못해서이다. … 길을 찾아 걸어온 나의 유랑길은 실상 '길을 잃는' 일이었다. 나는 기꺼이 길을 잃어버렸고 비틀거리며 헤맸다. 길을 잃어버리자 길이 내게로 걸어왔다…."

세상의 모든 길은 희망의 다른 표현이다. 길이 희망이기에 가는 길을 멈출 수 없다. '누우면 죽고 걸으면 산다'는 신화를 믿어야 한다. "포기하지 말라. 저 모퉁이만 돌면 희망이란 녀석이 기

다리고 있을지도 모른다"고 말
한 일본의 정신과 의사 사이토
시게타의 말도 기억해두자.

박노해의 '노해'를 흔히 '노동
해방'으로 풀이하지만, 나는 '길
(路)의 해방'으로 풀고 싶다. 그
길이 고속도로든, KTX든, 초고
속 통신이든 사람이 걷고 만나
자유를 누려야 하기에. 위대한
길 위의 시는 아직 써지지 않았
기에.

박노해 사진에세이 『길』 표지.

7장
잔도(棧道), 벼랑길을 만든 사람

작원잔도의 경이

10년도 더 된 일이다. 2012년 초봄, 나는 양산 원동과 삼랑진 사이의 천태산 자락 낙동강 벼랑길을 걷고 있었다. 그게 잔도(棧道, 벼랑에 낸 길)라는 것을 알고 놀라고 흥분됐던 기억이 떠오른다. 발끝에 와닿는 짜릿함에 온몸의 감각이 깨어났고 눈이 밝아졌다.

동행한 양산의 향토사학자 정진화 선생이 말했다. "이게 바로 문헌에 등장하는 영남대로의 작원잔도예요. 양산 원동 사람들이 삼랑진 장을 보러 다녔던 길이지요. 얼마나 험했던지, 정신 바짝 차리고 가야 했어요. 원님이 이곳을 걸어가다가 발을 헛디뎌 추락했다는 원추암도 이 근방으로 봐요."

그 순간, '내가 역사적인 길을 걷고 있구나!' 하는 생각과 함께 감동이 밀려들었다. 다음은 그때 쓴 기사 일부다.

… 확실한 옛날 잔도(棧道)였다. 천태산 기슭의 깎아지른 듯한 벼랑에 가까스로 길이 뚫려 있었다. 고개를 들자 낙동강의 풍광이

낙동강 벼랑길인 작원잔도와 자전거길.

시야를 가득 채웠다. 경이로운 벼룻길이었다. 문헌과 구전으로 전해져 오던 영남대로(황산도) 상의 작원잔도(鵲院棧道) 원형 일부가 확인됐다. 문화재급 가치를 지닌 옛길로 평가되고 있지만, 안타깝게도 낙동강 자전거 도로 공사에 치여 상당 부분이 훼손될 처지다. (국제신문, 2012년 3월 27일자. 박창희 선임기자)

당시 확인된 작원잔도 구간은 경남 밀양시 삼랑진읍 검세리 경부선 작원관터널 바깥의 낙동강 벼랑길이었다. 잔존 구간은 길이 약 100m, 폭 1~1.5m이며, 자연지형을 이용해 석대를 세워 석축을 쌓은 형태였다. 사닥다리를 걸기 위해 파낸 바위 면의 홈도 선명했다.

높이 약 30m의 절벽에 걸린 외줄기 길과 그 길을 떠받친 석축, 배경을 이룬 천태산…. 우리 조상들의 잔도 조성 기술은 실로 놀라웠다. 자연지형을 이용해 자연을 훼손하지 않으면서 안전성과 실용성을 살린 길이었다. 중장비가 없던 시절 강변의 낭떠러지에서 어떻게 이러한 잔도를 냈을까. 측면에서 보니 자연 건축미가 빼어나 문화재감으로 손색없어 보였다.

작원잔도는 원동~삼랑진을 잇는 최단 지름길이다. 일명 작천잔도(鵲遷棧道), 까치비리라고도 불린다. 임진왜란 때 왜군의 침공로였으며 조선의 관민 수백 명이 희생당한 통한의 전적지다.

천태산 자락의 작원잔도 일부 구간은 이명박 정부의 4대강 사업 때 자전거길 조성 공사로 사라질 뻔했으나 가까스로 살아남아 현재 낙동강 자전거 길의 숨은 볼거리가 되고 있다.

영남대로 3대 벼랑길

험준한 산악 구간을 통과하기 위해 깎아지른 듯한 절벽을 따라 만들어진 잔도는 길이 어디로 가야 하는지를 말해주는 전통 구조물이다. 부산 동래에서 서울까지 이어진 영남대로(동래로)에는 작원잔도 외에도 경북 문경시의 토끼비리(관갑천잔도)와 양산 물금의 황산잔도가 있다. 이른바 영남대로의 3대 잔도다.

문경 토끼비리는 문경새재 남쪽 약 15km 지점인 진남교반에 있다. 일명 토천(兎遷)으로 불리는 이 길은 『영남대로』를 쓴 고려대 최영준 명예교수가 1980년대 초 재발견하기까지 역사의 뒤안길에 내버려져 있었다. 길이는 2km 정도지만 역사와 전설, 입지, 축조기법 등에서 문화재적 가치가 인정돼 국가지정 문화재 명승 31호로 지정돼 있다. '비리'는 '벼루', '벼랑'의 문경 방언이다. 『신증동국여지승람』에 유래가 나온다.

"고려 태조 왕건이 견훤과 전투를 벌이며 남하하다 이곳에 이르렀다. 절벽과 낭떠러지에 길이 막혀 여기저기를 헤매고 있었는데, 때마침 토끼 한 마리가 벼랑을 따라 달아나는 걸 보고 쫓아가 길을 내니 토천이다."

물금 황산잔도(黃山棧道)는 오봉산 자락에 뚫린 낙동강 벼랑길이다. 요산 김정한의 소설 「수라도」에는 '황산베리끝'으로 등장한다. 물금지역 촌로들은 "워낙 험해 장꾼들이 한 잔 걸치고 오가다 발을 헛디려 떨어지거나 원님 행차에 떼밀려 민초들이 빠져 죽기도 한 곳"이라고 얘기한다.

물금은 조선시대 40개 찰방역 가운데 하나인 황산역이 있었던 교통 요충지다. 황산역은 동래, 밀양 등지 16개 역을 관할하던 영남지역 최대 역참이었다. 황산역터는 현 물금읍 물금리, 지금의 서부마을 안 물금제일교회 일대로 추정된다. 『영남역지』에 따르면, 이곳에 역리(역 업무를 보던 아전) 7,638명과 남녀 노비 1,176명, 말 46마리, 누각과 관청 등 12동이 있었다니 그 규모가 짐작된다.

양산시는 황산체육공원 등 낙동강관광벨트 사업과 연계해 옛 황산역 내의 관청과 동헌 등 일부 건물을 복원하고 역참문화관을 세울 계획이다. 황산잔도 복원 계획도 포함돼 있다.

황산잔도의 원형은 1900년 초 경부선 철도 부설 때 거의 대부분이 사라졌다. 무심한 세월 속에 황산잔도는 잊혀졌다. 용화사에 보존된 황산잔로비(黃山棧路碑)와 동래부사 정현덕 공덕비의 존재가 드러난 것도 최근의 일이다. 지역의 선비들이 찾던 경파대와 최치원이 유상했다는 임경대도 황산잔도와 연관되는 유적이다.

황산잔도는 복원될 수 있을까. 철길을 걷어낼 순 없는 일이고, 자전거 데크길을 옮길 수도 없다. 철도 옆에 인공 잔도를 놓거나, 자전거 데크길을 넓혀 보행로를 확보하는 방법을 생각할 수 있다. 자전거 길을 넓혀 놓고 황산잔도를 복원했다고 말하는 것도 낯간지러운 일이다. 딜레마다. 한 번 파괴된 옛길을 복원하는 일은 어렵고 힘들다. 벼랑에 잔도를 내던 조상들의 지혜가 새삼 그리워진다.

중국의 잔도와 잔도공

기암괴석으로 이뤄진 중국 삼청산. 유네스코 세계자연유산으로 지정된 중국에서 가장 아름다운 산이다. 삼청산의 천길 낭떠러지 벼랑에 길이 있으니 이름하여 '경관 잔도'다. 잔도 공사현장의 높이는 1,400~1,600m. 발 디딜 곳 하나 없는 수직의 직벽에 붙어 잔도공들이 아슬아슬 매달려 작업을 한다. 안전장비는 몸에 맨 외줄 한가닥이 전부. 잔도는 가파른 절벽 등을 따라 폭 1.5m 내외로 만든 길을 말하고 잔도공은 잔도를 만드는 노동자를 뜻한다. 이들은 왜 이렇게 위험한 일을 할까. 오로지 관광객들이 경관을 만끽할 수 있도록 하기 위해서다.

유튜브에 링크된 EBS〈극한직업–삼청산 잔도공〉편(2011년 6월)은 보는 내내 오금이 저렸다. 천길 낭떠러지에서 잔도공들은 곡예사가 줄타기하듯 작업을 이어나갔다.

잔도를 내는 첫 작업은 정식 잔도의 가설물 역할을 하는 임시 잔도 설치 공사다. 우선 임시 잔도의 뼈대를 세우기 위해 암석 절벽에 드릴로 구멍을 뚫는다. 첫 작업부터 1,400m 높이의 암석 절벽 위에 매달려 작업을 해야 하는 상황. 안전로프조차 제대로 걸 곳이 없는 장소에서 절벽 위에 철심을 박고 여러 번 로프를 묶고서야 겨우 절벽으로 내려간다. 한 손으로는 철심에 걸어놓은 로프를 지탱하고 나머지 한 손으로는 전동 드릴로 구멍을 뚫는다.

아슬아슬한 고공 드릴작업이 끝나면 곧바로 뼈대 설치 작업이 진행된다. 구멍을 낸 곳에 강관의 지지대 역할을 해줄 짧은 철심을 박아 넣고, 굵은 철사와 강관용 연결 볼트를 이용해 하나씩 하나씩 손으로 직접 붙여나간다. 잔도공들이 움직일 때마다 강철 파이프가 쉴 새 없이 흔들린다. 나무판자 사이로 끝이 보이지 않는 절벽이 시선을 압도한다.

공사에 쓰이는 철근과 시멘트, 나무판자 등 무거운 자재는 잔도공들이 직접 나른다. 잔도공들은 약 30kg의 자재 자루 두 개씩을 대나무 장대를 이용해 어깨에 걸고 공사현장을 오르내린다. 어깻죽지는 시퍼렇게 멍들었고 등짝에는 땀 범벅이다.

방송 인터뷰에서 밝힌 내용을 보니, 잔도공들이 받는 일당은 150~200위엔(약 3만3,000원) 정도. 위험을 무릅쓴 극한 작업치고는 박한 일당이지만, 잔도공들은 몸에 밴 듯 대체로 낙천적으로 일한다.

중국에는 삼청산 같은 산악 잔도가 많다. 황산, 태항산, 천문산, 화산의 잔도가 특히 유명하다. 대부분 1990년대 이후 관광자원으로 활용하기 위해 뚫었다. 잔도를 놓다가 떨어져 죽은 사람도 적지 않았을 것 같다. 하지만 잔도공들은 무명도공처럼 자신의 이름을 남기지 않는다. 생업을 위해 벼랑에 길을 뚫을 뿐이다.

중국에 가서 잔도를 걷게 되면 잔도가 빚어낸 경치에만 탄복할 게 아니라, 잔도공들의 목숨 건 극한 작업, 그들의 벼랑 끝 인생도 생각해 볼 일이다.

벼랑길 삶의 노래

살다 보면 잔도, 즉 벼랑길을 걸어야 할 때가 있다. 그게 사업이든, 모험이든, 여행이든 외길에서 벼랑길을 만나면 운명인 양

혼신을 다해 걸어가야 한다. 잔도를 걷다 보면 험로가 주는 아찔함, 아득함과 함께 삶에 대한 경이, 성찰과 반성도 느끼게 된다. 잔도가 주는 묘미다.

『누구나 가슴에 벼랑 하나쯤 품고 산다』(장석주, 21세기북스)라는 책을 읽다 문득 발견했다. 내 뛰는 가슴에도 벼랑을 품고 있다는 것을! 책 속에 이런 구절이 있다.

… 나무가 제 속에 도끼를 품고 번개를 품고 살 듯이, 벼랑을 품은 삶과 그렇지 않은 삶 중에서 어느 쪽이 더 낫냐는 단순 비교는 의미가 없다. 중요한 것은 포기하지 않고 잘 살아내는 것이다….

잘 살아내기. 벼랑길이 주는 의미심장한 메시지다. 시인이 시의 정수를 만나는 곳도 벼랑 끝에서다.

독락당 대월루(對月樓)는/벼랑 꼭대기에 있지만/예부터 그리로 오르는 길이 없다./누굴까, 저 까마득한 벼랑 끝에 은거하며/내려오는 길을 부숴버린 이. (조정권,「독락당」전문,『산정묘지』)

위대한 정신은 늘 높고 위태롭게 존재한다. 벼랑을 품은 정신은 세속의 저잣거리를 밝게 비추는 달빛과 같다. 달빛은 시들지 않는다. 벼랑길을 품고 잘 살아야겠다.

8장

돌아가는 길, 황천길

아버지 어머니는/고향 산소에 있고//외톨배기 나는/서울에 있고//형과 누이들은/부산에 있는데,//여비가 없으니/가지 못한다.//저승 가는 데도/여비가 든다면//나는 영영/가지도 못하나?//생각느니, 아,/인생은 얼마나 깊은 것인가.

(천상병, 「소릉조(小陵調)-70년 추일(秋日)에」)

평생 가난과 씨름하고 살았던 천상 시인 천상병. 담백하고 진솔한 시를 썼던 그가 마지막 길을 그리며 성찰하는 삶의 모습이 연민을 불러일으킨다. 죽고 싶어도 여비가 없어 고민이라는 말이 가슴을 흔든다. 가난이 시가 될 순 없지만, 시가 가난을 위무할 수 있다고 믿었던 시인. 저승 가는 여비, 즉 노잣돈 타령을 하던 그도 시와 가난 모두를 남겨두고 표표히 떠나버렸으니, 죽어도 길은 계속되나 보다.

시골 초상집 풍경

음울한 잔치―. 어릴 적 시골에서 본 초상집의 풍경이 그랬다.

만장을 앞세우고 꽃을 치장해 산천으로 향하는 상여 행렬은 아름답고 처연해서 무서웠다. 상여 행렬은 삶과 죽음이 동전의 양면처럼 겹쳐져 있고, 삶이란 산 자와 죽은 자가 동행하여 먼길을 가는 것임을 사실적으로 일깨웠다.

1990년대까지 시골에선 초상이 나면 으레 상여가 등장했다. 상여 나가는 날은 이른 아침부터 온 동네가 부산했다. 동틀 무렵이면 동네의 건장한 청년들이 상갓집에 놓인 상여 주변에 모여들었다. 상여에 고인의 관이 얹혀지면, 흰 장갑을 낀 상여꾼들이 바짝 붙어 상여를 맸다. 둥둥~ 북소리에 맞춰 앞소리꾼이 구성진 '만가'를 선창하면 상여꾼들은 뒷소리로 '에고에고 어여넘차 에고~'를 합창했다.

상여꾼들은 고인의 집에서 행상이 움직일 때부터 노잣돈을 요구했다. 그러면 상주들이 꺼이꺼이 곡하며 상여줄에 파란 지폐를 꽂았다. 상여가 대문을 나서고 마을 어귀에서 노제(路祭)를 지낼 때도 노잣돈이 등장했다.

노잣돈은 망자를 위한 일종의 축원이다. 망자를 염한 뒤 관에 넣을 때도 노잣돈이 들어간다. 가족들은 망자의 수의 옷섶에 노잣돈을 꽂았고, 저승 가는 길에 먹으라고 입안에 쌀알을 넣어주었다. 노잣돈과 쌀알이 망자의 마지막을 위로하는 셈이다. 망자의 저승길이 편해야 산 자들의 마음이 편하다는 인식은 한국의 전통 정서다. 이 의식이 끝나면 망자는 관 속에서 못질 되어 비로소 살던 집을 떠난다. 그가 가는 길이 저승길, 일명 황천(黃泉)길이다. 죽어서도 가는 길이 있으니, 길은 죽음을 넘어 이어지는 것인가.

오, 황천길이라니, '추억' 한 자락이 가슴을 파고든다.

앞산도 첩첩허고/뒷산도 첩첩헌디/혼은 어디로 향하신가/황천이
어디라고/그리 쉽게 가랏든가/그리 쉽게 가랏거든/당초에 나오
지를 말았거나/왔다 가면 그저나 가지/노던 터에다 값진 이름을
두고 가며/동무에게 정을 두고 가서/가시는 임을 하직코 가셨지
만/세상에 있는 동무들은/백년을 통곡헌들/보러 올 줄을 어느 뉘
가 알며/천하를 죄다 외고 다닌들/어느 곳에서 만나 보리오/무정
허고 야속헌 사람아…. (임방울의 〈추억〉 중)

판소리 명창 임방울의 단가 〈추억〉은 같이 놀다 황천길에 든
'동무'를 위무하는 노래다. 황천길이란 심란한 단어가 담담하게
다가오는 것은 정녕 노래의 힘이다. 처량하기 짝이 없는 노래지
만, '얼쑤', '잘 헌다' 하고 추임새는 넣어야 한다. 추임새를 넣는
순간 황천길은 승천(昇天)길로 바뀐다. '황천이 어디라고/그리 쉽
게 가랏든가' 하고 내지르는 대목에선 가슴이 철렁 내려앉지만,
그리 쉽게 가버리니 붙잡을 새도 없다. 노래를 듣자니 가슴이 먹
먹해지는데, 그러면서도 가슴 한구석엔 짠한 그리움이 일렁거린
다. 이승의 서러운 산천에 피어난 할미꽃처럼.

이게 '촉기(觸氣)'라는 것인가. 촉기는 '가슴을 건드리는 기운'
을 뜻한다. 작가 한승원은 임방울의 삶과 예술을 다룬 장편소설
『사랑아, 피를 토하라』(박하출판사, 2014)에서 임방울의 촉기를 언

급했다. 촉기는 원래 김영랑 시인이 임방울 소리의 맛을 가리키며 한 말이다. 김영랑은 서정주 시인이 찾아오자 유성기로 임방울 음반을 틀어주고는 '촉기가 있는 소리'라고 말했다.

임방울의 〈추억〉

전남 광주 태생인 임방울(1904~1961)은 판소리 역사에 한 획을 그은 당대 최고의 가객이었다. 임방울은 열 살 때부터 여러 스승으로부터 서편제와 동편제를 모두 사사받아 자신의 고유한 가풍을 잡아 나갔다. 그는 목소리가 맑고 청아하면서도 슬픈 느낌을 주고, 고음과 저음이 시원시원하게 터져 나오고, 어떠한 경우에도 목이 쉬지 않을 정도로 좋은 성대를 타고났다. 흔히 그는 높은 소리와 낮은 소리를 두루 구사할 수 있는 풍부한 성량의 '청구성'과 갈린 듯 구수하게 곰삭은 맛을 풍기는 '수리성'을 겸비한 명창으로 평가받는다. 25세 때 그가 창작해 부른 춘향가 중 〈쑥대머리〉(축음기판)는 국내외에서 120만 장이 팔리는 불멸의 기록을 세웠다.

〈추억〉은 명창 임방울이 자신을 사랑하다 죽은 여인을 위하여 지은 진양조의 단가다. 가만히 듣고 있으면 감정이 절절하게 끓어오른다. 가신 이에 대한 연민이 돋고 북받치는 설움을 터트리듯 그리움을 부른다. 하지만 불러도 불러도 '무정허고 야속헌 사람'은 돌아오지 않는다. 놓아주어야 하는 것이다.

임방울은 젊은 시절 잊지 못할 '연애의 추억'을 간직하고 있다. 임방울이 명창으로 서울에서 성가를 높일 시점, 광주의 기관장

들이 '송학원'이란 요릿집에서 임방울 환영파티를 열어준다. 그
곳에서 임방울은 운명의 여인을 만난다. 소싯적 광주의 부잣집에
서 고용살이를 할 때 만난 동갑내기의 아리따운 주인집 딸이었
다. 소녀와 소년은 철부지의 뜨거운 사랑을 나누었다. 그러나 소
녀의 부모가 반대해 소년은 떠나야 했고, 소녀는 어느 부잣집 아
들에게 시집을 갔다. 소녀는 결혼 생활에 실패한 뒤 광주에서 요
릿집을 차렸고 '김산호주(金珊瑚珠)'라는 예명으로 광주 유지들의
인기를 한 몸에 받는 여주인이 되었다.

임방울 환영파티가 열리던 그날 그 자리에서, 명창이 되어 돌
아온 임방울과 여주인 산호주가 10년도 훨씬 더 지나서 만난다.
'영화 같은' 해후였다. 서로를 잊지 못하고 그리워하던 두 사람은
곧장 사랑을 불태운다. 임방울은 2년간 송학원의 내실에 숨어 세
상의 인연을 끊고 산다. 미색이 빼어난 산호주가 천하의 명창 임
방울을 '사랑의 포로'로 만든 것이다.

그러던 어느 날, 임방울은 자신의 목소리에 큰 이상이 생겼다
는 것을 알고, 산호주에게 알리지도 않은 채 지리산으로 떠난다.
그는 지리산 토굴에 숨어 살며 소리공부에 매달렸다. 임방울의
행방을 알지 못한 채 미칠 듯한 그리움과 슬픔에 빠진 산호주는
시름시름 앓기 시작했다. 천지사방을 수소문한 끝에 간신히 임
방울의 행방을 알아낸 산호주는 지리산 토굴을 찾아 만나기를
간청했으나 임방울은 이제 소리공부가 더 중하다며 만나주지 않
는다. 발길을 돌린 산호주는 그 길로 병이 깊어져 스물다섯 꽃다
운 나이에 세상을 떠나고 만다.

산호주가 위중하다는 소식을 듣고 한걸음에 달려온 임방울은 죽어가는 연인을 껴안고 슬피 울면서 즉흥적으로 단가를 만드니 그게 〈추억〉이다. 작가 한승원은 임방울이 내뱉은 소리를 '살아 꿈틀거리는 구슬프고 으스스한 바람 한 줄기'라고 묘사했다.

임방울의 〈추억〉은 노무현 전 대통령 서거 후 서울광장에서 열린 노제 때 안숙선 명창이 불러 많은 국민들의 가슴을 울렸고, 연출가 겸 소리꾼 김명곤의 '세상 사는 이야기'(블로그), 작가 한승원의 장편소설 『사랑아, 피를 토하라』(박하출판사)에 소개되기도 했다. 명창은 사랑으로 명작을 낳아 시대를 초월해 심금을 울린다.

삶의 마지막 길엔 노을마저 섧게 물든다. 노을이 가시는 이를 위로하는 것이다. 돌아가는 길을 기막히게 노래한 드라마 주제가가 있으니 〈아씨〉다. 〈아씨〉는 1970년대 초 총 253회에 걸쳐 방영된 TBC의 일일연속극이다. 일제강점기인 1920년대부터 60년대까지 3대에 걸친 민족의 파란을 배경으로 한 가정과 그 며느리들의 일생을 그린 연속극이었는데, 최초로 성공한 TV 드라마였다. TV 수상기를 구경하기조차 힘든 시절의 이야기다.

이 드라마의 주제가를 가수 이미자가 불렀는데 시대를 뛰어넘어 요즘도 심심찮게 불리는 인기곡이다. 가사가 기막히다.

옛날에 이 길은 꽃가마 타고/말 탄 님 따라서 시집가던 길/여기던가 저기던가/복사꽃 곱게 피어있던 길/한세상 다하여 돌아가는 길/저무는 하늘가에 노을이 섧구나. (1절)

옛날에 이 길은 새색시 적에/서방님 따라서 나들이 가던 길/어디 선가 저만치서 뻐꾹새 구슬피 울어대던 길/한세상 다하여 돌아가는 길/저무는 하늘가에 노을이 섧구나. (2절)

마지막 대목이 사무치도록 아름답다. 저무는 하늘가 산굽이를 따라 이어진 자드락 길에 회심곡 한 자락이 흐르는 것 같다. 한세상 다하고 돌아가는 길이 서럽지만은 않은 것은 길이 있기 때문일까.

저승길, 황천길, 돌아가는 길…. 피하고 싶은 길이지만, 인간이면 필시 필연코 한 번은 가야 할 길이다. 그러기에 익숙한 듯 봐두어야 하고, '추억' 한가닥쯤은 새겨두어야 떠나는 길이 덜 섭섭할 테다.

9장
독만권서(讀萬卷書)와 행만리로(行萬里路)

독(讀)과 행(行)의 동행

지천명(50세)이 되면 1년에 한 달 정도는 여행자로 살겠다는 꿈을 꾸었는데, 뜻대로 되지 않았다. 이제라도 여행자의 꿈을 이뤄야겠다. 프랑스 철학자 가브리엘 마르셀은 '호모 비아토르(Homo Viator)'란 개념으로 '여행하는 인간'을 해석한다. 어딘가로 떠나려는, 떠나야 하는 존재가 인간이라나.

흔히 '책 속에 길이 있다'고 하지만, '길 속에 책이 있다'고도 말할 수 있다. 세상사 모든 게 길이 아니던가. 사는 것도, 연애하는 것도, 공부하는 것도, 노는 것도, 죽는 것도 모두 길 위의 일들이다. 길을 읽고 받아들이려면 여행 체험이 최고다.

'독만권서(讀萬卷書)와 행만리로(行萬里路).' 내가 좋아하는 문구다. 만 권의 책을 읽고, 만 리를 여행하라! 명나라 말엽 동기창이 썼다는 금언인데, 어찌나 마음에 들던지 한동안 서재에 써 붙여 놓고 좌우명으로 삼았다. 강호 동양학자 조용헌은 자신의 축령산 글방에 이 문구와 함께 대련(對聯)으로, '독서만권시통신(讀書萬卷始通神), 여행만리종분별(旅行萬里終分別)'이란 글귀를 써 붙였다고 한다. '독서를 만 권 하니까 신명계(신령들이 존재하는 세계)와 통하고, 여행을 만 리 하니까 분별이 줄어든다'는 뜻이다. 과연! 강호의 고수다운 대련이다.

독서와 여행, 이 두 가지는 사실 인간교육의 핵심이다. 조용헌의 설을 빌려보자. "독서만 하고 여행을 안 해보면 머리만 있고 가슴이 없다. 여행만 많이 하고 독서가 적으면 머리가 적을 수 있다. 머리에 뭐가 좀 들어 있으면서 여행을 하면 새로운 장면과 상황에 맞닥뜨릴 때마다 통찰이 오고 스파크가 튄다." 공감 백배.

서양 속담에 "자식이 귀하면 여행을 보내라"는 말이 있다. 여행은 자신이 사는 집과 고향을 떠나 나그네 또는 이방인이 되는 것이다. 호모 비아토르가 여기서 태어난다.

독(讀)과 행(行)은 '따로 또 같이' 가는 개념이다. 독서는 앉아서 하는 여행이요, 여행은 걸어 다니면서 하는 독서다. 동양의 오래전 가르침은 지행합일이다. 아는 것과 행하는 것을 일치시켜야 참 학문이 탄생한다고 본 거다. 행(行)함에 있어 중요한 것은 '무엇을 보느냐'보다 '어떻게 보느냐'다. 책 만 권을 읽어도 자신의 시각과 관점을 갖지 않으면 봐도 헛본 게 된다. 시간과 공간을 남다르게 읽어내는 법을 터득하지 않으면, 아무리 먼 여행을 떠나도 눈과 마음에 담아 올 수 있는 게 별로 없다.

무자서 · 부작란 · 무작정의 경지

선인들은 책을 읽으며 보이지 않는 것을 보고, 들리지 않는 것을 들으려 했다. 그렇게 도를 닦고 행한 결과, 무자서(無字書)를 쓰고, 부작란(不作蘭)을 치고, 무작정(無作亭)을 지을 수 있었다. 단순한 언어유희가 아니다.

무자서. 글자가 없는 책? 그런 게 어디 있나 싶겠지만, 만지거나 볼 수 없는 무형의 책이 있다. 중국 명나라 말 홍자성의 『채근담』에 이런 말이 나온다.

"사람들은 글자로 쓴 책(有字書) 안에 든 뜻만 풀려고 할 뿐, 글자로 쓰이지 않은(無字書) 자연의 미와 신비로운 자연의 조화는 알려 하지 않는다…. 이러고도 어찌 학문의 깊이와 가야금 소리의 참맛을 알 수 있으랴?"

'무자서'는 자연과 속세에서 얻는 체험과 경험, 즉 여행을 일컫는다. 독서와 여행이 내밀하게 소통하고 동행한다. 앞서 언급한 '독서만권 행만리로'는 바로 '무자서'의 경지가 아닐 텐가.

시·서·화에 모두 능했던 추사 김정희. 제주도의 유배지에서 추사는 갈필을 세 번 꺾어 난을 치는 '부작란(不作蘭)'을 그렸다. 당시 추사의 마음의 풍경을 담은 걸작이다. 난을 그리고도 그리지 않았다니 무슨 까닭인가. 추사는 스스로 "난을 치지 않은 지 스무 해 만에 뜻하지 않게 깊은 마음속 하늘을 그려냈다"는 설명을 덧붙여 놓았다. 제대로 그리지 않고도 그렸다고 우기는 화공이 있는가 하면, 그려놓고도 그리지 않았다고 물러서는 화가가 있음이다.

칠십 평생 열 개의 벼루를 갈아 없애고 1,000자루의 붓을 다 닳게 했다는 추사. 그는 글을 쓸 때 마음에 들 때까지 계속 쓰고 또 썼다고 한다. 그렇게 수행 정진해 마침내 완성한 것이 추사체다.

통도사 사명암의 '무작정' 현판.

추사의 걸작 「세한도」(국보 제180호)는 시공을 초월해 변주되는 정신 유산이다. 「세한도」를 보고 시인은 '추사체로 뻗친 길'을 찾아내고 '매웁고도 아린 향기 자오록한'(유안진) 묵향을 맡는다. 독서가 주는 그윽한 선물이다. 『완당 평전』을 쓴 유홍준 교수는 "추사는 한국인으로서 자기 분야(시·서·화)에서 세계 최정상을 차지한 몇 안 되는 위인 중 한 분"이라고 평한다. '추사를 읽는 날은 밤이 짧다'는 말이 그냥 나온 게 아니다.

양산 통도사 사명암에 가보았는지? 그곳의 정자 편액을 보고 무작정 미소를 지었다면 잘 찾아온 거다. 無作停(무작정)! 아무것도 짓지 마라? 아뿔싸, 이곳을 다녀간 시인이 시심을 주체하지 못하고 시를 짓고 말았구나.

통도사에 갔다 추녀와 추녀들이 서로 밀어 올리고 섰는 허공들 뒤뜰 깊게까지 따라갔다가 무작정 그 허공들 받들고 서 있는 무작정(無作停) 한 채를 보고 왔다 (정진규, 「무작정」 전문)

오호라, 알겠다. 무작정에선 작정하지 않아도 시가 된다는 것을. 무자서가 무작정 이끈 '무작정'에서는 차 한 잔을 마셔도 그대로 시가 될 듯하다. '저 멋진 정자 이름을 누가 지었을꼬?' 하고 물으려다 의문을 접는다. 매미가 무작정 울기 시작한다.

10장

「계상정거도(溪上靜居圖)」와 퇴계 예던길

천 원 짜리 인문기행

"자, 천 원짜리 한 장씩 꺼내 보세요. 당신이 34억 짜리 고가의 그림을 들고 있다는 거 아세요? 모른다면 34억 날린 거예요. 하하."

부산 남천동에 있는 '빈빈'이란 인문카페에서 들은 특강의 일부다. 강사는 빈빈의 김종희 대표. 강의를 어찌나 재미있게 하는지 쏙 빨려 들어갔다. 34억이 든 천 원짜리는 우스갯소리가 아니었다.

「계상정거도(溪上靜居圖)」 이야기다. 천 원짜리에 있는 퇴계 이황(1501~1570)의 영정 이면에 인쇄된 그림이다. 그림을 자세히 살펴보면 퇴계의 만년 발자취와 관심사가 어느 정도 드러난다. 「계상정거도」는 '시냇물 흐르는 곳 위에 자리를 잡고 고요하게 산다'라는 뜻을 지닌다. 그림 중간쯤에 도산서당이 보이고 그곳에 앉아 공부하는 퇴계의 모습이 사실적이다.

작자는 겸재 정선(1676~1759)이다. 「계상정거도」에는 겸재의 독창적 필치가 고스란히 드러난다. 전경에는 낙천(洛川), 곧 낙동강의 물줄기가 흐르고 우측에는 천연대(天淵臺), 좌측에는 천광운영대(天光雲影臺)가 자리해 있다. 자연을 화폭에 끌어들여 최대한 자연이고자 노력한 선인들의 숨결이 느껴진다. 그림의 원경 처리가 절묘하다. 소나무 군락과 버드나무, 측백나무 등 다양한 수목들은 과감하게 표현했으나, 이를 에워싼 산들은 미점으로 처리했다. 호방하고 거침없는 필치, 뛰어난 구도 속의 풍부한 여백은 겸재의 천재성을 말해준다.

34억에 낙찰된 화첩

「계상정거도」는 제작·전승 과정이 특히 흥미롭다. 이 그림은 겸재 정선의 『퇴우이선생진적첩(退尤二先生眞蹟帖)』에 수록된 4개의 작품 중 하나다. 겸재의 외조부 박자진은 퇴계의 장손 이안도의 장인이었던 홍유형에게서 『주자서절요서(朱子書節要序)』를 전해 받아 보관 중이었다. 박자진은 1674년(숙종 1년), 1682년(숙종 8년)에 두 번에 걸쳐 무봉산(경기도 화성 소재)에 은거해 있던 우암 송시열에게 보여주고 그때마다 발문을 받아 『퇴우이선생진적첩』이란 화첩을 만들었다. 퇴우 이 선생은 퇴계와 우암 송시열을 일컫는다. 당대 최고의 문사들이 이 그림의 주인공인 셈이다.

이 화첩의 첫 번째 그림이 「계상정거도」다. 퇴계는 1546년(명종 1년) 장인의 장례를 평계로 『주자대전』을 싣고 고향인 안동 도산으로 내려온다. 이곳에서 그는 스스로 '퇴계'라는 호를 짓고 도산 완락재에서 주자성리학을 집필한다. 퇴계는 우주를 구성하는 본질적인 원리를 '이(理)', 그것을 구체적으로 구현한 것을 '기(氣)'

1천 원 권과 정선의 「계상정거도」.

라 정의했다.

　퇴계보다 한참 뒷사람인 겸재는 퇴계의 발자취를 좇은 화첩과 기록을 바탕으로 「계상정거도」를 그렸다. 그림의 배경으로 기능하는 둥글둥글한 산세는 '이'를, 그 안에 우뚝 선 초목들은 '기'를 표현한 것으로 볼 수 있다. 퇴계의 이기이원론을 화폭에 담아낸 것은 겸재의 독창적 안목이 있었기에 가능했다. 겸재는 판에 박힌 그림의 틀을 깨고 새로운 시선으로 진경산수의 진경을 그려냈다.

　화첩의 두 번째 그림은 「무봉산중(舞鳳山中)」으로, 겸재의 외조부 박자진이 화성 무봉산에 은거하고 있던 우암 송시열을 찾아가 퇴계의 『주자서절요서』를 보여주며 발문을 받는 장면이다. 세 번째 그림은 겸재의 외갓집을 그린 「풍계유택(楓溪遺澤)」이고, 네 번째 그림은 「인곡정사(仁谷精舍)」로 겸재가 만년에 살았던 집의 모습이다.*

---

* 　최완수, 『겸재 정선』, 현암사, 2009.

퇴계와 우암의 글과 겸재의 그림을 모아 엮은『퇴우이선생진적첩』은 1975년 보물 제585호로 지정됐으며, 2012년 케이옥션 경매에 출품되어 당시 고미술품 최고가인 34억 원에 낙찰되어 화제를 모았다. 화첩의 핵심은 바로「계상정거도」라 할 수 있다.「계상정거도」는 그 후 위작 논란에 휩싸인 적이 있으나 문화재청의 감정 결과 진품으로 판명되었다.

천 원짜리 지폐 속에 34억 원 짜리 옛 그림이 들어간 사실을 안다면, 천 원을 만지는 손은 정확히 34억 1,000원을 쥔 셈이다. 천 원짜리 한 장 쥐고 퇴계와 우암, 겸재 등 조선 최고의 인사들과 조선 성리학과 진경산수 이야기를 했으니 이건 분명 남는 장사가 아닌가.

퇴계가 걷던 옛길

안동 도산서원에 가면「계상정거도」에 나타난 길 일부를 만날 수 있다. 도산서원 들머리 산기슭의 천연대·천광운영대가 그곳으로, 퇴계가 자연의 이치를 깨닫고 몸과 마음을 수양하기 위해 산책한 길이다. 하지만 안동댐이 들어선 후 물길이 지워져버렸고 풍광도 크게 변했다.

천연대는『시경』중 '솔개는 하늘 높이 날아오르고, 물고기는 연못에서 뛰노네(鳶飛戾天 漁躍于淵)'라는 구절에서 따왔고, 천광운영대는 주자의「관서유감(觀書有感)」이란 시 중에서 '하늘빛과 구름 그림자가 함께 감도는구나(天光雲影共排徊)'라는 구절을 인용한 것이다.

이곳은 잠시 들러 구경하는 곳이지 사실 걸을 곳은 아니다. 퇴계의 발자취를 제대로 좇으려면 '예던길'을 걸어야 한다. '예던길'(안동 선비순례길 제4코스)은 퇴계가 청량산을 오르던 단천교에서 건지산~학소대~농암종택~고산정~축융봉까지 낙동강변 10.7km 구간을 말한다. 예던길은 퇴계가 지은 유일한 한글 시조인 「도산십이곡」 중 제9곡 '고인(古人)도 날 못 보고 나도 고인 못 뵈/고인을 못 뵈어도 녀던길 알패 잇내/녀던길 알패 잇거든 아니 녀고 어델고'라는 시구에서 따온 이름이다. 그러니까 '녀던길(예던길)'은 옛 성현이 가던 길, 진리의 길을 뜻한다.

예던길은 사유지 문제로 건지산(555m)을 오르내리는 수고를 감수해야 하지만, 숲속 오솔길과 호젓한 강길, 그리고 고택과 정자, 퇴계의 시혼이 깃든 바위 등을 만날 수 있어 퇴계를 이해하려면 반드시 걸어봐야 할 문화생태 탐방로다.

퇴계는 도산서원에서 15km가량 떨어진 청량산을 자주 찾았다. 그는 스스로 '청량산인(淸凉山人)'이라 칭할 만큼 청량산을 좋아했다. 퇴계가 마지막으로 청량산에 오른 것은 63세 되던 1564년 4월 14일. 가장 가까운 벗이었던 이문량을 비롯한 지인 10여 명과 함께 한 산행이었다. 이날 퇴계가 출발하면서 지은 시가 '나 먼저 그림 속으로 들어가네(先入畵圖中)!'이다.*

낙동강을 따라 도산~청량산을 왕래한 퇴계는 바위, 소, 협곡, 단애 등 수려한 풍광을 만날 때마다 시 한 수씩을 지었다. 그중

---

* '퇴계의 예던길 따라 한 폭의 그림 속으로', 〈동아일보〉, 전승훈의 아트로드, 2021. 4. 24.

퇴계 이황이 거닐던 청량산 일대의 예던길 풍경.

하나가 「미천장담」이란 시다. 미천장담은 고산정을 지나 낙동강이 S자를 그리며 돌아가는 곳에 만들어진 깊은 못이다. 어느 날 미천장담을 지나던 퇴계는 어린 시절 이곳에서 고기 잡던 기억을 떠올린다.

어린 시절 이곳에서 낚시하던 때를 돌이켜 보니(長憶童時釣此間)
삼십 년 세월 동안 벼슬 때를 묻히며 살았네 그려(卅年風月負塵寰)
이제 돌아와 보니 산수의 옛 모습을 알겠네 그려(我來識得溪山面)
그렇지만 산수는 내 늙은 얼굴 알란가 몰라.(未必溪山識老顔)

이 멋진 길을 퇴계만 걸었을까? 퇴계를 흠모하는 조선시대 영남의 시인 묵객들이 이곳을 찾지 않았을 리 없다. 이들이 남긴 기행문만 100여 편, 시가 1,000여 편이라니 예던길은 문화생태의 보고라 할 만하다.

　독일 하이델베르크에 철학자 칸트가 걸었다는 '철인의 길'이 있다면, 한국의 안동에는 퇴계 예던길이 있다. 칸트와 퇴계를 굳이 비교할 필요는 없지만, 길의 자연성이나 이야기성, 쾌적성, 치유력 면에서 예던길은 세계 어디에 내놔도 뒤지지 않는다. 문제는 얼마나 많은 사람이 따라 걷고, 그 길을 아끼고 사랑해 주느냐이다.

11장

유정천리/무정만리

아버지의 막걸리

트로트 가수 영탁이 부르는 〈막걸리 한잔〉은 시골 고향의 아버지를 생각나게 한다. 영탁의 목소리는 시원한 막걸리로 갈증을 씻는 듯한 통쾌함이 있다.

'아빠처럼 살긴 싫다며/가슴에 대못을 박던/못난 아들을 달래주시며/따라주던 막걸리 한잔…'이라는 대목에선 눈시울이 뜨거워지면서 문득 아버지가 보고 싶어진다. 아버지는 산천이 되신지 오래다.

아버지가 영탁의 노래를 들었다면, '어허 좋다. 막걸리 한 되 받아 오너라'고 했을 것 같다. 술도가에서 주전자에 막걸리를 받아오며 몰래 홀짝거리며 맛보던 기억이 새록새록 난다.

아버지는 막걸리를 무지 좋아하셨다. 바깥에서 한잔 걸치시는 날엔 알 듯 모를 듯한 노래를 흥얼거렸는데, 지금 생각해 보니 그게 〈유정천리〉란 유행가였다.

'가련다 떠나련다 어린 아들 손을 잡고/감자 심고 수수 심는 두메산골 내 고향에/못살아도 나는 좋아 외로워도 나는 좋아/눈

물 어린 보따리에 황혼빛이 젖어드네.'

가사가 쉬우면서도 토속적 정서를 담고 있다. 못살아도, 외로워도 고향으로 돌아가고 싶다는 애절함이 흐른다.

어릴 적, 시골집 토방에서 가끔씩 이 노래가 흘러나왔다. 자형이나 친척들이 찾아오면 어머니는 집에서 담근 농주를 내놓았다. 농주 원액은 막걸리보다 진하지만, 어머니는 거기에 물을 타서 들여놓곤 했다. 농주와 물의 비율은 어머니가 결정했다. 그 비율은 술꾼에 따라, 분위기에 따라 매번 달랐다. 우리는 그것을 '인생비율'이라고 했다. 술을 마시지 못하는 어머니가 어떻게 짧게 맛만 보고 인생비율을 찾아냈는지 지금 생각해도 신기하다. 술꾼들은 물 탄 농주를 마시면서도 왜 물을 탔느냐고 묻지 않았다. 어머니는 술자리가 시들해진다고 생각되면 다시 물의 비율을 낮춘 걸쭉한 농주를 내놓았다.

농주가 몇 순배 돌고 좌중이 불콰해지면 상다리 장단에 유행가가 흘러나왔는데, 노래 중에는 〈유정천리〉가 빠지지 않았다. 교자상 모서리가 하얗게 벗겨지도록 쇠젓가락을 두드려가며 밤 깊도록 놀던 풍경이 아련하다.

〈유정천리〉의 2절은 끝이 없는 인생길을 노래한다. "세상을 원망하랴 내 아내를 원망하랴/누이동생 혜숙이야 행복하게 살아다오/가도 가도 끝이 없는 인생길은 몇 구비냐/유정천리 꽃이 피네 무정천리 눈이 오네."

가사의 마지막 '유정천리 꽃이 피네 무정천리 눈이 오네'라는 부분이 특히 시적이다. 유정천리는 정이 있는 고향, 무정천리는 정이 없는 고향을 뜻한다. 유정(有情)과 무정(無情) 사이의 인생살이, 꽃 피는 날과 눈 오는 날의 행복과 시련이 가사에 담겨 있다. 민초들이 겪는 삶의 애환일 것이다.

4·19 혁명의 불쏘시개

유행가인 〈유정천리〉는 원래 1959년에 제작된 남홍일의 영화 〈유정천리〉의 주제가였다. 반야월이 작사하고 김부해가 작곡하여 박재홍이 불러 크게 히트쳤으나, 한때 시국 상황에 휩쓸려 금지곡이 되기도 했다.

영화 〈유정천리〉의 줄거리는, 주인공이 감옥을 간 사이에 아내는 정부와 달아나 버렸고, 교도소에서 출옥한 주인공은 길거리에서 우연히 아들을 만나 시골로 낙향한다는 평이한 내용이다. 모두가 화려하고 멋지게 살려고 서울로 향하던 시절, 주인공은 힘들고 무정한 서울을 버리고 아들과 시골 고향으로 돌아간다는 것이 당시로선 파격이었다. 때 이른 귀촌으로 볼 수 있다.

〈유정천리〉는 야당 지도자였던 유석 조병옥의 추모곡(개사)으로 불려지면서 금지곡으로 찍히기도 했다. 때는 자유당 말기인 1960년대 초. 이승만 대통령에 맞설 사실상 유일한 후보였던 조병옥은 1960년 1월, 지병 치료차 미국으로 건너갔는데, 돌연 사망했다. 선거를 통해 정권 교체를 갈망한 사람들은 절망하거나 심한 충격에 빠졌다. 선거 한 달 앞두고 야당 유력후보가 사망했으니, 이승만의 당선은 따논 당상이었다.

"이럴 수는 없다"는 기류가 번지면서, 조병옥을 추모하는 움직임이 점화되었다. 교회에서 추도 예배가 열리고 일부 상점들은 철시하고 추도에 동참했다. 조병옥의 죽음에 의문을 제기하는 음모설도 돌았다. 그동안 짓밟혀 왔던 민초들의 울분이 조병옥 돌연 사망을 기화로 터져 나오기 시작한 것이다.

대구에서 〈유정천리〉의 가사를 바꾼 개사곡이 만들어져 입소문을 타고 급속히 퍼져 나갔다. 많은 국민들이 공감하면서 개사곡은 때아닌 인기곡으로 둔갑했다. 〈유정천리〉 개사 버전은 다음과 같다.

(1절)가련다 떠나련다 해공 선생 뒤를 따라/장면 박사 홀로 두고 조 박사도 떠나갔다/못살아도 나는 좋아 외로워도 나는 좋아/자유당에 꽃이 피네 민주당에 눈이 오네//(2절)세상을 원망하랴 자유당을 원망하랴/춘삼월 십오일 조기선거 웬 말인가/천리만리 박사 죽음 웬 말인가/설움 어린 신문 들고 백성들이 울고 있네.

가사 속의 해공은 1956년 대통령 선거 직전 급사한 야당 대통령 후보 신익희이며, 장면은 조병옥과 함께 출마한 야당 부통령 후보였고, 조 박사는 조병옥을 가리킨다.

〈유정천리〉의 유행으로 인해 민심은 반(反) 이승만 기류로 흘러갔다. 이 와중에 자유당의 3·15 부정선거가 터졌다. 대중의 분노는 4·19 혁명으로 이어져 결국 이승만 정권이 무너지는 결과를 낳았다. 〈유정천리〉가 4·19 혁명의 발발에 기여한 셈이다.

혁명의 성공으로 〈유정천리〉의 개사곡이 폭발적인 호응을 얻자, 신세기레코드는 이를 상업적으로 이어가기 위해 정식 개사곡 음반을 제작했다. 박재홍이 노래한 〈4·19와 유정천리〉가 그것으로, 대중이 만든 개작 가사 두 절에 새로 한 절을 덧붙인 형태였다. 그러나 음반사의 기대와는 달리 이 음반은 이렇다 할

〈유정천리〉 LP판.

반응을 얻지 못했다. 혁명 분위기에 편승한 상업 기획이란 점이 오히려 거부감을 낳았던 것이다.

파란만장의 사연을 겪은 〈유정천리〉는 요즘도 TV 가요무대 같은 데서 단골 흘러간 노래로 불린다. 세월이 많이 흘렀는데도 노래의 정신과 힘은 유정하다.

12장

영혼의 순례길—오체투지

땅에 몸을 던지다

세 걸음마다 절 한 번씩 하며 앞으로 나아간다. 완전히 엎드린 채, 전신을 땅바닥에 바싹 붙여 절하는 오체투지다. 오체는 인체의 다섯 부분, 즉 절할 때 땅에 닿는 머리와 두 팔, 두 다리를 지칭한다. 투지는 '땅에 몸을 던진다'는 뜻이다.

오체투지는 불교의 큰 절 예법이다. 인간의 교만과 어리석음을 참회하고 자기 자신을 무한히 낮추면서 불(佛)·법(法)·승(僧) 삼보(三寶)에게 큰 절을 올려 최대의 존경을 표하는 방법이다. 부처님에게 온몸을 던진다는 의미도 갖는다.

오체투지는 가장 힘들고, 느리게 걷는 방법이기도 하다. 원래는 불교의 영향이 강한 인도, 티베트의 승려나 신자들이 순례나 기도할 때 행하던 예법이었다. 최근 국내에선 시민 환경단체들이 시국사건이나 사회문제 해결을 위해 삼보일배를 갖기도 한다. 이때는 종교적 의미보다 사회적 의미가 더 강하다. 이 때문에 '삼보일배 시위'라는 말도 생겼다.

티베트 등 고원지대에서는 지금도 오체투지로 성지 순례하는 풍경을 종종 볼 수 있다. 오체투지 성지 순례는 사실상 목숨을 걸고 부처님께 다가가는 행위다. 극한의 고통과 인간의 한계에 도전하는 이들의 모습은 그 자체로 신기하고 놀랍다.

오체투지 순례자들의 이야기는 언제 들어도 감동적이다. 유한한 인간이 극한의 고통을 통과해 무한의 경지에 다가서는 삶의 비의를 담고 있기 때문이다.

〈영혼의 순례길〉(Paths of the Soul)은 중국의 장양 감독이 만든 다큐멘터리 영화다. 2015 토론토 국제영화제에서 초연되었고, 2017년 6월 중국에서, 2018년 5월 국내에서 개봉되어 강한 인상을 남겼다.

티베트의 성스러운 도시 라싸와 성스러운 산 카일라스(수미산)는 티베트인들에게 언젠가 도달하고 싶은 신들의 땅

〈영혼의 순례길〉 영화 포스터.

이다. 티베트의 작은 마을에 사는 니이마는 죽기 전에 한번은 수미산에 가고자 하는 삼촌을 모시고 순례길에 나선다. 살생을 많이 한 백정, 어린 소녀, 출산을 앞둔 여성 등 각기 사연을 지닌 11명의 주민이 모여 순례단이 꾸려진다.

영화는 이들이 1년 동안 2,500km 넘는 순례의 길을 오체투지로 나아가는 과정을 꿋꿋이 따라간다. 정해진 대본이나 전문배

우도 없다. 순례의 과정은 순박하고 천진스럽다. 이들의 행위와 언어는 경건하다. 길을 가로지르는 벌레를 만나면 멈춰 기다려 준다. 남의 집에 잠시 머무르기 위해 몸이 불편한 집주인 대신 10만 배를 대신해 준다. 모든 게 느리지만 답답하지는 않다.

순례 도중에 아이를 낳은 임산부는 몸을 추스른 후 다시 걸음을 계속한다. 노인이 세상을 떠나는 장면은 실화인지 의심이 든다. 이 일상들이 흩어지지 않고 숭고한 경지를 연출하는 것은 이 영화의 미덕이다.

이들은 "순례는 타인을 위한 기도의 길"이라고 말한다. 모진 고행을 통해 일생일대의 소원을 이룬 이들의 표정에 세속의 욕심 따위는 티끌만큼도 묻어나 있지 않다. 그저 고요하고 맑기만 하다.

차마고도, 순례의 길

오체투지 성지 순례는 이보다 앞서 한국의 KBS 다큐팀이 먼저 다루었다. KBS는 2007년 세계에서 가장 오래되고 험난한 '차마고도(茶馬古道)' 전 구간을 최초로 탐사한 6부작 다큐멘터리를 제작, 방영했다.

차마고도는 한나라 이전에 형성되어 당·송을 거치면서 번성했던 문명, 문화, 경제교역로다. 차마고도는 중국의 차와 티베트의 말이 '차마호시(茶馬互市)'를 통해 교환되었기에 붙여진 이름. 고산지대에는 지금도 말로 교역을 중개하는 마방(馬幫)이 있고, 소수민족의 문화유산이 온존하며, 곳곳이 유네스코 세계문화유산으로 지정돼 보존되고 있다.

KBS의 다큐 〈차마고도-5,000km를 가다〉는 제1편 마지막 마방, 제2편 순례의 길, 제3편 생명의 차, 제4편 천년 염정(鹽井), 제5편 히말라야 카라반, 제6편 신비의 구게왕국으로 꾸며졌다. 차마고도 6부작은 방송도 되기 전에 일본 NHK, 스페인 모션픽쳐스, 대만 GTV, 태국 BBTV, 카타르 알 자지라, 터키 TRT, 홍콩 케이블, 중국 YSY 등 아시아와 유럽의 방송사 배급사들에 사전 수출하는 진기록을 세웠다.

〈차마고도〉의 압권은 역시 제2편 '순례의 길'이었다. 티베트의 유목민 일가족 5명이 고향에서 불교 성지인 라싸까지 약 2,100km를 삼보일배 오체투지로 순례하는 과정을 담은 다큐였다. 앞에 소개한 중국 영화 〈영혼의 순례길〉의 전편 격이다. 유튜브에 올라와 있는 다큐 전편은 다시 봐도 감동적이다.

2006년 10월 말, 멀리 설산을 넘어온 바람이 제법 차갑게 느껴지는 티베트의 오지 쓰촨성 더거현의 작은 마을. 이곳에 사는 60대 노인 두 명(부사 66세, 루루 62세)과 라빠(34세), 저자(28세), 다와(22세) 등 일가족 5명은 일생일대 한 번 꿈꿀 수 있는 성지 순례에 나선다. 누구도 시키지 않은, 스스로 선택한 고행이었다.

노인 2명은 텐트와 음식을 실은 수레를 끌고, 젊은이 셋은 삼보일배 오체투지로 순례를 시작했다. 장도에 오르면서 이들은 살아있는 것을 죽이지 않고, 거짓말하지 않으며, 모든 원망을 멀리하기로 맹세한다. 순례자가 지켜야 할 원칙이다.

삼보일배로 목적지인 라싸에 도착하려면 6~7개월이 걸린다.

삼보일배 한 번에 이동 거리를 대략 3.5m로 보고 2,100km를 가려면 약 60만 번의 절을 해야 한다는 계산이 나온다. 인간 한계를 초월하는 도전이다.

이들은 무엇 때문에, 왜 극한의 고행을 결행했을까? 각자의 기도와 겨냥하는 목표는 있었다. 노인들은 세파의 번뇌를 씻고 궁극적으로 자신을 찾기 위해, 라빠와 저자는 오래 꿈꾸어온 라마승이 되려고, 다와는 새로운 삶의 기회를 얻기 위해 뛰어들었다.

이승과 저승. 죽음만큼 평등한 것이 있을까. 누구에게나 찾아오는 죽음, 그것에 초연하려면 수행밖에 없다. 노인들은 수레를 끌면서 생각했다. 죽음은 어떻게 찾아올까? 그건 두려움일까, 공허일까, 아예 무일까?

수레는 끊임없이 구르면서도 대답을 유보했다. 부처님의 설법을 법륜(法輪), 즉 수레바퀴에 비유하지 않던가. 수레바퀴가 때와 장소에 구애받지 않고 굴러가듯, 부처님의 가르침 또한 어느 한 사람, 어느 한 곳에 머물지 않고 모든 곳에서 중생을 교화한다는 의미다. 부처님이 생전 사르나트(녹야원)에서 다섯 비구에게 최초로 법을 설한 '초전법륜(初轉法輪)'이란 말도 여기서 유래한다.

수레바퀴는 윤회를 상징한다. 윤회는 산스크리트어로 '세상을 둥그렇게 돈다'는 뜻이다. 사람이 태어나 늙고 병들어 죽기를 끊임없이 반복하는 것이 마치 바퀴가 도는 것 같다 하여 생긴 말이다. 티베트 사람들은 삶과 죽음이 수레바퀴처럼 맞물려 돌아간다고 믿는다.

노인들이 끄는 수레는 아주 천천히 나아간다. 길도 험하지만 오체투지의 느린 동작에 맞춰야 하기 때문이다. 오체투지는 매번 전심전력을 다해야 가능하다. 세 걸음 또는 다섯 걸음을 걷고 온 몸을 던져 절을 한다. 두 손을 합장하여 하늘로 높이 든 다음, 두 무릎을 꿇고 양팔을 앞으로 쭉 내민다. 그러면 자연스럽게 두 팔 꿈치와 배, 이마까지 땅에 닿는다.

양손에는 나무토막으로 만든 '나무 장갑'을 끼고, 앞에는 가죽 으로 만든 앞치마를 했다. 나무 장갑과 가죽 앞치마는 필수품이 다. 오체투지하는 순례단은 한 사람당 나무 장갑 60개, 가죽 앞 치마 8장씩을 준비했다. 가죽 앞치마는 고무 타이어를 덧대 기워 서 무겁다. 100km 정도를 가면 닳아서 못쓰게 되는데, 그때마다 새 것으로 갈아줘야 한다.

걸어가며 오체투지를 하기 전엔 손뼉을 세 번 친다. '딱-딱- 딱-' 하는 소리가 길에 울려 퍼진다. 세 번 치는 손뼉은 자신의 몸과 마음, 그리고 말을 뜻하며 몸을 땅에 엎드리며 세 가지 모 두를 부처님께 바친다는 의미다. 이 순간, 순례자들은 모든 중생 이 자신과 절하며 부처가 간절한 기원을 받아준다고 믿는다.

절을 한다는 건 자기 몸을 최대한 낮춘다는 것이다. 몸을 낮추 면 자신의 무릎과 손, 가슴을 보게 된다. 절할 때는 자신을 돌아 보게 한다. 오체투지는 대상에 대한 최고의 경배 행위다. 그래서 티베트 순례자들은 전통적으로 오체투지를 통해 절대자에게 다 가가려 했다.

순례 행렬은 더디다. 많이 가야 하루 5~6km 정도다. 한 시간 이면 걸어서 갈 길을 하루 종일 간다. 고산지대라 길이 좋을 리 없다. 쓰촨과 티베트를 연결하는 천장공로(川藏公路)는 예로부터 차마고도의 험로로 유명하다. 해발 4,500m 이상의 고산지대는 산소가 부족할뿐더러 겨울철 밤이면 영하 20도까지 떨어진다.

순례단은 산길, 비탈길, 고갯길, 계곡길, 눈길, 얼음길을 가리지 않고 가야 한다. 어떤 경우에도 길을 건너뛰거나 절을 생략하는 법은 없다. 부득이 계곡에서 시내를 건너야 할 때조차 계곡의 폭만큼 미리 절을 해 두고 걸어서 건넌다. 이러한 행위는 순례자들의 불문율로 부처님과의 약속이다. 길은 단 한 치라도 그냥 주어지지 않는다.

순례길 위의 나날은 단조롭다. 눈을 뜨면 경을 읽고, 식사를 마치면 걷고, 절하고, 쉬다가 다시 걷는다. 말도 되도록 줄인다. 식사는 밀가루로 만든 참파와 말린 고기, 수유차가 거의 전부다.

오체투지는 엄청난 고행이다. 이마와 발끝, 정강이, 가슴에 멍이 든다. '멍'은 단순한 은유가 아니라 고행의 흔적이다. 순례가 계속될수록 몸은 깡마르고 얼굴은 검게 타 메말라진다. 손과 발엔 수시로 물집이 잡히고 이마엔 피멍이 겹쳐 굳은살이 배긴다. 아침에 일어나면 관절이 퉁퉁 붓기도 한다.

그러나 순례자들의 눈빛은 오히려 깊고 맑아져 있다. 순례자들은 계속 기도하며 걷는데, 그 기도는 자신이 아닌 가족이나 타인을 위한 것이라고 한다. 타인을 위한 기도는 마음속 깊은 곳에 충만한 기쁨으로 피어난다. 길 위의 오체투지 기도 중에 안개처럼 피어나는 잠시의 행복…. 이게 부처의 세계요, 해탈이 아니던가.

당신들은 왜 이런 고행을 하는가? 가장 열심히 오체투지를 해 온 라빠가 카메라 앞에서 말한다. "사람으로 태어나기도 어려운데, 인생을 낭비하고 싶진 않다. 내가 쌓은 죄업을 씻고 선행하며 살겠다." 검게 그을린 라빠가 맑은 눈빛을 깜빡이며 미소를 뿌린다.

집을 떠난 지 6개월이 돼 간다. 그 사이 계절이 겨울에서 봄으로 바뀌었다. 라싸가 가까워진다. 남은 여정을 조정한다. 바쁜 마음으로 라싸에 들어가선 안 된다. 천천히 거리를 줄이면서 마음을 고요히 하여 절대자를 만나야 하리라.

드디어 라싸가 내려다보인다. 최종 목적지인 라싸의 조캉사원은 티베트의 상징이요, 정신적 중심이다. 이곳엔 1,400년 전 당나라의 문성공주가 티베트에 불교를 전파하면서 가져왔다는 석가모니 불상이 모셔져 있다. 문화혁명 때 홍위병들이 이 사원을 파괴하고 숙소나 심지어 돼지우리로 사용한 의도가 짐작이 간다.

라싸는 번잡한 도시다. 순례자들은 아스팔트 위 차량들을 피해 오체투지를 하며 전진한다. 도시의 교통흐름을 방해하는 순례 행보지만, 운전자나 행인 어느 누구도 나무라지 않는다. 오히려 순례자에게 경배의 시선을 보내고 노잣돈을 얹어준다.

순례단은 라싸 조캉사원에서 10만 배를 하고 대장정을 마무리했다. 5명의 순례자들은 저마다 "일생일대의 꿈을 이뤘다"고 얘기한다. 두 노인은 왔던 길을 따라 고향으로 돌아갔고, 라빠와 저자는 뜻한 대로 라마승이 되었다. 막내 다와는 돈이 되는 동충하초를 찾아 새로운 길을 떠났다.

순수 영혼의 순례자들. 극한 고행을 스스로 겪고 새로이 얻은 일상은 이들을 행복하게 해줄 수 있을까. 노인들은 이제 죽음에 대한 두려움을 떨쳐낼까? 목숨을 걸고 오체투지로 행했던 순례 길에는 여전히 알 수 없는 바람만 분다.

KBS의 명작 다큐 〈차마고도-순례의 길〉은 인간만이 쓸 수 있는 '길의 대서사시'였다. 다시 봐야 할 다큐다.

13장

줄리안 오피와 아모르파티

나는 걷는다, 고로 존재한다

걷는다. 두 다리는 자전거 바퀴와 같다. 자전거는 페달을 끊임없이 밟지 않으면 넘어진다. 눈을 뜨고 있는 한, 우리도 두 다리를 움직여 걸어야 한다. 걷지 않으면 존재 자체가 무위다. 철학자 칸트는 '나는 생각한다, 고로 존재한다'고 했는데, 그건 걷기 이전의 사고다. '생각한다'를 '걷는다'로 바꾸어야 할 것 같다.

옛 나그네는 '오늘도 걷는다마는 정처 없는 이 발길~'이라 했지만, 왜 정처(定處)가 없나? 가는 곳이 정처요, 정을 주면 정처다. 나그네에게 정처란 집 떠나 닿는 곳이다.

그래서 걷는다. 걸어도 걸어도 또 걸어도 걸음은 계속된다. 걸어야 산다. 살려면 걸어야 한다. 젠장. 너무 많이 걸어 '인간 워킹머신'이 되는 데도 걷고 있다.

런던 태생 줄리안 오피(Julian Opie, 1958~)를 만난 건 2017년, 부산 수영구의 복합문화공간인 F1963 특별전에서다. 오피는 앤디 워홀 이후 최고의 팝 아티스트로 불리는 거장. 모던한 색채와 컴퓨터 기술을 바탕으로 작업하는 그는 뉴욕 시청, 도쿄 오모테산도 모리 빌딩, 서울 스퀘어 등에 자신의 설치 작품을 전시해 세계적 명성을 얻고 있다. 오피가 선보이는 팝 아트는 광고나 방송 등 대중문화 이미지를 순수예술 속으로 끌어들인 20세기 미술계의 한 경향을 말한다.

오피의 「워킹 피플(걷는 사람들)」 시리즈는 한국에서도 그리 낯설지 않다. 한국 전시회가 몇 차례 있었고, 서울과 수원, 부산의 도심에도 그의 「워킹 피플」 작품이 전시돼 있다.

줄리안 오피의 「워킹 피플」은 단순하지만 예사롭지 않은 메시지를 던진다. 작품 속 인물들은 '쉼 없이' 걷는다. 전기가 끊어지지 않는 한, 전시자가 강제로 전기코드를 뽑지 않는 한 이들은 주야장천 걷는다. 걸음이 멈추는 순간, 전시작품은 철거될 것이다. '걷는 사람들'은 잠들지 않는 도시의 24시, 역동적인 움직임을 상징한다. 애오라지 걷도록 세팅되어진 운명이 그악스럽기도 하지만, 그게 운명임을 받아들이는 순간, 걷는 사람도, 그것을 보는 사람도 편안해진다. 걸어야 하고 걸을 수밖에 없는 현대인의 숙명을 표현하고 있다고 할까.

걷는 인물들의 표정을 살펴본다. 어? 얼굴이 민짜야. 줄리안 오피의 「워킹 피플」들은 극도로 단순화된 이미지를 드러낸다. 정면보다는 옆모습이 대부분이다. 눈, 코, 입이 없다. 픽토그램을 연상시키듯, 동그란 얼굴에 뚜렷하고 굵은 선뿐이다. 그저 굵은 선의 둥그런 얼굴 실루엣뿐이다.

오피의 작품에선 얼굴보다 차림새나 태도가 더 중요하다. 일반적으로 초상화는 보는 사람과 작가, 그려진 인물이 삼각관계를 유지하는 데 반해, 걷는 사람들은 작가도 보지 않고 보는 사람과 시선이 마주치지도 않는다. 보는 것만으로 경쾌해진다.

오피는 얼굴 대신 발걸음에서 느껴지는 표정이나 감각을 강조한다. 걸음은 얼마나 가벼운지, 질질 끄는지 톡톡 튀는지, 종종거리며 걷는지 아니면 쭉쭉 뻗으며 걷는지, 어깨가 축 늘어져 있지는 않은지…. 이렇게 자세히 살펴보면 얼굴을 보지 않아도 그 사람 분위기를 느낄 수 있다.

이런 게 오피의 독특함이자 탁월함이다. 그는 사진으로 촬영한 모델이나 풍경을 드로잉 또는 컴퓨터 작업을 통해 신체적 특징을 최소한으로 단순화해 이를 조각이나 동영상, 프린팅 등 다양한 형태의 작품으로 승화시킨다. 바쁘게 살아가는 현대인이 사물을 인식하는 방식을 회화에 반영한 결과다.

개성 있는 보행자들

오피의 「워킹 피플」은 인물화가 아니라, 인물을 통해 그려낸 풍경화 같다. 그는 그림을 그리기에 앞서 사진작가에 의뢰해 곳곳에서, 일정한 높이에서, 사진을 찍는 줄도 모르게 찍은 수백 점의 사진에 바탕한 실제 사람들의 모습을 체크한다. 한국에서 이 작업을 할 때 그는 서울 사람들의 약 90%가 스타일리시해서 놀랐다고 털어놓았다. '입성'이 좋고 저마다 독특한 표정으로 자기의 개성을 살려 살아간다는 얘기다. 오피의 「워킹 피플」에 등장한 독특하고 우아한 차림새의 '템플 우먼'이나 살짝 배가 나온 '컴퍼니 맨'은 이렇게 태어난 것이다.

오피의 인물 선택은 어떤 면에서 민주적이다. 잘 생기거나 돈 많고 권력 있는 사람을 고르는 게 아니라, 독특한 표정, 다채로운 군상을 무작위로 잡아낸다. 오피는 "도시에서 각기 다른 표정과 동작으로 걷는 사람들의 모습은 마치 풍부한 색깔을 담고 있는 팔레트 같다"고 했다. 그의 예리한 눈은 걷는 사람들에게서 순간적인 우아함과 놀라운 역동성을 발견하기도 한다. 도시의 새로운 표정이다.

오피의 '걷는 사람들'은 실제 사람 크기와 엇비슷하다. 그의 작품을 보게 되면, 처음엔 발을 떼지 못하다가, 곧이어 같이 걷는다는 느낌에 휩싸이고, 좀 있으면 자연스럽게 따라 걷고 있는 자신을 발견한다. 작품에 동화되어 빨려든다는 얘기다. 관람자는 오피의 전략에 속수무책으로 당하지만, 당했다고도 생각하지 않는다.

오피에게 도시를 걷는 자는 보는 자이면서 보이는 자이다. 우리는 경쟁적으로 너무 많은 것을 보려고 애쓰기에 아무것도 보지 못한다. 오피는 묻는다. 보는 자는 보이는 자가 아니라고. 도시에 사는 수많은 다양한 개인이 주체성을 잃은 듯하지만, 결코 그렇게 봐선 안 된다고.

오피의 「워킹 피플」은 요즘 세계적으로 인기 절정을 걷는 우리나라 아이돌 그룹 '방탄소년단'의 앨범 〈You never walk alone〉을 떠올린다. 당신은 혼자 걷고 있지 않아요! 도시는 걷는 사람들이 있어 늘 역동적이다. 혼자이면서 함께 걷는 마법. 줄리안 오피는 오늘도 걸으면서 도시에 역동의 주문을 건다.

걸어라! 아모르파티

'산다는 게 다 그런 거지 누구나 빈손으로 와/소설 같은 한 편의 얘기들을 세상에 뿌리며 살지/자신에게 실망하지만 모든 걸 잘할 순 없어/오늘보다 더 나은 내일이면 돼/인생은 지금이야 아모르파티…'

김연자의 노래 〈아모르파티〉는 사는 게 파티임을 일깨운다. 리듬이 흥겹고 신난다. EDM(Electric Dance Music)과 트로트가 믹싱된 리듬에 중장년층은 물론 신세대들까지 열광한다. 싸이의 말춤이 생각날 정도로 마구 뛰고 싶어진다.

아모르파티(amor fati)는 'Love of fate', 즉 운명애(運命愛)라는 뜻의 라틴어다. 쉽게 말하면 '운명의 사랑', '운명에 대한 사랑'으로 풀이할 수 있다. 고통, 상실, 좋고 나쁜 것을 포함하여 누군가가 자신의 삶에서 발생하는 모든 것이 운명이며, 그 운명을 받아들이고 그것을 사랑한다는 것을 뜻한다. 멋진 말이다.

'아모르파티'는 독일 철학자 니체의 책『즐거운 학문』에 나오는 말이다. 파티(fati)는 '운명'이란 뜻이니 '운명을 사랑하라' 정도로 번역된다. 니체도 노래하듯 '아모르파티!'를 외친다. 인간이 다시 산다 해도 생애의 고통과 기쁨, 모든 좋고 나쁜 것들이 동일한 순서로 되풀이될 것이니, 자신의 삶을 있는 그대로 받아들이고 사랑하고 적극적으로 개척하라는 것이다. 무한반복, 영원회

귀의 관점에서 삶을 긍정하고 허무를 극복하는 자세는 니체 사상의 핵심이다.

김연자가 부른 〈아모르파티〉는 인간의 현재성과 유한성을 일깨우면서, 우리가 잊고 있던 라틴어 경구들을 동시에 불러낸다. '카르페 디엠(Carpe diem)'과 '메멘토 모리(Memento mori)'다. '동사+목적어'로 이뤄진 이 짧은 경구들은 영화나 드라마, 노래 제목 따위로 쓰여 그리 낯설지가 않다.

'카르페 디엠'은 '현재를 즐겨라', '오늘을 잡아라'는 뜻이다. 영화 〈죽은 시인의 사회〉(1989년, 피터 위어 감독)에서 명문 사립학교 영어 교사인 존 키팅은 학생들에게 이렇게 말한다.

"인류는 열정으로 가득 차 있지. 의학, 법률, 경제, 기술 따위는 삶을 유지하는 데 필요하지. 하지만 시와 아름다움, 낭만, 사랑이 우리가 살아가는 목적인 거야. 오늘을 잡아야 해. … 그 누구도 아닌 자기 걸음으로 걸어라. 나는 독특하다는 것을 믿어라. 누구나 몰려가는 줄에 설 필요는 없다. 네 길을 가라. 사람들이 무어라 비웃든 간에."

존 키팅 선생이 강조한 '자기 걸음으로 걸어라'는 말이 귓전에 오래 맴돈다. 삶은 지금 이 시간, 오로지 단 한 번 주어진다. 남들처럼 할 필요가 없고 그래선 의미도 없다. 그렇다면, 자기가 하고 싶은 대로, 가고 싶은 길을 가야 한다. 그게 삶이다.

'메멘토 모리'는 '죽음을 기억하라'는 뜻. 옛날 로마에서는 원정에서 승리를 거두고 개선하는 장군이 시가 행진을 할 때 노예를 시켜 행렬 뒤에서 큰소리로 "메멘토 모리!"를 외치게 했다고 한다. 전쟁에서 승리했다고 너무 우쭐대지 말라. 오늘은 개선 장군이지만, 너도 언젠가는 죽는다. 그러니 겸손하게 행동하라는 이야기다.

애플 창업자로 고인이 된 스티브 잡스는 자신의 스탠포드대 졸업식 연설(2005년)에서 "내가 죽는다는 걸 기억하는 것이야말로 내 삶의 많은 선택에서 가장 중요한 도구이다. 시간은 한정돼 있으니 남의 인생을 사는 데 시간 낭비하지 말고 자신의 마음과 직관을 따르라"고 강조하며 '메멘토 모리'의 의미를 일깨웠다.

동양의 지식인들은 일찍이 자찬묘비(自撰墓碑)를 직접 쓰는 전통이 있었다. 이들은 죽음 뒤의 구원보다 죽음 자체에 직면했기에, 그 공허와 두려움을 극복하고자 사생(死生)의 의미를 깊이 성찰했다. 죽음을 앞에 두고 '어떻게 살아야 하는가'하는 물음을 스스로 던지고 답을 찾았던 것이다.

죽음 문제를 연구하는 학자들에 따르면, 인간은 완전한 죽음에 앞서 수많은 '부분적인 죽음(partial death)'들을 맞는다. 부분적인 죽음은 부모나 가족의 죽음, 시력이나 청력의 상실 등 육체적인 노쇠나 고통 등을 포괄한다. '사회적 죽음', '정신적 죽음'도 있다. 사회적 죽음은 소외나 노년의 고독 같은 사회적 고립을 의미하고, 정신적 죽음은 살아 있지만 마음속에서 인간다운 삶을 중단한 상태를 말한다. 죽음은 어쩌면 부분적인 죽음의 총합, 귀결일 것이다.

삶과 죽음은 동전의 양면 같은 것. 마찬가지로 '메멘토 모리'는 '카르페 디엠'과 동전의 양면이다. 그 사이의 경계에 '아모르 파티'가 있다고 보면, 이 말들의 메시지는 거의 같다. 지금, 여기, 당신의 현재를 사랑하고, 자기 걸음으로 당당하게 걸어가라!

어느 대학교의 화장실에 적힌 낙서 유머 하나. '신은 죽었다!(니체). 너도 죽었다!(신). 너희 둘 다 죽었다!(청소 아줌마)'. 니체와 신, 청소 아줌마가 일상 속에서 이렇게 통하고 있다.

김연자의 〈아모르파티〉는 가사 마지막 부분이 압권이다.

"… 말해 뭐해 쏜 화살처럼 사랑도 지나갔지만/그 추억들 눈이 부시면서도 슬펐던 행복이여/나이는 숫자 마음이 진짜/가슴이 뛰는 대로 가면 돼/이제는 더 이상 슬픔이여 안녕/왔다 갈 한 번의 인생아/연애는 필수 결혼은 선택/가슴이 뛰는 대로 하면 돼/눈물은 이별의 거품일 뿐이야/다가올 사랑은 두렵지 않아/아모르파티/아모르파티"

그렇게 사는 거다. 주저하고 머뭇거리고 갈팡질팡할 필요 없다. 자기의 보폭만큼, 걸을 수 있는 만큼, 가슴이 뛰는 대로.

2부

길 위의 길

———

그곳이 걷고 싶다

1장

낙동강 하구길들

말갈기 파도

남해의 말떼가 달려온다. 쏴아아~ 백마떼다. 가야의 후예들이
다. 낙동강 하구를 향해 일제히 달려오는 백마떼. 파도와 함께
몰아치는 휘모리장단. 누가 채찍을 휘둘러주오. 더 세게, 더 힘차
게! 바다가 일어서 강을 부른다. 목마른 자 목을 적시고, 답답한
자 말을 타라. 움츠린 자 일어서라!

석양 무렵, 부산 다대포 앞바다에서 본 허연 말갈기가 뇌리에
생생하다. 강과 바다의 내밀한 조우. 낙동강 하굿둑이 열리는 시
간과 썰물때가 만나 이루는 장엄한 풍경이다. 이른바 낙동강 하
구의 말갈기 파도다.

눈앞에 펼쳐진 말갈기 파도를 보고 한동안 입을 다물지 못했
다. 강과 바다가 만나 생성-융합-창조되는 이 장면이야말로,
세계 어디에도 없을, 낙동강 하구 최고의 명장면이 아닐 텐가.
이 장면을 본 이후, 나는 낙동강 하구를 함부로 말하지 않기로
했다.

다대포의 '말갈기 파도'. 강과 바다가 만나는 장엄한 광경이다.

강과 바다의 단절

낙동강 하구(河口)는 강의 입이자 강길이다. 이곳은 또한 강의 끝이다. 부산 사하구 하단동은 강끝 혹은 아래치, 끝치에 형성된 인간의 마을이다. 조선 후기 동래군 사천면 시절, 이 지역은 상단(上端)과 하단(下端)으로 불렸다.

말이란 게 묘하다. 강의 입장에서 보면 하단이고, 바다의 입장에서는 하구다. 낙동강 하구는 강의 끝이요 바다의 시작이다. 거꾸로 말해도 된다. 낙동강 하구는 바다의 끝이요 강의 시작이라고.

낙동강 하구에서 강과 바다가 뒤섞인다. 몸(현상)을 섞고 마음(본질)을 섞고 운명(철학)을 섞는다. 이게 본질이다. 강과 바다는 시작도 끝도 없다. 민족경전인 『천부경』에서 말하는 '일시무시(一始無始)요, 일종무종일(一終無終一)'이다.

강과 바다, 밀물과 썰물, 민물과 짠물, 처음과 끝이 섞어져 새롭게 태어나는 자리가 기수역(汽水域)이다. 기수역은 조수 간만으로 담수와 해수가 자연스럽게 섞여 염분농도가 0.5‰~30‰를 유지하는 곳이다. 퍼밀리(‰)는 천분율, 즉 1/1,000을 말한다. 보통 염도 0.5‰ 이하의 물은 담수, 30‰ 이상은 해수라고 한다.

기수역은 생태적으로 종 다양성 및 생산성이 높다. 수생식물, 저서생물이 많아 물고기가 모이고, 그 먹잇감을 노리고 철새들이 찾아든다. 낙동강 하구를 융합과 창조의 플랫폼이라 말하는 것도 기수역의 생산성을 두고 하는 이야기다. 다대포의 말갈기 파도는 낙동강 하구의 이색 콘텐츠 중 하나다.

그런데 1987년 이래 낙동강 하구는 막혀 있다. 개발의 물막이 낙동강 하굿둑 때문이다. 그 후유증은 30여 년간 지속되고 있다. 용수 확보와 주변 매립이라는 목전의 이익이 있었지만, 기수역 파괴에 따른 수질오염과 생태계 파괴는 말할 수 없는 폐해를 가져왔다. 낙동강은 갇힌 채 인간이 수문조작으로 허용하는 만큼만 흐르는 운명이 되었다. 강이 막히면서 뱃길마저 끊겼다.

어도(魚道)와 피시 로킹(Fish locking)

하굿둑이 들어선 후 강과 바다는 인위적 조작에 따라 제한적으로 열리고 닫힌다. 평상시엔 조수간만의 차를 이용해 하루 두 차례 하굿둑 수문이 열린다. 수문이 열리면 강물은 쏴아~ 함성을 내지르듯 바다로 뛰어든다. 바다도 기다렸다는 듯 강을 껴안는다. 말갈기 파도는 강이 바다를 만나 부리는 일종의 요술이다.

하굿둑은 강과 바다를 오가며 산란하는 기수어종(회귀어종)들의 고향길을 막았다. 하굿둑 건설 이후 낙동강 하구에선 숭어·웅어·장어·연어 같은 회유성 어종과 재첩·갯지렁이 같은 저서 생물이 대거 사라졌다고 한다. 어민들은 "흰줄납줄개·뱅어·줄꽁치·큰가시고기·쥐노래미 등 일부 어종은 아예 씨가 말랐다"고 말한다.

하굿둑을 운영 관리하는 한국수자원공사는 물고기들의 소통을 위해 어도(魚道)를 설치하고 '피시 로킹(Fish locking)'이란 프로그램을 도입했다. 어도는 하굿둑을 만들 때 좌우 두 군데에 고기가 다니게끔 만든 높이 3m, 너비 1.7m의 통로다. 상시 개방되는 건 아니고 이마저 염분 차단을 위해 하루 8시간가량 폐쇄된다. 4대강 사업으로 건설된 명지 쪽의 우안 하굿둑에도 어도(견학 가능)가 설치돼 있다.

'피시 로킹'은 하굿둑 갑문(통선문)에서 시행하는 어류 이동 프로그램이다. 하굿둑에는 관리용 배가 다니도록 만든 대형 갑문(길이 50m, 폭 9m)이 있다. 매년 2~5월 실뱀장어들은 산란기가 되면 쿠로시오 난류를 타고 낙동강 하구로 밀려든다. 실뱀장어들은 하굿둑 갑문의 피시 로킹 프로그램을 통해 낙동강으로 이동한다.

피시 로킹은 먼저 갑문의 쪽문을 통해 강물을 채우고 강쪽의 쪽문을 닫은 다음, 바다쪽의 쪽문을 열어 수위를 맞춘다. 이때 실뱀장어들이 강물 냄새를 맡고 밀려들어 온다. 같은 방식으로 강물을 채워 실뱀장어를 회유하게 하면 끝난다. 한 사이클에 약 3시간이 걸린다.

피시 로킹은 하굿둑이 가져온 웃지 못할 소극이다. 담수가 그리운 물고기들은 인간에게 잡힐 것을 뻔히(?) 알고도 갑문으로 돌진한다. 하굿둑 물고기들의 굴욕이다. 언제부터 우리 인간이 물고기를 길들이고 길렀던가!

환경부는 몇 년 전부터 하굿둑 개방 실증실험을 계속하고 있다. 하굿둑 개방 시 염분이 미치는 거리와 농도 등을 체크하는 실험이다. 여기엔 식수원 및 농공업용수 확보, 서낙동강의 수질 개선, 생태계의 복원 문제 등이 얽혀 완전개방까지는 갈 길이 멀다. 몇 차례 실증실험 과정에서 연어 등 사라졌던 기수어종이 나타난 것은 고무적이다.

하굿둑 개방은 누구도 거스를 수 없는 대세다. 하굿둑이란 구시대의 장애물이 열려 실뱀장어 같은 회귀어종들이 인간 눈치를 보지 않고 산란길에 올라 장성하여 돌아오는 일상을 그려본다.

둔치와 흙길

부산에서 걷기 좋은 흙길이 가장 많은 곳은? 산을 제외하면 낙동강 하구의 둔치가 으뜸으로 꼽힌다. 둔치는 강이나 호수의 가장자리나 둔덕진 곳을 말한다. 고수부지(高水敷地)라는 어려운 한자말을 제치고 훌륭하게 부활한 우리말이다.

낙동강 하구는 둔치 천국이다. 화명·대저·삼락·맥도 둔치에 더해 하중도 성격인 을숙도까지 무려 5개다. 이들 둔치의 총면적은 약 14.57km²(441만 평). 전 세계적으로 이런 자연자산은 찾기 어렵다. 공원이 절대 부족한 부산으로선 낙동강으로부터 선물을 한아름 받아 안은 셈이다.

이들 둔치와 둑방에 산책로 또는 맛깔진 탐방로가 조성되어 있다. 2012년 10월, 문화체육관광부가 주관해 엮은 문화생태탐방로는 낙동강 하구의 대표적인 탐방로다. 코스는 을숙도 에코센터~을숙도 문화회관~맥도생태공원~낙동대교(횡단)~삼락강변공원~구포역~구포나루까지다. 총 길이는 22km, 도보로 약 6시간이 소요된다.

어디를 걸어도 흙길이 많다는 것은 확실한 자랑거리다. 흙길을 걸으면 그 자체로 힐링이 된다. 밟기 아까운 흙길에선 신발을

삼락생태공원의 오붓한 흙길 산책로.

맥도생태공원의 연꽃.

벗어도 좋겠다. 걷다가 운 좋게 철새 군무나 해질녘 노을을 만날 수도 있다. 감성적인 코스를 원한다면, 삼락공원의 버들길이나 맹꽁이길, 맥도의 가시연꽃 관찰 데크, 화명의 메타세쿼이아 길, 을숙도 에코센터 앞 습지 탐방로를 추천하고 싶다.

물길과 뱃길

낙동강 하구는 가야시대 때 해상별국(海上別國)이라 불린 곳이다. 인도 아유타국 출신의 허황옥이 가야에 와서 김수로왕과 함께 세운 특이한 나라라는 뜻이다. 가야는 철기문화를 바탕으로 해상 실크로드를 건설했다. 당시엔 해수면이 지금보다 5~6m 높았다고 한다. 김해 봉황대 일대는 국제무역항이었다. 그곳에 낙동강 중·상류로 통하는 뱃길과 중국·왜·낙랑을 잇는 뱃길이 열려 있었다. 뱃길은 고대 가야를 풀 수 있는 키워드 중 하나다.

그 후 해수면이 낮아지면서 낙동강 하구 삼각주가 생겨났고, 수로와 천태만상의 모래톱 사이로 다시 뱃길과 나루터가 만들어진다. 하단나루와 구포나루, 동원진나루 그리고 서낙동강의 불암나루, 북섬나루, 해창나루, 신노전나루, 명지나루 등은 수운시대 잘 나가던 나루들이다. 이들 나루는 도로교통이 발달하면서 바람처럼 연기처럼 사라졌다. 이젠 배도, 뱃사공도, 뱃길도 모두 추억이 되었다.

낙동강 하구에 뱃길이 복원될 수 있을까? 간단한 질문 같지만, 이에 대해 누구도 명쾌하게 답할 수 없는 게 현실이다. 가능성은 있다. 뱃길 복원을 바라는 열망이 모여 '낙동강 생태탐방선'이 뜬 것은 그나마 의미 있는 성과다.

낙동강 하구의 풍성한 수자원과 자연·인문자산은 뱃길의 잠재력과 가능성을 더욱 키운다. 기수역 연안사주(Barrier islands)에 소형 생태탐방선을 띄울 수 있고, 명지 포구에서 출발해 도요·백합등·진우도 등 모래톱 투어 프로그램도 짤 수 있다. 자연과 함께 하는 문화체험과 생태관광은 21세기 지속가능한 사회로 가는 길과 통한다.

낙동강 하구 신(新)해상별국은 꿈같은 얘기가 아니다. 관건은 강과 바다의 소통, 물길을 틔워 배를 띄우는 것이다. 배가 다니면 잊혀진 뱃노래도 불려지지 않겠는가. 낙동강 하구 고디꾼(돛단배에 고딧줄을 걸어 강변에서 잡아당기는 뱃사람)들이 불렀다는 '고딧줄 노래'가 떠오른다.

'이여이여차 이여이여차/이여차이여 이 카라가 이여차/잘못하면 이여차/부산 간다 이여차…'.

고딧줄을 당기면 실뱀장어가 춤을 추고 말갈기 파도에 황포돛배가 돌아올까.

낙동강 하구의 길들은 온전한 소통을 꿈꾼다. 강과 바다가 자연스럽게 만나 몸을 섞고, 물고기들이 자유롭게 왕래하며, 새들이 나는 하늘길 아래에 사람들이 행복하게 걷는 풍경을 그려본다.

낙동강 하구
문화생태탐방로

2장
회동수원지, 사색의 맛

신선의 마을

'선동(仙洞)! 그 이름 한번 신선하군. 상현마을은 현인이 살았을 테고, 이상향이 바로 여기로군.'

회동수원지 사색길을 나릿나릿 걷던 중 되뇌인 혼잣말이다. '좋다~, 참 좋다!' 연신 감탄사가 터진다. 얼굴 가득 피어난 미소. 행복하다. 이런 좋은 길이 우리 곁에 있다니!

회동수원지 사색길은 걷기 좋은 길의 조건을 두루 갖췄다. 흙길에다 수변 오솔길이며, 소음이 거의 없고 자연의 쾌적함이 유지되고 있다. 게다가 이야기까지 풍성하다. 부산스토리텔링협의회가 2014년 축제를 하면서 '대한민국 힐링 1번지'라고 치켜세운 이유가 있는 셈이다. 이 길을 걷다 보면 기분이 좋아진다. 젊어지는 느낌도 받는다. 이건 사실 엄청난 일이다. 몇 첩의 보약에 비할 게 아니다. 허준이 『동의보감』에서 말한 '약보(藥補)보다 식보(食補)가 낫고 식보보다 행보(行補)가 낫다'고 한 말 그대로다.

오늘 회동수원지와 확실히 길동무하고 해동갑하리라 다짐하고 걷는다. '길이여, 사랑이여! 영원한 나의 도반이여! 나 걸어서

회동수원지 수변산책로. 부산 최고의 갈맷길 코스 중 한 곳이다. 저자의 모습.

그대에게 다가가리.'

부산 금정구 회동수원지 사색길은 갈맷길 8-1구간 일명 '흙내음 숲길'이라 불린다. 이름 참 잘 지었다. 마냥 걷고 싶어진다. 이곳은 4계절 다 좋지만 4월이 특히 좋다. 4월의 새순과 꽃들, 싱그러움과 환희가 길에 만발한다. 이곳에선 산책(散策)이 산책(山冊)이 되고 수책(水冊)이 된다. 보이는 게 산이고 만나는 게 물이다. 땅·산·물·길…. 이는 고산자 김정호가 「대동여지도」를 만들면서 잡은 개념이다. 이 땅의 산과 물은 다투지 않고 길을 만든다. 젊은 나무와 늙은 나무도 다투지 않는다. 꽃이 피면 마주 보고 웃고, 바람이 불면 미련 없이 불려간다. 꽃들은 원래 거기 있는 꽃들이고, 거기서 피는 꽃들이다. 눈길을 안 줘도 피고 애태움 없이도 진다.

'흙내음 숲길'에선 이런 정취와 자연의 이치를 오롯이 체험할 수 있어 좋다.

수원지의 희비

출발지는 금정구 선동 상현마을이다. 상현마을은 옛날 이곳에 거주한 현인이 신선이 되었다는 전설이 전해진다. 이웃한 하현 마을에서 삼국 시대의 거주지 유적이 나왔으니 그때부터 사람이 살았다고 볼 수 있다.

마을 유래를 알고 주변 풍광을 살피면 이곳이 승경(勝景)이자 선경(仙境)임을 금세 알 수 있다. 1940년대 회동수원지가 조성되기 전엔 경치가 더 좋았다고 한다. 사천(絲川)이라 불린 수영강이 절경의 핵심이다. 수영강은 천성산 범샘에서 발원해 법기천, 임기천, 철마천, 영천 등 지천의 물을 불러 모아 회동수원지에서 머물다 해운대 센텀시티 앞에서 부산 수영만으로 흘러든다. 수영강 상류에 해당하는 오륜대 일대는 특히 자연경관이 아름다웠다. 시인 묵객들이 찾아들어 시를 짓고 풍류를 즐긴 것도 자연 정취 때문이다.

1942년 일제가 상수원 확보를 위해 회동수원지를 조성하면서 자연 원형과 정취가 크게 훼손됐다. 회동댐 건설로 오륜대가 물에 잠겼고, 그곳의 다섯 마을 중 등곡, 새내, 까막골, 아랫마을(하현) 네 곳이 수몰되었다. 당시 수몰지구 주민들은 응분의 보상을 받지 못했다. 오륜동의 흥학계 계원들은 수원지 이전을 요구하는 탄원서를 부산부에 제출했으나 허사였다. 화난 주민들은 삽과 곡괭이를 들고 시위를 했다. 부산부는 전시라는 명목으로 농지가격 통제령을 발동하여 공사를 강행했다.

당시 주민의 회고에 따르면, 새내마을 집터는 70전, 1등 논은 90전, 대밭 1평은 20전, 그리고 구장과 통장은 1주일 동안 매를 맞고 허락*하였다고 한다. 생존을 위한 주민 시위는 일제 항거의 역사로 남았다.

1942년 1차 댐 준공식 때 경남 도지사 오오노 대야가 나타나 축사를 했다. 수몰민들은 "오색 테이프를 자르는 저 가위는 우리 창자를 자르는 가위이고, 수원지에 저수된 저 물은 우리들의 피

---

* 주영택, 『금정 26 전통마을의 역사와 민속문화를 만나다』, 218쪽, 금정문화원, 2017.

눈물이다"하고 울분을 토했다는 일화가 전해진다.

이렇게 탄생한 회동수원지는 1940년대부터 1960년대에 걸쳐 정비, 완공되어 부산 시민의 식수원 구실을 하고 있다. 총 넓이는 2.17km², 호수 둘레는 20km, 위 아래 직선거리는 약 6km에 이른다. 상수원 보호구역으로 묶여 오랫동안 일반인의 접근이 금지되었는데, 2010년 갈맷길이 열리면서 시민에 개방되었다. 길과 함께 드러난 수원지의 비경은 감탄을 자아냈다. 숨겨진 자연은 인간을 배반하지 않았다.

회동수원지의 중심 마을은 오륜동이다. 『동래부지』(1740)에는 "오륜대는 동래부의 동쪽 20리 사천(絲川)에 있었는데, 대에서 4~5보 떨어져 시내에 임하고 암석이 기이하여 구경할 만하다. 속전을 다 갖춘 까닭에 이같이 이름 지어졌다"고 기록되어 있다. 『동래부읍지』(1832)에는 "오륜대는 옛날 다섯 명의 노인이 지팡이를 꽂고 노닐었다고 하며, 그래서 오노리(五老里)라고도 부른다"고 기록해 놓았다.

이처럼 오륜대는 옛날부터 대단한 경승지였고, 시인 묵객들의 유상처였다.

철마~동래장 30리 길

회동수원지 주변의 길은 삼국시대 때부터 존재했던 천년 옛길이다. 오륜동 고분 등 삼국시대 유적이 그것을 말해준다. 기장 철마 사람들이 동래장을 오갈 때도 회동수원지 길을 이용했다. 철마 사람들은 30리 먼길을 걸어 주로 농산물을 가져가서 생필품을 구입했다.

동래장이 서는 2, 7일이 되면 남자들은 지게와 등짐을, 여자들은 머리에 농산물이나 산나물을 이고 동래장터를 오갔다. 소를 이용하여 화목을 싣고 동래장터로 와서 가져온 나무를 팔고 생활용품들을 구입해 가기도 했다. 이들은 철마에서 구곡천을 돌고 돌아 아홉산 아래 산길까지 와서 수영강을 건넜다.

해방 후 회동수원지가 들어서면서 오륜대 여우고개(야시고개)로 가는 육로가 막히자 철마 사람들은 쇠줄배를 타고 다녔다. 쇠줄배는 철마와 동래를 오가던 장꾼들과 학생들이 주로 이용했다. 수원지의 양쪽에 쇠줄을 매달아 놓고 손으로 잡고 끌어당기면 줄배가 움직였다.

철마 출신인 안대영 동래고 역사관 관장은 이 쇠줄배를 타고 학교를 다녔다고 한다. 수원지를 건넌 주민들은 오륜대 허리를 돌아 여우가 나온다는 야시고개를 넘어 부곡동 기찰과 온천장 입구를 거쳐 동래장으로 갔다.

안대영 관장이 들려주는 철마의 소달구지 풍경은 아련한 향수를 불러온다.

"소달구지는 웃선동(상현) 나무다리를 건너 선동고개를 지나 지금의 브니엘 예술중고, 동래여고, 기찰, 온천 입구를 경유하여 동래로 갔지요. 소달구지가 주로 운반한 것은 장작이나 소나무 지엽 같은 화목이지. 화목이 잘 팔리지 않는 날은 동래시장에서 나와 횃바지(거제리) 고개, 서면, 범일동, 구관, 초량을 거쳐 영도까지 내려갔어요. 당일 싣고 온 화목을 모두 팔지 못하면 달구지만 남겨두고 쇠 죽통을 짊어지고 소를 끌면서 철마까지 약 100리 길을 걸어서 돌아가는 경우도 있었고요. 나머지 화목은 다음 날 다시 달구지가 있는 곳으로 와서 팔았어요. 화목을 모두 팔고 돌아갈 때는 주인이 소달구지를 타고 집으로 왔어요. 가끔 밤늦게 귀가할 때 기장 올바위골 근처에서 살쾡이(고양잇과의 동물)를 만나는 일이 빈번하여 여러 사람이 모여 다녔어요. 남자들은 보통 막걸리 한 잔씩을 걸치고 황소를 앞세워 소달구지를 끌고 왔는데, 소달구지 행렬이 많을 땐 40~50여 대에 달했고, 딸랑딸랑 요령 소리가 구곡천 계곡을 울려 귀가 행렬 모습이 실로 장관이었지요."

안대영 관장의 옛길 이야기가 마치 다큐멘터리 영화의 한 장면 같다.

오륜대의 풍류객들

오륜대는 이 지역 풍류의 상징이다. 조선 후기 부산의 대표적인 시가 〈장전구곡가〉에는 오륜대가 생생하게 그려져 있다. 〈장전구곡가〉는 구한말 기장 철마 출신의 추파 오기영(1837~1917)이 회동수원지 일대의 철마면 장전마을 일대를 돌아다니면서 지은 칠언절구의 한시다. 중앙에서 종2품 벼슬을 지내고 낙향한 그는 오륜대에서 내를 건너 철마 장전마을을 지나 홍연폭포까지 마차를 타고 유람하면서 아홉 구비의 풍치와 소회를 노래했다.

철마면 장전리는 그곳에 '장전(長田)'이 있어 생겨난 지명이다. 장전은 역장(驛長)의 공비(公費)를 충당하기 위해 지급된 토지로,

속칭 장밭이라 불렸다. 기장에는 조선시대 때 신명역과 아월역이 있었는데, 장전리는 가까운 신명역의 장전(장밭)을 운영한 곳으로 추정된다.

〈장전구곡가〉의 서곡은 '오륜대'다.

오륜대하취곤령(五倫坮下翠坤령)

오륜대 솟아난 누리 정기 모인 곳

양곡류파만고청(兩谷琉波萬古淸)

두 골짝 어우러진 물 예나 제나 푸르구나

재도명암산일모(纔到鳴巖山日暮)

울바우 가뭇한 산머리로 해는 저무는데

이성초적양삼성(耳醒樵笛兩三聲)

아련히 들려오는 초동들의 피리소리여.

오륜대의 정경이 선연히 그려진다. 민촌에서 울려 퍼지는 초동의 피리소리는 향수를 자극한다. 이곳에 수원지가 조성된 후 두 골짝과 울바우 같은 자연 명소는 모두 물에 잠겨 버렸다. 〈장전구곡가〉는 사라진 옛 정경을 불러오는 일종의 타임머신이다.

죽림(竹林) 박주연(1813~1872)의 오륜대 사랑도 기억해야 한다. 박주연은 부조리한 세태를 비판하며 벼슬길을 마다하고 26세 때 고향인 오륜대에 정착, 어머니를 모시고 살면서 의미 있는 문학

작품*을 남겼다. 그의 〈윤대지리부(倫臺地理賦)〉에는 오륜대의 존재가 이렇게 소개돼 있다.

… 이 지역(오륜대)이 이름만 아름다울 뿐만 아니라, 경치도 좋아 내가 일찍 '구곡가(九曲歌)'를 지어 칭찬한 일이 있다. 그러나 세상에 널리 알려지지 않아 유람객이 드물다. 공자 말씀에 '도(道)가 사람을 멀리 한다'고 했는데, 그와 같이 이곳의 경치를 사람들이 몰라준다. … 하지만 지혜로운 돌은 어진 산과 짝이 되고, 고사(高士)와 속인(俗人)이 함께 살지 않는 것이 어찌 억지로 되는 일이리오. 서로의 뜻이 그렇게 만드는 것이다.

박주연은 오륜대라는 지명을 단순히 전설에 따라 이해하려는 태도를 떠나, 유가적인 삶의 태도를 지향하고 있다.

'이곳으로 말하면 글 읽는 소리가 집집마다 나고, 어린아이들도 예절을 지키고 초동목립(樵童牧笠)도 올바른 일을 숭상하는 것을 보면, 오륜(五倫)으로 지방민을 가르치기 위해 지명부터 고친 것이 아닌가 한다.'

박주연은 벼슬이나 사회활동에 두드러진 업적을 남기진 못했지만, 오륜대에 대한 사랑과 애착은 어느 누구보다 강했다. 그의 주요 저작인 〈윤대산수가〉의 서시를 보자. 여기서 '윤대(倫臺)'는 오륜대를 말한다.

---

* 엄경흠, 「오륜대와 죽림 박주연의 문학」, 동양한문학회, 2001. 박주연의 삶과 문학작품에 대한 평가 및 해석은 엄경흠 교수의 연구결과를 따랐다.

오류대의 산수 가장 그윽하고 신령스러워/온 구역이 지(智)와 인(仁) 얻어 굽이굽이 맑구나/이 사이 기이하고 빼어난 경치 누가 알리오/그대 위해 노래하며 악기 소리에 화답하리라.

박주연의 오류대 시편들은 마치 진경산수화를 보고 있는 듯 회화성이 두드러진다. 그는 오류대를 속세와 결별하고 살아가는 탈속의 세계로 표현하고, 지와 인을 갖춘 사람만이 살아갈 수 있는 수기(修己)의 세계로 인식했다. 오류대를 보는 새로운 시각이다.

박주연의 오류대 시문은 오늘날 문인들을 부끄럽게 만든다. 선인들의 오류대 사랑에 비하면, 오늘 현대인들의 오류대 이해는 얼마나 얕고 무딘가.

흙내음 숲길의 선물

수원지의 물결선을 따라 수변길이 이어진다. 수원지를 둘러싼 아홉고개산과 부엉산, 오류대, 윤산이 제 그림자를 호수에 빠트리고 묵상 중이다. 숲속 오솔길엔 낙엽 양탄자가 소복하니 깔렸다. 낙엽과 깔비(솔가리)를 밟는 발끝이 저릿저릿하다.

상현에서 새내마을(일명 수원지마을)까지는 약 2km다. 새내마을의 호연정(식당) 앞에서 보는 오류대의 층층 벼랑이 호기롭다.

호연정 마당 앞에 꺾인 소나무 한 그루가 있다. 이른바 '읍(揖)하는 소나무'다. 늘씬한 소나무가 상체를 역ㄱ자로 꺾은 모습.

오륜대의 절경을 보여주려고 자신을 꺾은 것처럼 보인다. 저게 자연의 마음일까, 잠시 어리둥절해진다.

새내마을을 지나 '오륜대 선착장'(회동수원지 파일럿 연구센터) 쪽으로 접어들면 '시의 길'이 나온다. 착시문학회 회원들의 자작시 20여 편이 철망에 올망졸망 붙어 있다. '시, 호수와 통정(通情)하다'는 문구가 자극적이다.

풀이 쑥쑥 자라는 것은/다 호흡 때문이다/들숨과 날숨에/비결이 있다/날숨으로 나 죽었소,/힘을 놓을 때/엉겁결에 마음이/자란다/꼭 쥐었던 냄새가 풀풀,/빠진다/문득 해맑다/기쁘게 흐르는 강줄기 하나/일어선다/두 손을 모은 기도가/빛난다/가벼운 박수가/나온다 (고은수, 「풀풀」 전문)

'낙타가 뜨거운 사막을 운명처럼 걸어가듯//길을 간다는 것//주어진 생명을 다하기 위해/내 몸을 휘감아 오는 어떤 길도/받아들인다는 것//발끝 세워 선 나무처럼/땅속 깊이 호미날 발자국 하나/새긴다는 것' (김류은, 「길을 간다는 것」 전문)

'시의 길'에 걸린 시들은 화려한 치장이나 난해한 수식이 없어 좋다. '길 시'라고 불러도 될까. 쉽게 읽히니 발걸음이 가볍다.

부엉산을 오르기 전 수변무대를 구경한다. 수원지의 수면과 주변 산세가 배경이다. 천연의 무대다. 대금이나 장구를 불러 한판 놀고 싶어진다. 그러나 마음뿐이다.

내친걸음. 헨리 데이비드 소로를 초대한다. 200년 전 미국 월든의 호숫가 숲에서 살았던 소로는 "월든 호수에서 사는 것이 신과 천국에 가장 가까이 가는 것"이라고 말했다. 소로의 가장 뛰어난 통찰은 자연과 사회가 사실은 둘이 아니라 하나라는 생각이었다. 그는 부자나 빈자, 동식물이나 야생동물이 모두 '도덕적 관심이라는 하나의 울타리' 안에 들어와야 한다고 주장했다.

시 한 줄을 장식하는 것이/나의 꿈은 아니다./내가 월든 호수에 사는 것보다/신과 천국에 더 가까이 갈 수는 없다./나는 나의 호수의 돌 깔린 기슭이며/그 위를 스쳐 가는 산들바람이다./내 손바닥에는/호수의 물과 모래가 담겨 있으며,/호수의 가장 깊은 곳은/내 생각 드높은 곳에 떠 있다. (헨리 데이비드 소로, 『월든』에서)

자연을 누리는 은둔의 환경으로 볼 때 회동수원지는 월든 호수에 비해 조금도 뒤지지 않을 것 같다. 그런데도 회동수원지는 왜 세계적 호수가 되지 못하는 것일까.

부엉산 전망대의 장관

낑낑거리며 부엉산을 오른다. 산길이 몹시 가파르다. 이마에 땀이 흥건하다. 해발 175m의 부엉산 정상은 곧 오륜대의 정수리다. 부엉산 전망대의 경치는 호쾌하고 장엄하다. 수원지 전체가 한눈에 들어온다. 가슴이 활짝 열린다. 옹기종기 모여 사는 상현마을과 새내마을의 모습이 정겹다. 걸어온 길도 보인다.

회동수원지 건너편의 구곡산은 아홉구비산, 아홉고개산, 가야산, 기치산 등으로도 불린다. 이름이 많다는 것은 다양한 사람들이 제각기 자기의 관점을 가지고 산을 보고 즐겼다는 뜻이리라.

부엉산은 이름이 독특하다. 오륜동 주민들은 이곳의 절벽에 부엉이가 산다고 믿고 있다. 봤다는 사람도 있다. 부엉이는 한 번 짝을 맺으면 평생 함께 살아가는 텃새로서, 바위벽 사이의 틈을 이용하여 알을 낳고 새끼를 키운다.

부엉이는 '고양이 얼굴을 닮은 매'라는 뜻으로 '묘두응(猫頭鷹)'이라 불린다. 민속에서는 장수나 죽음을 상징하는 새로 봐 왔다. '부엉 부엉새가 우는 밤, 부엉 춥다고서 우는 밤~' 하는 동요가 있듯이, 부엉이는 우리와 친근한 새다. 최근엔 젊은이들 사이에서 부엉이 인형이나 캔들 같은 장식품이 인기를 얻고 있다.

부엉산에서 내려가면 바로 오륜동 본동이다. 낑낑거리며 올랐던 길이 내려갈 땐 순식간이다. 올라갈 때 보이지 않던 생강나무 꽃도 내려갈 땐 보인다. 오륜동은 호수를 낀 한적한 식당촌이었으나, 최근 회동수원지 사색길로 인해 부산 최고의 걷기 명소로 떠올랐다. 오륜 본동에는 약 40가구가 거주한다. 커피숍이 10여 곳, 오리집 추어탕집 등 음식점이 30여 곳 된다.

2000년대 전까지만도 오륜동 일대에는 고라니, 오소리, 두꺼비, 소쩍새 등을 심심찮게 볼 수 있었다고 한다. 비 오는 날이면 요즘도 두꺼비 떼가 뒤뚱뒤뚱 나타나 통행자들을 긴장시킨다. 오륜동으로 접어드는 부산 도시고속도로(번영로) 굴다리를 지나면 오륜동 쪽의 기온이 2~3도 낮다. 호수로 인한 기온 저하다.

새벽녘 회동호에는 물안개가 자주 낀다.

오륜 본동 앞쪽의 나지막한 땅뫼산에는 아주 정갈한 황톳길(생태숲)이 1km 정도 조성돼 있다. 수변 풍광이 좋고 울창한 편백나무 숲을 끼고 있어 명상 또는 힐링 장소로 제격이다. 땅뫼산을 돌아 나오면 늪지에 조성된 자연학습관찰로를 만난다. 갈대와 물억새, 부들 같은 습지식물이 길손을 반긴다.

길은 다시 회동댐과 동대교 방면의 수변 산책로로 이어진다. 이곳 수변길은 호수와 불과 2~3m 정도로 가깝다. 수로일체(水路一體), 호수와 오솔길이 하나다. 호수와 완전 길동무하는 느낌이다. 찰랑거리는 물소리와 새소리, 바람소리가 지친 도시의 마음을 위무한다.

오륜동에서 회동댐을 거쳐 동대교까지는 약 5km. 상현마을에서 오륜대, 땅뫼산을 돌아 회동댐, 동대교까지는 약 7.2km, 쉬엄쉬엄 걸으면 4시간 정도 걸린다.

금정구 회동동 동대교는 옛날 '동대(東臺)'가 있었다는 곳이다. 부산 8대(臺) 중 한곳인 동대는 신라 때부터 이름난 절경이었다. 동대의 아름다움은 동래부사를 지낸 윤훤의 시에 잘 드러난다. 부산 8대는 해운대, 태종대, 몰운대, 오륜대, 동대, 영가대, 겸효대, 의상대를 말한다. 회동수원지에 2개의 대가 포함됐다는 건 그만큼 경치가 좋았다는 말이다.

동대는 동대교를 지나 오른쪽 금정구 회동동 동대 마을 어귀의 용머리같이 생긴 바위를 일컬었다. 하지만 옛터는 주변 개발로 일찌감치 사라졌고, 용머리 바위는 훼손될 뻔하다가 주민들의 진정으로 가까스로 남아 있다. 주민들은 2001년 마을 어귀에 '부산 8대 동대'라는 표지석을 세워 명소의 자취를 더듬고 있다.

사라진 '동대' 주변을 잠시 배회하다 발걸음을 옮긴다. 수원지 쪽에서 들려온 산새 소리가 동대교를 지나는 차량 소음에 지워지고 있었다. 회동수원지를 벗어나자마자 또 올 것 같다는 확실한 예감은 무슨 조화란 말인가.

회동수원지 사색길

3장

만덕고개와 길의 운명

만덕고개를 가뿐하게 넘는다. 고개는 넘으라고 생긴 것. 넘으니 고개요, 넘어가니 길이다. 그런데 요새 사람들은 이 고갯길이 힘들다고 넘으려 하지 않는다. '고갯길은 옛 사람들이나 넘었지' 하면서….

만덕고개는 구포나 김해에서 동래를 오가는 거의 유일한 길목이었다. 실제로 1973년 제1 만덕터널이 개통되기 전까지 그랬다. 조선시대 구포(감동진)는 낙동강의 수운 요충지로 동래도호부와 통하는 가장 가까운 나루터였다. 구포의 물자와 동래의 물산이 소나 말, 짐꾼들에 의해 만덕고개를 오르내렸다. 고갯길이 험하고 도적이 많았다. 만덕고개가 눈물고개, 한숨고개, 도둑고개라 불리는 연유이다.

지금에야 만덕고개 아래에 터널이 뻥뻥 뚫려 고개 같지 않은 고개지만, 고갯마루에 쌓인 시간의 더께를 털어내면 옛이야기들이 솔솔 들려오기도 한다. 추억의 그림자를 더듬듯 무심한 고개를 넘으며 길의 운명과 영고성쇠를 생각한다.

금정산 만덕고개에서 본 낙동강 일몰 풍경.

'만가지 덕'을 말하는 곳

만덕! 이름이 재미있다. 어떤 서울 사람이 부산에 '만덕터널'과 '만덕역'이 있다는 소리를 듣고 피식 웃었다는 이야기가 있다. 만덕터널이 한때는 교통체증으로 악명이 높았다. 경상도 사투리 중에 '쌔(혀)가 만바리 빠진다'(몹시 힘들다)는 말이 있는데, '만바리'가 험한 만덕고개를 넘는 모습을 연상시킨다.

'만덕(萬德)'은 만가지 덕을 얘기하는 곳이다. 지명 유래담이 다채롭다. 먼저, 만덕고개에 도적이 많아 '만 사람이 무리를 지어 올라가야 도적을 피한다'는 말에서 유래했다는 설이다. 또 하나의 설은 임진왜란 때 이곳에 피신해 온 만 명의 백성이 모두 살아서 '만 가지의 덕'을 입었기에 '만덕'이라 했다는 설이다.

『부산의 지명 연구』(이근열·김인택, 해성, 2014)에는 '만등〈만덕설'을 제시해 눈길을 끈다. 옛날엔 만덕동 일대를 '만등'이라 불렀다. '만(萬)'은 훈차로서 '크다', '높다'라는 뜻을 갖는다. 이렇게 보면 수수께끼는 간단하게 풀린다. '만'은 '몯'에서 왔으며 '최고, 우선, 처음'이란 뜻을 갖는다. '등'은 부산 경남에서 산마루를 '만딩'으로 부르는 것과 맞닿는다. 그래서 '몯등<맛등<만등<만덕'의 변화를 추정해 볼 수 있다. 이렇게 보면 만덕은 '가장 높은 등성'이 된다. 전설이 아닌 추론과 논증이므로 그럴듯하게 와닿는다.

만덕고개는 문헌에도 등장한다. 『고려사』에는 "공민왕의 명령으로 충혜왕의 서자 석기가 출가해서 한동안 머물렀던 절이 만덕사이다"라는 기록이 있다. 오늘날 제1 만덕터널 앞의 만덕사지가 그곳으로, 최근 발굴을 통해 만덕사의 존재가 확인되었다. 조선 중기에 펴낸 『신증동국여지승람』 동래현 산천조에는 만덕고개를 기비현(其比峴), 기비고개라 적고 있다. 기비현은 김정호의 「대동여지도」에도 나타난다. 남산정 숙등 일대를 일컫는 기비골은 이 기비현에서 비롯된 지명으로 봐야 한다.

조선 중기의 대학자 한강(寒岡) 정구 선생이 1617년 경북 칠곡에서 낙동강을 따라 동래 온천장에 요양을 왔을 때도 만덕고개를 넘었을 것이다. 한강이 영남 사우(士友)들의 접대를 받으며 45일간 경남과 동래 일대를 여행한 『봉산욕행록(蓬山浴行錄)』에 그 내용이 나온다. 봉산은 동래의 다른 이름이고, 욕행록은 온천을 즐기러 간 기록이다. 당시 한강은 75세의 불편한 몸으로 견여와 말을 번갈아 타고 만덕고개를 넘었다고 한다. 그 풍경이 선연하다.

김해의 금관가야 세력이 동래 복천동으로 옮겨올 때 넘었던 고개 역시 만덕고개였을 것이다. 서부산의 낙동강 나루터에서 동래 쪽으로 넘어오려면 만덕고개 외에 달리 길이 없다. 우수한 철기와 토기를 가지고 마소를 부리며 만덕고갯길을 허위허위 넘었을 가야인들에게 고갯마루에서 굽어본 동래벌과 수영벌은 그야말로 신천지였을 것이다.

빼빼 영감은 어디로 갔을까

장돌뱅이들의 애환이 배어 있는 고개에는 늘 이야기가 피어난다. 장꾼이나 보부상들의 봇짐 속에는 물건뿐만 아니라, 이곳저곳의 이야기들이 쟁여져 돌아다니기 때문이다. 만덕고개는 산적 아지트였다. 오죽했으면 만 사람이 무리를 지어서 넘어야만 도둑을 피할 수 있다고 했을까. '만덕고개와 빼빼 영감' 전설은 도적을 혼쭐낸 이야기다.

동래 남문 밖에 동래와 구포장을 오가며 삿자리 장사를 하는 빼빼 마른 홀아비가 있었다. 이 영감이 하루는 구포장을 보고 동래로 돌아오는 길에 만덕고개에 있는 주막에서 잠시 쉬게 되었다. 이때 10여 명의 도적떼가 달려들어 장꾼들을 묶고는 재물을 내놓으라 위협했다. 그러자 빼빼 영감이 앞에 나서서 "여기 장꾼들은 겨우 끼니를 때우며 사는 불쌍한 사람들이오. 이런 사람들의 물건을 털어서야 되겠소" 하고 꾸짖듯이 말했다.

이 말을 마치기가 무섭게 산적들은 빼빼 영감을 발길로 차고 뭇매를 가했다. 그런데 갑자기 빼빼 영감이 묶인 밧줄을 풀고 비호같이 달려나가 산적들을 때려눕혔다. 겁에 질린 산적들이 모두

도망갔고 다친 놈 몇 명이 남았다. 장꾼들이 도적들을 잡아 동래 관가로 데려가자고 했으나 빼빼 영감은 더는 도둑질을 하지 않을 테니 풀어주자고 했다.

빼빼 영감은 고갯길의 주모에게 술과 안주를 가져오라 한 뒤 "여러분이 모두 욕을 봤으니 이 술은 내가 사겠다. 맘껏 드시라. 대신 마을에 내려가서는 오늘 일어난 일을 절대 이야기하지 말아달라"고 신신당부했다. 그러나 소문이 퍼지게 되었고 관가에서 빼빼 영감을 포상하기 위해 찾았으나 그 행적을 알 길이 없었다.

임꺽정 같고 홍길동 같은 동래의 장사 빼빼 영감은 어디로 가버린 걸까. 만덕고개 길목에는 빼빼 영감의 전설이 적힌 안내판이 서 있지만, 그의 행방은 여전히 오리무중이다.

넘어가야 할 21세기 고갯길

만덕고개 가는 길은 동래구 금정마을의 오복누리 굴다리가 사실상 초입이다. 데크 탐방로가 설치된 구불구불 포장길을 따라 동명사, 옥불사를 지나 고갯마루를 넘으면 석불사와 병풍암, 만덕사지, 만덕오리마을 등이 나온다. 고갯마루에서 바라보는 북구쪽의 낙동강 풍경이 볼 만하다. 해 질 녘 노을이 질 때는 장엄한 풍광에 넋이 빠진다.

고개의 시대는 가고 터널의 시대가 왔다. 만덕고개에는 제법 근사한 생태터널이 설치돼 있다. 고갯길로 끊긴 금정산 지맥을 잇고 등산로 겸 동물을 위한 생태길을 낸 것이다. 이제 만덕고개는 동·서를 넘는 고개로서가 아니라, 남·북 소통의 등산로 역할에 충실하다.

만덕고개는 1960년대 큰 변화를 겪는다. 고갯마루에는 '축 개통 1965. 2. 6. 부산시장 김현옥'이라 적힌 기념비가 서 있다. 당시 불도저 시장이라 불리던 김현옥 시장이 만덕고갯길을 대대적으로 정비한 흔적이다.

1973년 뚫린 제1 만덕터널은 만덕고개의 존재를 무력하게 만들었다. 다리가 나루의 역할을 빼앗았듯이, 터널이 고개의 역할을 몰수해갔다. 그 후 88올림픽이 열리던 해 제2 만덕터널이 4차로로 크게 뚫리면서 만덕고개는 한낱 전설의 고개로 전락했다.

만덕고개 아래에 뚫린 것은 제1, 2 만덕터널뿐만 아니다. 도시철도 3호선 터널이 지나가고 남북 방향으로는 KTX 장대터널이 관통한다. 도시철도 3호선 만덕 구간의 터널은 낙동강과 수영강을 만나게 해주는 교통시설이다. 길은 도시의 땅속 깊이 파고들어 산을 뚫고 강을 건너 수영에서 강서를 찾아간다. 수영과 낙동의 만남이요, 좌수영과 구포나루, 강서 삼각주의 조우다.

도시철도 만덕역은 우리나라에서 가장 깊은 곳에 들어선 역이다. 역 깊이가 지하 64.25m. 지하 1층이 대합실, 지하 9층이 승강장이다. 아파트 층수로 따지면 21~23층에 해당한다. 계단과 에스컬레이터 외에 승강기(엘리베이터)가 5대나 있다. 이렇게 깊은 곳에 들어선 이유는 만덕역 자리가 제2 만덕터널의 초입인 만덕고개 중턱에 위치하기 때문이다. 만덕역 주변은 고지대로, 언덕 바지에 형성된 도로가 상당히 가파르다. 남해고속도로와 이어지는 내리막길은 1km 가까이 이어진다. 만덕고개가 길고 높고 험

만덕고개에 조성된 인공 생태터널.

만덕고개 도로 개설비.
1965. 2. 6. 글씨가 선명하다.

한 이유다.

가뿐히 넘어갔던 만덕고개를 되돌아 동래쪽으로 넘어온다. 만덕고갯길에 낙동강 바람 한줄기가 불어와 서성인다. '길손들이여! 잊지 마라, 만덕고개의 장구한 역사와 애환을!' 바람을 타고 어디선가 빼빼 영감이 나타났다가 홀연히 사라졌다.

만덕고개와 쇠미산 둘레길

4장

기장 칠암 붕장어마을 한 바퀴

쌀밥 같은 아나고회

"저 힘 좀 봐!" 우당탕탕! 고무대야에 옮겨진 붕장어가 거칠게 몸을 뒤튼다. 길고 미끈한 몸에 힘이 잔뜩 들어갔다. 제 운명을 직감했는지, 서로가 서로를 부둥켜안고 몸을 부비고 난리부르스다. 처절한 몸부림이다. 사람들이 신기한 모습을 보고 침을 꿀꺽 삼킨다. 스태미나를 생각하며 김칫국부터 마시는 격이다.

붕장어는 일본말로 '아나고(穴子)'라 불리는 바닷고기다. 여름이 제철이지만 사시사철 먹을 수 있는 횟감이며 자양강장 스태미나 음식으로 인기다. 붕장어가 힘을 쓸수록 사람들이 더 좋아하니, 웃어야 할지 울어야 할지….

기장 칠암(七岩)은 붕장어 메카다. 대한민국 붕장어가 여기서만 잡히는 것은 아니지만, 칠암 붕장어를 빼고는 대한민국 붕장어를 제대로 얘기하기 어렵다. 칠암 아나고회(붕장어회)는 맛이나 식감, 영양가, 가격 어떤 것을 갖다 대도 다른 횟감에 지지 않는다. 칠암 아나고회는 탈수기를 거쳐 식탁에 오른다. 한 접시 그득 담겨진 회는 마치 시골집의 하얀 쌀밥 같다. 꼬들꼬들 쫄깃쫄깃,

붕장어마을인 기장 칠암항 풍경.

씹는 맛이 깔끔하다. 회 못 먹는 사람도 아나고회는 먹는다.

칠암 일대의 장어 횟집이나 아나고 횟집은 대략 서른 집. 기장군 지정 맛집(생선회)이 7곳이다. 어느 집 할 것 없이 장인정신으로 똘똘 뭉쳐 야무지게 회를 치고 판다. 붕장어들에겐 미안한 이야기지만, 붕장어 덕에 칠암이 산다고 해도 틀린 말이 아니다.

칠암엔 붕장어뿐일까. 그렇지 않다. 오히려 붕장어로만 묶게 되면 칠암이 '거칠게' 항의할지 모른다. 칠암은 동해안의 자그마한 어촌이지만, 산과 바다, 전통과 현대, 도시와 농어촌이 묘한 조화를 이룬 알찬 동네다.

연초에는 동해안별신굿이 벌어지고, 가을에는 붕장어축제가 거나하게 펼쳐진다. 칠암항을 호위하듯 야구등대와 갈매기등대, 붕장어등대가 예쁜 모습으로 우뚝 서 있고, 커피 전문박물관 같은 이색 카페도 만날 수 있다. 칠암항에는 장어잡이 선장과 어부, 억척 해녀들의 퍼득거리는 삶이 숨 쉰다. 가뭄에도 마르지 않는다는 돌새미가 있는가 하면, 심신의 피로를 녹이는 해수탕도 자리한다.

칠암에는 이야깃거리, 먹거리, 볼거리, 즐길 거리가 다 있다. 해안을 끼고 걷는 갈맷길과 해파랑길(기장 오감도)이 칠암을 지난다. 갈맷길과 이어진 마을 고샅길을 따라 독립운동가 박영준 길, 일광로, 문오성 길을 걷는 재미도 별미다.

갈맷길은 임랑 해수욕장에서 시작돼 동해안을 따라 내려오다 칠암 붕장어마을(횟집촌) 앞에서 바닷가 길을 끼고 신평마을로 접어든다. 신평 소공원의 선박 조형물과 주변 기암괴석도 놓칠 수 없는 볼거리다.

칠암을 즐기는 방법은 칠암을 제대로 알고 눈길과 손길, 발길로 직접 만나는 것이 최고다. 오감을 열고 다가가면 칠암은 가진 것, 있는 것 다 내주고 다 보여준다.

'꺼먹 동네'가 된 사연

칠암이란 마을 이름의 유래는 여러 가지 설이 전해진다. 마을 앞 바닷가에 검은 바위가 많아 주민들이 옻바위라고 부르면서 '칠암(漆岩)'이 되었다는 설이 그 하나다. 옻나무 칠(漆) 자가 어려워 '일곱 칠(七)' 자로 바뀌었다고도 하고, 마을 앞에 7개의 검은 바위가 있어 칠암이 되었다는 말도 나돈다.

'칠'자와는 확실히 인연이 있어 보인다. 조선 후기엔 기장현 중북면 칠포(柒浦)에 속하였고, 1900년 초엔 기장군 중북면 칠암리(漆巖里)였다(경상남도 기장읍지). 1914년 지방제도 개편에 따라 경상남도 동래군 일광면 칠암리(七巖里)로 바뀌고, 1973년 양산군 일광면 칠암리(七岩里)였다가, 1995년 오늘날의 기장군 일광면 칠암리가 되었다.

옻바위는 원래 '크다'는 의미에서 '거칠 바우'로 불렸는데 여기서 '칠바우', '칠암'이 되었다는 설도 있다. 칠(柒)은 일곱, 칠(漆)은 검은 옻(바위)이니, 칠암(七岩)이 된 건 자연스럽다. 럭키 세븐! 어쨌거나 7은 기분 좋은 숫자다.

마을 동쪽 바닷가에는 지명의 유래가 된 7개의 옻바위가 있었다고 한다. 거멍돌, 뻘돌, 군수돌(군시돌), 청수돌, 넓돌, 뽕곳돌(혹

기장 칠암마을의 '7암' 조형물. 칠암의 유래를 말해준다.

난돌), 송곳돌(농돌)이 의좋은 형제처럼 조르르 늘어섰다는 것. 형태가 제각각이고 저마다 이야기를 지닌 돌이었다. 그러나 이들 바위는 1980년대 초 대대적인 호안 매립 과정에서 사라진 것으로 보인다.

칠암의 7개 바위를 칠성암, 칠성 신앙의 대상으로 보는 견해가 있다. 칠성신은 민간에서 수명과 재물, 소원성취를 돕는 신이다.

칠암과 주변 마을에서 함께 펼치는 풍어제(용왕제)는 바로 동해안별신굿(중요무형문화재 제82-가호)이다. 동해안의 어촌마을에서 자신들의 수호신을 모시고, 마을의 평화와 안녕, 풍요를 기원하기 위해 무당을 불러 벌이는 대규모 굿이다. 기장군 전통 풍어제는 5개 어촌마을(대변, 학리, 칠암, 공수, 두호)이 돌아가면서 1개 마을을 정해 6일간 지낸다. 굿판이 열리면 무녀와 재비(양중)가 참여해 24개 굿거리를 연출한다. 매년 정월 대보름을 전후해 동해안별신굿이 열리면 전국에서 민속학자, 작가, 사진가, 블로거, 유튜버 등이 모여든다.

칠암을 위시한 문동, 문중, 신평, 동백마을은 '문오성 마을'로 불린다. 문오동(文五洞)은 기장군 일광면 지역 중 중북면에 속하였던 문동(해창), 문상, 문중, 문하(칠암), 문서(동백) 등 마을 이름 앞 글자에 '문(文)' 자가 들어간 다섯 개 마을을 일컫는다.

문동리(文東里)의 옛 이름은 독이방(禿伊坊)이었다. '독이(禿伊)'는 나무가 없어 헐벗은 민둥산을 의미한다. 마을 뒷산인 문산(文山)을 예전에 민둥산이라 했다는데, '민둥'이란 지명이 어감이 좋지 않아 민둥산을 문산으로 바꾸고, 민둥을 발음이 비슷한 문동으로 불렀다고 한다. 흥미로운 지명 변천이다.

문동리에는 조선시대 해창이 자리했다. 해창은 조선시대 조곡을 보관하던 바닷가의 창고. 해창 마을에는 1600년경 형성된 하납 선창과 해창이 있어 오랜 거주 역사를 알 수 있으나 기록이 거의 없다.

칠암도 그렇지만, '글(文)'을 앞세운 문오성은 독특한 지역공동체를 대변하는 이름으로 여행자의 향수를 자극한다.

칠암을 즐기는 법

칠암 예습 끝. 이제 동네 한 바퀴를 돌아본다. 네이버 지도에 도보 루트를 그어 보니 전체 거리가 2.4km. 쉬엄쉬엄 나릿나릿 걸어도 1~2시간이면 된다.

출발지는 칠암 붕장어마을 입간판이 세워져 있는 동양마트 칠암점 앞. 맞은편에 커피박물관 알라딘이 있다. 일단 눈도장만 찍어둔다. 커피는 다리품을 팔아 볼 것 보고 나서 마시면 더 맛있다.

칠암 해변쪽으로 난 문오성길로 접어들면 담장벽화가 나타난다. 용궁 풍경이다. 거북이를 탄 용왕님이 벽화 속에서 근엄하게 웃고 있다. 마을에서 용왕님을 챙기고 있다는 의미다. 용왕님이 무서운지 자라의 눈이 동그랗다.

따라가면 웅장한 소나무 사이에 남녀장승이 반긴다. 천하대장군-지하여장군이 하얀 이빨을 드러낸 채 눈을 부라리고 서 있다. 전혀 무섭지 않으니 콘셉트가 잘못된 건 아닌지….

바다가 보인다. 칠암마을회관 옆에 제당이 설치돼 있다. 이곳에 골매기신(할매)이 모셔져 있다. 바닷가 사람들은 일상처럼 용신과 할매신을 챙긴다. 깊이를 알 수 없는 바다의 거센 파도와 싸우려면 해신께 무릎 꿇고 빌지 않을 수 없다.

이제 횟집촌이다. 야구등대로 가는 길 삼거리에 장어 횟집이 있다. '선장님이 직접 잡은 장어숯불구이와 아나고회를 드실 수 있습니다.' 홍보 문구가 구미를 당긴다.

'꺼먹동네' 횟집 간판에는 '칠암마을 원조', 'since 1967'이라 적혀 있다. 이곳 주인 할머니는 50여 년간 장사하며 칠암항 매립과 변화과정을 지켜봤다고 한다. 옛 칠암의 '漆'자를 '꺼먹'이란 순우리말로 되살린 재치가 돋보인다.

기장 수협 칠암지점 앞에 매대와 좌판이 길게 깔렸다. 늘어선 상호들이 재미있다. 등대할머니, 울산할매, 끝자 아지매, 말순네, 금산댁, 복이 엄마, 윤아네…. 칠암마을의 아지매·할머니·해녀들이 다 나온 것 같다. 이들이 파는 것은 마른 장어, 가자미, 대구, 민어, 가오리, 피대기 등 10여 종. 칠암엔 해녀가 5~6명 활동한다. 이들이 몸을 던져 채취한 미역, 다시마, 군소, 조개류들도 간간이 좌판에 깔린다.

칠암항에서 보는 바다는 늠름하고 장엄하다. 거친 듯 평온하고, 평온한 듯 거칠다. 파도가 치면 칠암(7개 바위)이 가뭇없지만, 해면이 순해지면 칠암이 속삭이듯 나타날 것도 같다. 방파제 끝에 야구등대가 위태롭게 서 있다. 야구등대는 불멸의 투수, 최동원 선수의 스토리를 간직한 채 24시간 잠들지 않고 반짝거린다.

펴지지 않는 인생, 동해 바다를 향해 홈런 한 방 날리고 싶다.

칠암항의 풍경과 볼거리, 넉넉한 주차공간 탓에 '차박'을 하는 사람들이 적지 않다. 차에서 한밤을 세우기에 칠암만 한 곳이 없다는 소문이 퍼지고 있지만, 기장군은 이들이 버리는 쓰레기와 공간 점유 때문에 도리어 골머리를 앓는다고 한다.

황금어장 횟집 앞에서 문중길14-18로 왼쪽 방향으로 걷는다. 언덕배기에 석장승 2기가 서 있다. 석양빛에 역광으로 석장승 사진을 찍었더니, 차가움과 딱딱함이 사라지고 꺼먹동네의 기운 센 처녀, 총각처럼 보였다.

골목을 따라 나오면 눈앞에 문오성 해수탕이 보인다. 2014년 개장한 해수탕으로 주민들에겐 유용한 생활시설이다. 주민들은 반값에 이용한다.

일광로를 따라 100m 정도 가면 길가에 칠암 조형물이 나란히 설치돼 있다. 비치다 커피숍 맞은편 도로변이다. 크고 작은 돌에 거멍돌, 뻘돌, 군수돌, 청수돌, 넓돌, 뽕곳돌, 송곳돌이란 이름을 새겨놓았다.

칠암초등학교로 들어가는 마을길은 '박영준 길'로 명명돼 있다. 박영준(1885~1943) 의사는 1919년 3·1운동 당시 기장지역 만세 운동을 주도한 항일 독립운동가다. 박영준의사기념비도 세워져 있다.

박영준 길을 돌아 나오면 길은 원점 회귀다. 그냥 갈 수 없다. 출발할 때 눈도장을 찍어둔 커피박물관 알라딘이 그냥 가려는 길손을 유혹한다. 커피깨나 마시는 사람들은 누구나 한 번쯤 들른다는 알라딘. 커피숍을 겸한 박물관이지만, 소장품 또는 전시물이 장난이 아니다. 130년 전의 미국산 그라인더, 100년 이상 된 황동 드립 포트, 알루미늄 주전자…. 커피 관련 전시품이 500여 점이라니 박물관 이름이 과장이 아니다.

칠암마을을 쉬엄쉬엄 한 바퀴 돌았다. 마무리는 아무래도 칠암의 명물 붕장어회로 해야겠지. 쌀밥 같은 동해의 스태미나! 상상만 해도 힘이 솟구친다.

칠암마을 도보코스 약도

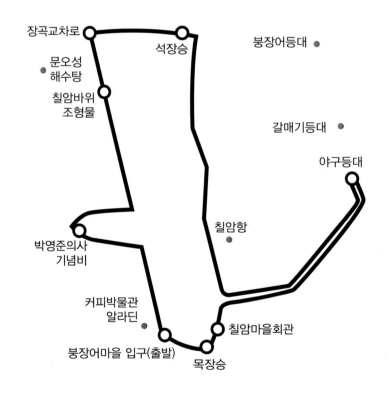

5장
도심의 섬, 매축지마을 종(鐘)길

섬

'사람들 사이에 섬이 있다/그 섬에 가고 싶다'(정현종의 시 「섬」 전문)

그 섬은 어떤 섬일까? 외롭고 소외된 섬? 그렇지 않다. 섬은 흔히 고독, 소외의 비유로 쓰이지만, 정현종의 '섬'은 도시와 사람, 사람과 사람을 잇는 매개체다. 중요한 것은 '사이(間)'다. 떨어진 관계를 잇는 끈, 사이를 메우는 울림이 있다면 도시의 섬은 섬이 아니다. 모든 '사이'에서 은은한 종소리를 들을 수 있다면, 세상은 살만한 곳이 된다.

「섬」을 중얼거리며 부산도시철도 범일역에서 부산진시장으로 걷는다. 부산진시장 바로 옆에 남문시장이 어깨를 맞대고 있다. 남문시장 아래엔 성남초등학교가 있다. 옛 영가대가 이 근방에 있었다고 하나, 매립이 된 터라 도무지 원형이 그려지지 않는다.

눈 밝은 이는 눈치챘을 터. 부산진(釜山鎭), 남문(南門), 성남(城南) 등은 조선시대 이곳에 자리한 부산진성 때문에 만들어진 지명이다. 조선 후기 지금의 자성대가 부산진성 본성 역할을 할 당

범일동 매축지마을로 통하는 자성지하도.

시 성의 남문과 남쪽이다. 오늘날 눈으로 보이지 않는 것들이 옛 지도로 보면 보인다.

남문시장 → 성남초등 뒷길 → 옛 영가대 터를 거쳐 자성지하도를 지나면 부산 동구 범일5동 매축지마을이다. 머릿속에 계속 종소리가 징징거린다. 매축지 마을의 실종(失鐘) 사건이 따라다니는 탓이다.

길에 포위된 마을

매축지 마을은 일제강점기에 군사 목적으로 바다를 메워 육지로 만든 곳이다. 대륙침략을 획책하던 일제는 부산항을 매립한 후 이곳에 마구간을 지어 군마를 보관했다. 광복 후 귀환 동포들이 처음 터를 잡았고, 6·25 전쟁 이후에는 피란민들이 가세하여 움막과 판잣집을 짓고 살았다. 주민들은 부두노동이나 철도 하역작업 등으로 생계를 유지하며 아들, 딸을 키우고 교육시켰다.

마을은 부산진역의 철로와 북항 부두의 컨테이너 도로 사이에 세모꼴 형태로 자리한다. 철로 쪽으로는 방음벽이 높이 솟아 있고, 부두 쪽으로는 큰 차들이 달리고, 고가도로엔 시도 때도 없이 소음이 뿌려진다. 부산진시장 뒤쪽의 고가도로, 속칭 오버브리지 아래의 굴다리가 이곳 주민들의 메인 통행로다.

매축지 마을은 도시의 각종 길에 의해 완벽하게 포위된 도심 속 섬이다. 과거 물류 요지가 교통 오지로, 전략요충지가 생활고충지로 변한 셈이다.

매축지의 이 골목 저 골목 집들은 대문이 따로 없다. 좁다란 골목에 화분과 생활 집기 등을 내놓아 좁은 골목이 더 좁다. 한 사람이 지나가면 꽉 차는 골목도 있다. 장롱이나 책상 같은 세간 살림을 어떻게 옮겼을지 궁금하다. 돌아다니다 보면, 시간이 멈춘듯한 착각에 빠진다. 도심 한복판에 이런 60~70년대 영화세트장 같은 동네가 있다니! 실제 이곳에서 영화 〈친구〉, 〈아저씨〉, 〈마더〉 등을 찍기도 했다. 덕분에 매축지 마을이 한때 여행객의 주목을 받았지만 주민들의 신산스런 삶은 변한 게 없다.

실종(失鐘) 사건

매축지마을에는 주민들이 아끼는 종이 하나 있다. 마을의 네거리 전봇대에 걸려 자식처럼, 친구처럼 여겨진 명물이다. 종의 나이는 대략 70세다. 나이 드신 어른들은 6·25 전쟁 직후 마을을 덮친 대화재 때 종이 어떤 역할을 했는지 기억했다.

"땡땡땡! 땡땡~ 불이야!" 1954년 4월 3일, 전봇대 종이 마을에 울려 퍼졌다. 동구 좌천동 일대에 대형 화재가 발생했다. 기록에는 당시 화재로 37명이 죽고, 140명이 다쳤으며, 가옥 640채가 불에 탄 것으로 나온다. 큰 피해를 남겼지만, 화재경보기가 없던 시절 이 정도로 막음한 것은 전봇대 종이 위급한 상황을 주민에게 알렸기 때문이라고 한다. 그 일을 겪은 후 매축지마을엔 화재가 없었다. 자연스레 '전봇대 종'이 마을을 지켜준다는 믿음이 생겼다.

달밤이 되면 매축지마을에 달빛이 내려앉는다. 그런 날이면 골목 전봇대에 매달린 종신(鐘身)이 달빛을 튕겨낸다. 고단한 하루를 접고 귀가하는 가장들에게 종이 친구인 양 말을 건다. "오늘도 수고하셨다~", "내일은 살림살이가 더 나아지겠지~" 누가 종을 치지 않아도 종이 스스로 울려 주민들을 다독거리는 다사로운 풍경이다.

매축지 종은 마을 공동체의 상징이자 문화 그 자체였다. 매축지(埋築地)라는 말이 암시하듯, 이 종에는 바다를 메운 자리에 힘겹게 삶터를 형성한 실향민들의 피와 땀, 이웃간의 정과 믿음이 서려 있다. 화재 등 비상시엔 경보가 되었고, 평상시엔 마을 공동체의 수신호가 되었다. 그러기에 값을 헤아릴 수 없다.

그런데 이 종이 감쪽같이 사라져버렸다. 2021년 1월의 일이다. 그러잖아도 쓸쓸하던 동네가 종이 사라진 후 더 을씨년스러워졌다. 주민들의 상실감과 낭패감은 이루 말할 수 없이 컸던 것 같다. 오죽했으면 주민들이 현상금까지 걸었을까. 경찰 수사가 진행되고 있다지만, CCTV도 없는 곳이라 실종사건의 단서를 잡기조차 힘든 실정이다.

학교종의 추억

땡땡땡~ 학교종이 울린다. 바깥에서 놀던 아이들이 부리나케 교실로 뛰어 들어간다. 종이 곧 선생님이다. 노는 데 코가 빠져 종소리를 못 듣게 되면 혼쭐이 난다. 교무실 언저리에 달린 학교

범일동 매축지마을의 골목 풍경과 인근의 고층 아파트.

종은 함께 따르고 지켜야 하는 학교의 규율이었다. 보통은 종을 '땡땡땡' 세 번 치면 수업 시작, '땡땡' 두 번 치면 수업 종료 신호였다. 화재 등 비상시에는 연속으로 계속 쳤다.

학교에 방송시설이 갖춰지면서 학교종은 소리 소문도 없이 사라졌다. 종소리는 음악소리나 차임벨로 대체됐다. 어느 날 역할을 빼앗긴 종은 고별식도 없이 창고에 처박히거나 고물상으로 흘러갔다. 요즘 아이들은 학교종이 뭔지도 모를 것이다. 사라진 풍경을 기억하는 일은 때로 쓰라리다. 한때는 그토록 싫던 학교종이 문득 그리워진다.

한국 문화사에서 종은 그 역할과 의미가 각별하다. 학교종에서 교회종, 절간의 범종, 풍경까지 그 의미와 역할이 심오하고 다채롭다. 세상의 모든 종은 깨어남과 살아 있음, 울림, 교감을 부르는 소리다.

안동 조탑동에서 예배당 종지기로 활동하며 동화를 썼던 권정생은 "새벽종 소리는 가난하고 소외받고 아픈 이가 듣고, 벌레며 길가에 구르는 돌멩이도 듣는다"면서 한겨울에도 장갑을 벗고 맨손으로 종을 쳤다고 한다.

장편소설 『혼불』에서 작가 최명희는 산사의 범종소리를 이렇게 묘사했다. "가앙 가아아앙~. 그 산의 여윈 가슴 깊은 곳에서 범종 소리가 멀리 울려왔다. 묵은 기와, 벌어진 서까래 고사(古寺) 호성암에서 울리는 종소리이다."(『혼불』 4권)

소설의 한 대목을 더 보자. "가라앉은 것들을 흔들어 일깨우는 것 같기도 하고, 뒤설레어 떠 있는 것들을 하염없이 어루만져 쓰

다듬는 것도 같은 이 종소리는, 차고 단단하고 날카로운 쇠붙이로 만든 것이련만, 그 쇠가 어찌 녹으면 저와 같이 커다란 비애의 손으로 사바의 예토(穢土)를 쓸어 주는 소리가 될 수 있으랴. 종소리는 잿빛으로 울린다."

읽을수록 가슴 저미는 명문이 아닐 수 없다. 최명희의 서술이 아니더라도, 종소리는 유사 이래 한민족의 심금을 때리고 울린다.

소리와 공명

한국 역사상 종의 최고 걸작은 아마도 신라 때 만든 성덕대왕 신종(神鐘)일 것이다. 에밀레종이라 불리는 이 신종의 소리를 듣노라면 마음의 혼란이 걷히고 금세 평온을 되찾는다. 신비하고 신통한 일이 아닐 수 없다. 신종의 종명(鐘銘)에 다음과 같은 내용이 적혀 있다.

… 이 종소리 들리는 곳마다 악은 사라지고 착한 마음 피어나소서. 나라 안 생명으로 태어난 인간은 물론이고 짐승에 이르기까지 바다에 이는 잔잔한 물결처럼 고르게 깨달음의 길에 올라 모든 괴로움에서 벗어나게 해주소서.

성덕대왕 신종의 소리는 세상에서 낼 수 있는 유일무이한 소리다. 그건 법음(法音), 부처님의 소리다. 부단히 타종되고 몸이 으깨져 박살 날지라도 그 고통을 인내하는 것이 종이다. 무엇이 이를 대신하겠는가. 마찬가지로, 매축지 마을의 종도 세상 유일의 소리와 공명을 가진 종이다. 그 어떤 값비싼 종도 이 종의 역사와 애환을 대신하지 못한다.

새 종과 옛 종

매축지 마을을 돌아보던 중 주민 몇 분을 만났다. 한결같이 종이야기였다. "그래, 벼룩의 간을 빼먹지… 쯧쯧.", "갖다 놓으면돼. 그기 뭣이라꼬!"

종이 사라진 전봇대를 바라보는 주민들의 허한 눈길이 뇌리를떠나지 않는다. 평생을 없이, 모자라게 살면서도 종소리가 세상을, 자신들을 구제할 것으로 믿어왔던 주민들이 아닌가. 가난과불편을 이기는 지혜를 종으로부터 구했던 사람들이 아닌가.

매축지의 실종사건은 2021년 3월 들어 아주 새로운 방향으로전개됐다. 매축지마을을 답사하고 돌아온 날, 전화 한 통이 걸려왔다. 마을 취재 때 도움을 준 '통영칠기' 박영진 대표였다. 나직한 목소리가 조심스러웠다. "매축지마을 종을 새로 구해 다시 걸었어요. 주민들이 하도 허전해하길래…. 원래 종이 돌아올 때까지 걸어둘 참이에요."

새 종은 재질이나 형태가 옛날 종과 흡사했다. 박 대표는 고물상을 수소문해 10만 원을 주고 종을 구입한 뒤, 지인의 도움을받아 종의 표면을 산화처리했다. 그러자 종은 마치 수십 년 세월을 부대낀 것처럼 바뀌었다. 새 종이 걸린 날은 3·1절이었다. 저절로 의미가 부여됐다.

새 종이 걸리던 날, 매축지마을엔 한숨과 웃음이 교차했다. 새 것, 새 종을 안 좋다 할 수는 없을 테지만, 그게 마을의 역사가 스민 헌 종, 옛 종과 비교할 수 있겠는가. 한 주민은 "새 종소리는 쇳소리가 섞여 징징거리는 데 반해, 옛날 종은 멀리서 들어도 '강가앙 가아아앙~' 하고 울렸다"고 했다.

종이 있을 때는 몰랐던 것이 종을 잃고 찾는 과정에서 그 의미와 가치를 알게 된 것은

부산 동구 범일동 매축지 마을길에 달렸던 원래의 종.

망외의 소득이다. 종 하나가 골목에 사람냄새를 피우고, 마을 공동체의 소중함을 일깨운 것도 실종사건이 던진 교훈이다.

매축지마을은 머잖아 재개발로 사라진다. 이미 마을의 절반 정도가 초고층 아파트 부지로 들어갔고 계속 철거 중이다. 옛 종이 화재로부터 마을을 지켰듯이, 새 종이 마을을 지켜주길 바라지만, 마을의 운명은 바람 앞의 등불이다.

매축지마을의 종에 기도한다. "옛 종이 제자리로 돌아오기를!" "매축지마을이 섬이 아니라 사람들 '사이'에 놓이기를!" "한스런 실향민들이 '실종민(失鐘民)'으로 삶터에서 대책 없이 쫓겨나지 않기를!"

종소리 울려 퍼지는 '매축지 종(鐘)길', 그곳을 오래 걷고 싶다.

6장
서면 황금신발길의 추억

고무공장의 순이들

고무공장의 순이들을 '공순이'라 부르던 시절이 있었다. 시골에서 돈 벌러 도시로 올라온 열다섯, 열여섯의 앳된 순이들. 낮에는 일하고 밤에는 공부하는 억센 순이도 있었다. 월급을 타면 먼저 곗돈을 붓고 생활비 뺀 나머지는 모두 시골로 부쳤다. 시골로 간 돈은 동생의 학비가 되고, 부모님의 잡비가 되고 살림의 밑천이 되었다.

부산 서면의 신발공장과 고무공장 굴뚝엔 밤낮없이 시커멓고 매캐한 연기가 피어올랐다. 열악한 노동환경 속에서 공순이들은 야근과 철야를 밥먹듯이 해가며 신발을 만들었다. 이들이 만든 신발은 '한국 최고'였고, '세계 최고'였다. 아~ 그때 그 순이들, 공순이들은 어디로 갔을까.

부산 부산진구 부암동 진양 사거리. 운동화인지, 구두인지 모를 커다란 신발 조형물이 설치되어 있다. 조형물 주위에 안내석이 두 개다. 후면의 안내석에는 '더 큰 걸음으로'란 제목이 붙었다. '대한민국의 경제부흥을 이끌었던 부산의 신발산업, 부산진

부산진구 부암교차로에 세워진 황금신발 조형물.

구가 그 중심이었음을 뒤돌아보며 더 큰 걸음으로 우리의 희망
찬 미래를 기약하는 의지의 표상을 여기에 세운다'(2015. 3. 11. 부
산진구).

측면의 안내석은 '위대한 여성의 힘으로'이다. 2020년 초 부산
진구 여성단체협의회가 '부산 신발산업 여성 노동자들이 대한
민국 경제발전의 주역이었음'을 기억하자는 뜻에서 세운 기념석
이다.

이곳은 옛 진양고무 자리다. 부산 신발산업의 터전이랄까. 옛
공장은 가뭇없고 고층 빌딩과 관공서(부산진구청), 아파트가 즐비
하다. 그냥 떠나보내기가 아쉬웠던지, 부산진구는 옛 진양고무에
서 서면중학교~부암 철길마을 굴다리~서면문화로까지를 '근대
산업유산 추억길-황금신발길'(약 1.5km)이라 이름 붙여 길손들을
불러 모으고 있다.

철길마을과 '굴다리슈퍼'

1963년 설립된 진양고무(진양화학)는 '진양(進洋)', '왕자표' 같은 브랜드로 전국적 명성을 떨쳤다. 깜장(검정) 고무신이 특히 인기였다. 진양고무는 1970년대 수출 붐을 타고 급성장했다.

한때 부산은 신발 왕국이었다. 1980년대 초반까지 부산에서만 약 5만 명이 신발산업에 종사했다. 종업원 1만 명 이상인 대형 신발회사가 국제상사, 진양고무 등 4곳이었다. 1980년대 말까지 한국 수출 품목 중 신발은 상위 5위 밖으로 밀려난 적이 없었다. 신발산업의 상승곡선은 90년대 들어 중국과 동남아 등지의 저가 경쟁에 밀려 뚝뚝 떨어지기 시작했고, 2000년대 들어 나이키 등의 OEM(주문자 상표 부착) 생산으로 또 한번 타격을 입는다. 신발은 사양화 길을 걷고, 당국은 신발의 쇠락을 지켜보기만 한다.

부산진구가 '근대산업유산 추억길'을 낸 것은 옛 신발산업의 영화를 관광자원으로 활용해 보자는 취지였다. 자원을 조사하고 스토리에 텔링의 옷을 입히자, 제법 쏠쏠한 얘깃거리들이 생겼다. 벽화를 그려 넣고 안내판을 세우니 아무도 거들떠보지 않던 길에 생기가 돌기 시작했다.

황금신발상에서 철길 굴다리 쪽으로 걸어가면 서면 근대산업 유산 스토리텔링 벽화가 나타난다. 진양고무, 태화고무, 삼화고무 등 신발공장들과 럭키치약(락희화학) 같은 옛날 상품들이 지난 산업화 시대를 불러낸다. 진양의 깜장 고무신도 희끄무레 보인다. 모두가 없이 살던 시절, 명절 때 어머니가 사주신 깜장 고

서면 황금신발길의 명물 굴다리슈퍼.

무신 한 켤레는 그 무엇과도 바꿀 수 없는 귀한 선물이었다.

두 굴다리 사이로 접어들면 부암동 철길마을이다. 소주방과 경북슈퍼, 태림이네 밥집, 제일고추방앗간, 궁전떡방 등 정겨운 상호들을 지나 걷노라면 서면중학교 뒷골목이다. 서면중 정문 앞에 '굴다리슈퍼'가 있다. 현 자리에서 35년을 버티었다는 가게다. 슈퍼에 들어가니 '중고TV 삽니다/수리는 안 합니다'라는 문구가 눈에 들어온다. '요즘 중고TV가 어디 있나' 생각하다 피식 웃었다. 웃거나 말거나 주인은 TV 보느라 정신이 없다.

부암동 철길마을은 철도로 흥하고 철도로 망한 동네다. 부암1동 8 · 10 · 11통 일원은 흔히 '철(鐵)의 삼각지'라 불린다. 철길이 세 가닥이다. 북쪽에 경전선(부전~마산), 남동쪽에 동해남부선(부산진역~포항), 남서쪽에 가야선(사상~범일)이 지난다. 자나 깨나 철길 위 기차 소리다. 철길로 인한 소음과 진동이 일상이다. 어떻게 살아왔는지 아득하기만 하다.

굴다리를 지난다. 높이 제한 2.6m. 탑차나 앰뷸런스, 이삿짐 차는 이곳에 못 들어온다. 주민들의 불편이 눈에 보인다. 주민들은 세간 살림을 2.6m에 맞춘 채 살아왔다고 했다.

굴다리 안은 낮인데도 어둑하다. 빛과 어둠, 과거와 현재, 이쪽 저쪽이 교차한다. 이 굴다리를 경계로 이쪽(서면중)은 부암1동, 저쪽은 부전1동이다.

덜컹덜컹 반복되는 일상, 나아질 듯 나아지지 않는 날들을 달래며 주민들은 오늘도 고단한 굴다리를 지나 서면으로 나간다.

서면 문화로에 봉홧불을

'굴다리슈퍼'의 굴다리를 빠져나오자, 동해선 철길 옹벽을 따라 예쁜 오솔길이 나 있다. 메타세쿼이아가 줄지어 섰고, 벽을 타고 담쟁이가 철길로 기어오른다. 걷는 맛이 있다고 생각하는데 길이 끝나고 서면 문화로가 기다린다. 이곳의 굴다리는 부전천 교라 불린다. 굴다리 앞에 장승과 황령산 봉수대 조형물이 설치돼 있다.

봉수대를 왜 도심 복판에 앉혔을까. 누군가 불을 지피고 연기를 피우라, 세상을 깨어 있게 하라는 뜻이겠다. 봉수는 평상시에 일거(一炬, 연통 하나에 연기가 피어남), 적이 국경에 나타나면 이거, 적이 해안에 근접하면 삼거, 우리 군선에 다가서면 사거, 상륙하여 접전하면 오거를 올렸다. 그런데 봉수도, 봉수꾼도 없지 않은가.

봉수대 조형물 맞은편에 굴다리 카페가 보인다. 지역의 문인, 예술인들이 즐겨 찾는다는 '예주인(藝酒人)의 집'이다. 출판기념

회나 시화전 같은 문화행사가 가끔씩 열린다. 부전천교 굴다리
는 이 굴다리 카페가 있어 쓸쓸하지 않다.

서면 문화로는 부전천교 굴다리에서 도시철도 2호선 서면역 9
번 출구까지 약 550m 이어진다. 영광도서 앞 거리 풍경이 바뀌
었다. 부산진구는 2018년 '서면 문화로 고전 입히기' 사업을 통
해 장신구, 전통혼례, 한옥, 옥새, 장승, 청사초롱 등을 현대적으
로 재해석한 상징 조형물을 설치했다. 부전천 복개도로엔 실개
천과 분수를 만들어 물의 이미지를 되살리고, 거리 곳곳에 시(詩)
의자도 대거 들여놨다.

까마득한 날에/하늘이 처음 열리고/어디 닭 우는 소리 들렸으랴/
모든 산맥들이/바다를 연모해 휘달릴 때도… (이육사, 「광야」 중)
가야 할 때가 언제인가를/분명히 알고 가는 이의/뒷모습은 얼마
나 아름다운가… (이형기, 「낙화」 중)
나 하늘로 돌아가리라/새벽빛 와 닿으면 스러지는/이슬 더불어
손에 손을 잡고… (천상병, 「귀천」 중)

서면문화로는 주로 중장년층이 즐겨 찾는 장소다. 젊은층이
모이는 옛 태화백화점 쪽의 서면 1번가와 분위기가 사뭇 다르다.

영광도서는 이 거리의 랜드마크다. 1968년 5월 문을 연 영광도
서는 부산의 최대, 최고 서점으로, 시민들의 변함없는 약속 장소
다. 부산의 책 문화뿐만 아니라 전국 지방서점의 굳건한 보루라
는 것도 영광도서의 자랑이다. 입고 도서가 50만여 종, 없는 책이

거의 없다. 2018년 말 기존 위치에 17층 규모의 새 서점 건물을 지었다. 지하 2층부터 지상 4층까지 서점으로 사용하고 그 윗층은 병원, 금융점포 등이 입점했다.

건물을 새로 지어 산뜻하긴 한데 예전보다 운치가 덜하다. 크고 높은 게 무조건 좋은 건 아닌가 싶다.

영광도서 앞 분수대에 옛 부산탑 모형이 설치돼 있다. 부산탑은 1963년 1월 부산 직할시 승격을 기념해 서면교차로에 세워졌던 탑. 1981년 지하철 공사로 철거되었고, 잔해는 부산박물관의 유물이 되었다. 부산탑 모형은 1/10 크기라 거의 실감이 안 난다. 가끔씩 버스킹 팀이 기타를 치고 노래를 부르지만, 길손들은 제 갈 길 바쁘다. 서면 문화로에는 언제쯤 '문화의 봉수'가 활활 피어오를까.

서면 황금신발길

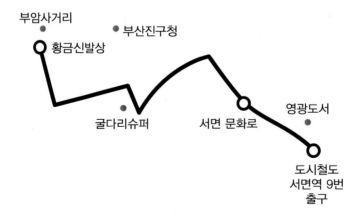

7장

금정산 금어동천(金魚洞天) 옛길

금어(金魚)! 비늘에서 금빛 광채가 뿜어졌다. 푸르고 싱싱한, 밝고 아름다운 한 마리의 금빛 물고기였다. 눈이 부셨다. 주변에 신선들이 노닐고 있다. 느긋하고 평화로운 표정들. 몸을 흔들자 짓푸른 금어가 푸드득 전신을 관통하고 지나간다. 온몸이 감전된 듯 쩌릿하다. 소름이 돋으려는 찰나 꿈이 깼다.

금어라…. 한층 명료해진 의식으로 방금 꿈에서 본 금어를 화두처럼 바라본다. 금어는 금정산의 상징이다. 금어가 사는 곳이 금정(金井, 금샘)이고, 금정에서 노는 물고기가 금어렸다. 문헌에는 범어사 옛길 언저리에 '금어동천(金魚洞天)'이 있다는 기록이 있다. 풀리지 않을 땐, 가 보는 게 상책. 걸으면 보인다 했으니.

금어동천을 찾아라

어? 그런데 금어동천이 어디 있지?

금어동천은 세상의 공식 지도에는 나오지 않는다. 인터넷 블로그 같은 데서 간간이 비밀리에 소개가 되곤 하지만 막상 찾으려면 난감해진다. 범어천, 즉 범어사 계곡 어디 어디에 숨어 있다고 하는데, 원효 대사쯤 되면 모를까, 단순한 지리 정보만으로는 도무지 찾아갈 수가 없다. 해운대에서 모래알 세기요, 서울에서 김서방 찾는 격이랄까. 하긴 금정산 범어천 계곡이 어디랍시고 한갓 바위인 금어동천을 찾아내겠는가.

금정산성 북문을 기점으로 금정산 물줄기는 크게 두 갈래로 흐른다. 하나는 범어천 계곡을 따라 범어사를 거쳐 온천천~수영강~부산 앞바다로 흐르는 물줄기다. 또 다른 하나는 서쪽으로 흐르는 천인데, 부산학생교육원 옆의 시시골을 끼고 대천천을 따라 낙동강으로 흘러든다. 금정산은 이처럼 부산 바다와 낙동강의 중요한 원천(源泉)을 이루는 산이다.

범어천 계곡에 금어동천을 꼭꼭 숨겨놓은 데엔 이유가 있을 것이었다. 범어천은 옛날부터 물이 많고 물이 좋기로 소문이 나 있었고, 계곡 자체가 비경이라 범접할 수 없는 신비성을 품고 있었다. 그래서 일제강점기 때부터 수원지 보호구역으로 묶여 일반인의 출입이 금지되었다.

이곳이 '범어사 문화체험 누리길'로 탄생한 것은 지난 2012년 6월 부산 금정구가 탐방로 조성사업을 벌이면서다. 옛날 수원지 보호구역 때 설치한 철조망을 걷어내고 데크 등을 설치하자 멋진 탐방로가 탄생했다. '범어사 문화체험 누리길'은 금정구 청룡동 친수공원에서 범어사까지 약 2.3km에 이른다. 범어천 계곡을 따라 이어지는 이 누리길은 골짜기의 기암괴석과 편백나무 군락지 등이 어우러진 천혜의 도시 산림을 자랑한다.

범어사 문화체험 누리길이 열렸으나 금어동천은 여전히 신비의 베일을 벗지 않았다. 범어천 계곡 속을 걷는 누리길과 금어동천을 지나는 범어사 옛길은 엄연히 다른 길이다. 범어사 옛길은 서기 678년 의상대사가 범어사를 창건하고부터 트인 길이라 할 수 있다. 일제강점기 때 수원지 보호를 위해 만든 누리길과 1,300여 년의 역사를 지닌 범어사 옛길은 사실 비교 자체가 무리다. 말하자면 근대의 풍물 하나와 국보급 옛 문화재를 놓고 비교하는 격이다. 많은 사람들이 이 두 길을 혼돈하는 것은 그만큼 범어사를 잘 모른다는 말도 된다.

금어동천이 숨어 있는 이유야 금어동천만이 알겠지만, 짐작컨대 이런저런 이유가 있었을 법하다. 금어는 금정산을 상징하는 하늘 물고기, 동천은 신선이 산다는 선경을 일컫는다. 신선사상이 면면히 이어져 온 우리나라에는 곳곳에 동천이 자리했다. 경남에 홍류동천(합천), 화개동천(지리산), 운흥동천(울산), 자장동천(통도사)이 있고, 부산에도 범어사의 금어동천을 비롯하여 사상구 운수사의 청류동천, 장전동의 백록동천, 동래 학소대의 도화동천, 기장군 홍류동천, 묘관음사의 조음동천 등이 있다. 저마다 금수강산의 비경 한 자락씩을 품고 있었다. 중국 도교의 영향도 있었겠지만, 동천에의 꿈은 우리 조상들의 의식세계가 선(仙, 禪)에 닿아 있다는 의미로 해석된다.

범어사가 오늘날 선찰대본산이란 사격을 유지하는 것도 금어동천과 무관하지 않을 것이다. 속세에서는 문필가들이나 유배된 정치가들이 동천을 찾아 그들만의 세상을 가꾸기도 했다. 동천은 선계로의 여행지이자, 속세의 도피처였다.

하지만 금어동천은 최근에야 그 존재가 알려졌고 여전히 많은 사람들이 있는 자리를 알지 못한다. '숨어 지내는 동천'이란 말이 있듯이, 금어동천도 꼭꼭 숨어 있다. 그게 금어의 뜻인지 모른다.

금정산의 부산 정신

금정구 청룡동 경동아파트 옆으로 난 돌계단 산길. 이곳이 이른바 금어동천 옛길의 들머리다. 사람들은 그냥 편하게 범어사 옛길 또는 가마등길이라 부르는데, 그건 이 길의 진정한 뜻이 아닐 것이다. 찾아야 할 것이 금어요 챙겨야 할 것이 동천이라면 금어동천 길이 제격이다.

원래 이 길은 금정구 부곡동 십휴정 기찰(譏察)에서 지금의 도시철도 1호선 범어사역 인근의 팔송정을 거쳐 경동아파트 쪽으로 올라온다. 그러나 세월이 바뀌고 도로가 변했음에랴. 오고 가지 않는 길이 없듯이, 그대로 머물러 있는 길도 없다. 그런데 다행히도 경동아파트 초입에서 계명봉 산자락을 따라 난 금어동천 옛길은 옛길 그대로다.

길 하나에 천년 이상의 시간이 녹아 흐른다면 이건 보물이요 명승급이다. 천여 년 동안 쌓였을 스님들의 발걸음과 절을 드나든 민초들의 애환과 역정을 어찌 다 말로 하랴. 범어사의 개산조인 의상 대사가 다녀갔을 테고, 당대의 쌍벽인 원효 대사가 금정산 원효봉이나 원효 석대에서 선 수행을 했을 것이다. 그리고 경허, 용성, 동산, 성철 스님 등 고승대덕들이 연년세세 범어사로 드나들며 도를 닦고 덕을 세웠을 것이다. 거기에 중생들은 불문에 기대어 염화시중의 미소를 배우며 번뇌의 바다를 건너갔을 테다. 풍류객들은 금어동천 바위 주변의 절경을 찾아 한 세월을 노래했을 것이고, 시인 묵객들은 금어동천에 천고에 남을 시문을 걸었을 테다.

국란을 당할 때 범어사는 먼저 떨쳐 일어나 싸웠다. 신라시대 왜구가 쳐들어 왔을 때 원효 대사는 지팡이로 신통력을 발휘했고, 임진왜란의 치욕을 겪고 전란 후 금정산성을 대대적으로 수축할 때는 승병들이 주축이 되었다. 일제강점기, 범어사 학승과 학생들은 3·1운동의 선봉에서 억눌린 조국의 의기를 떨쳤다.

동래(부산) 정신이 금정산에서 발원한다는 말이 결코 흰소리가 아니다. 그 생생한 현장이 금어동천 옛길이니 어찌 중하다 아니하리오. 1920년대 범어사 신작로가 나면서 금어동천 절경 일부가 사라지고, 1960년대 일주도로가 뚫리면서 다시 절경의 절반이 훼손되었지만, 바위의 각자에 스민 기운이 쇠한 것은 아니다. 더 이상은 훼손을 허할 수 없다는 듯, 숲속에 고고하게 숨어 세상을 지켜보는 모습은 차라리 눈물겹다. 어쨌든 모진 개발의 세파 속에 이 정도나마 당당히 버티고 있는 모습이 아름답고 장하다.

금어동천에는 누가 다녀갔던가? 흥미롭게도 다녀간 이들의 이름이 금어동천 바위면에 큼지막한 각자로 새겨져 있다. 가로 3m, 세로 2m 크기의 바위 중간에 '금어동천'이라 음각하고 그 옆에 김철균이란 이름이 적혀 있다. 그 앞쪽 바위에는 정현덕, 그 밑에 윤필은, 건너편에는 김교헌이란 이름이 보인다. 대부분 동

범어사 옛길의 금어동천 각석. 정현덕 동래부사 이름이 보인다.

래 부사를 지내는 등 내로라하는 부산의 유력자들이다. 시대와 세대를 달리하며 금어동천이 오래전부터 지역의 명소로 회자되었음을 알 수 있다.

형식상으로 보면 김철균이 금어동천 각석을 새겼거나 새기게 한 것으로 짐작할 수 있으나 단정할 수는 없다. 김철균은 부산 첨사를 지낸 인물. 첨사는 첨절제사의 준말로, 수군절도사영 아래 3품의 무관이다. 19세기 중반 초량왜관 난출사건을 처리하는 과정에 그의 행적이 드러나지만, 크게 두각을 나타낸 것 같지는 않다.

윤필은(1861~1903)은 조선말기 동래 부윤을 지낸 인물로 대한민국 임시정부 재무차관을 지낸 독립운동가 윤현진 열사의 부친이다. 윤필은은 1900년 5월 동래 부사로 부임하여 그해 8월에 퇴임하였다. 이때 동래 부민들이 그의 선정을 기리는 '윤필은 청덕 선정비(尹弼殷淸德善政碑)'를 세웠는데, 그 비석이 동래구 수안동 동래부 동헌 내 정원에 있다.

김교헌(1867~1923)은 독립운동가이자, 대종교 제2대 교주를 지낸 인물. 1898년 독립협회에 가입하여 대중계몽운동을 하였고, 1906년 동래감리 겸 부산항재판소판사와 동래부사로 재직하였다. 이때 통감부의 비호 아래 자행된 일본인들의 경제 침략에 맞서서 이권회수운동을 도모하다가 일본 측의 횡포로 일시 관계에서 추방되기도 하였다.

역사의 풍운아 정현덕

정현덕(1810~1883)은 구한말의 풍문아였다. 고종 초에 서장관에 임명되어 청나라에 다녀왔다. 흥선 대원군 집권 후 그의 심복으로서 1867년(고종 4) 동래 부사가 되었다. 그해 9월 임기가 끝났음에도 계속 자리를 지켜 1874년(고종 11) 정월까지 약 7년 동안 동래 부사를 지내 최장 기록을 세웠다.

정현덕은 동래 부사로 있으면서 일본과의 외교 일선을 담당했다. 흥선 대원군의 뜻을 받들어 일본 메이지(明治) 신정부의 국교 재개 교섭을 서계(書契, 일본 정부와 주고받던 문서) 문제를 이유로 끝까지 거부하였고, 동래읍성을 개축하는 등 국방에도 힘을 썼다. 특히 그는 동래의 인심을 바꿔 놓을 정도로 교학을 진흥시켰다. 동래 땅을 추로지향(鄒魯之鄕, 공자·맹자의 고향)으로 만들고자 하였으며, 집집마다 충신, 효자, 열녀가 나오는 가풍을 잇게 하는 등 나름의 선정도 베풀었다. 그래선지 그를 기리는 선정비가 금정산성 내의 국청사 경내와 범어사 옛길의 비석골, 양산 물금의 황산도 길에 세워져 있다.

국청사의 정현덕 선정비는 명신, 평윤 두 승려가 1872년에 세운 것으로 되어 있다. 이 비석은 건립 이후 무슨 연유에선지 자취를 감추었다가 나중에 향토사학자 주영택 선생에 의해 발견되었고, 다시 제 자리에 복원되었다. 비석의 높이는 103cm, 너비 39cm, 두께 14cm이다. 비석 전면에는 '부사정공현덕영세불망비(府使鄭公顯德永世不忘碑)'라 적혔고 좌우편에 4언시가 적혀 있다.

相鄕趾美(상향지미) 동래고을에 아름다운 전통을 이어받아
重建佛宇(중건불우) 국청사 건물들을 중건하고
逢海宣恩(봉해선은) 동래 고을 백성에게도 은혜를 베풀어
廣置寺屯(광치사둔) 국청사에도 많은 땅을 희사하였네.

선정비란 게 으레 그렇고 그런 정치적 목적하에 세워지는 것이지만, 정현덕 선정비는 실제 그의 선정과 연관된 일화를 남기고 있다. 국청사 사례가 눈길을 끈다. 국청사는 임진왜란 때 산성을 방어한 호국사찰로서 승병들의 주둔지였다. 1703년 금정산성을 축조한 직후에는 승군작대(僧軍作隊)의 승영으로 기능하였고, 당시 승병장이 사용했던 '금정산성 승장인(僧長印)'이 지금도 남아 있다. 호국의 얼이 서린 국청사를 남달리 보고 중창을 지원하고 땅을 희사한 것은 정현덕의 정책 의지였을 것이다.

정현덕은 시문에도 뛰어났다. 그가 동래 전역을 둘러보고 쓴

「봉래별곡」은 19세기 후반 동래부 상황과 당시 정세를 보여주는 시가다. 총 4단으로 구성되었으며 2단에 '범어사'를 읊은 시가 나온다.

> 장부 강개(慷慨) 못 이겨서 다유(多遊)하여 살펴보니,
> 금정산성 대배포(大排布)에 범어사가 더욱 좋다.
> 소하정(蘇蝦亭) 들어가니 처사는 간 곳 업고
> 유선대(遊仙臺) 올라가니 도사는 어데 간고?
> 온정약수(溫井藥水) 신효하니 병인(病人) 치료 근심 없다.
> 배산(盃山)이 안산 되고 슈무막이(온천천) 되었도다.

금정산성 등 동래의 산천이 선연히 그려진다. 범어사 소하정 유선대 온정약수 등은 현실과 이상향의 경계를 표현한 것으로, 신선세계를 꿈꾼 정현덕의 세계관을 엿보게 한다. 부산에 그가 좇으려 한 유토피아가 있었음인가.

궁금증이 하나가 생긴다. 여기에 금어동천은 왜 언급하지 않았을까? 발이 넓은 정현덕이 몰랐을 리 없고, 필시 무슨 이유가 있었을 터. 금어동천 바위를 숨겨놓으려고? 사람들의 관심이 적어? 모를 일이다. 풀리지 않는 의문은 풀리지 않는 대로 놔두자. 그게 길의 뜻인지도 모른다.

정현덕은 말로가 비참했다. 동래 부사에 이어 승지, 이조 참의가 되었으나 흥선 대원군이 임금의 외척인 민씨 일파에 쫓겨나자 정현덕도 파직당해 귀양을 갔다. 1882년(고종 19) 임오군란 발발

과 더불어 대원군이 재집권한 뒤 복귀하여 다시 형조 참판에 올랐으나, 얼마 후 대원군이 다시 쫓겨나고 정현덕은 원악도(遠惡島, 사람이 살기 힘든 외딴 섬)로 유배되었다가 그곳에서 사약을 받았다. 그로부터 정현덕은 잊혀져 갔다.

조엄과 낭백 스님 이야기

동래 부사는 1546년 초대 부사 이윤탁으로부터 시작해 1895년 사임한 정인학에 이르기까지 349년간 모두 255명이 거쳐 갔다. 조선 후기만 하더라도 부산은 작은 포구에 불과했고, 동래가 중심이었다. 동래 부사는 국방과 대일 외교, 지역 행정을 책임지는 자리로, 국왕의 신임이 두텁고 강명한 인사들이 많이 발탁되었다.

금어동천을 지나 범어사 매표소 쪽으로 비스듬히 난 옛길을 따라 오르자 비석골이 나온다. 길 옆에 5기의 선정비가 나란히 서 있다. 오른쪽부터 정현덕, 홍길우, 조엄, 정헌교, 장호진이란 이름이 새겨져 있다. 정현덕, 조엄, 정헌교는 동래 부사 출신이고, 홍길우는 경상도 관찰사, 장호진은 대한제국 참서관을 지냈다. 모두 피폐한 사찰 구제와 보시로 은덕을 베풀었던 인물들이다. 범어사는 그 마음씀씀이에 대한 고마움을 불망비로 대신했다.

임진왜란 뒤 각종 잡역에 따른 부담이 늘고 사찰 경제가 위기에 처하자 범어사 승려들은 사찰계를 결성해 한 푼 두 푼 모아 촛대를 사고 불화를 조성하고 법당도 수리하며 사찰을 지켰다. 사찰계는 사찰에서 이루어진 계(契)로, 승려와 신도가 함께 참여했다. 범어사 사찰계는 1722년에서 1947년 사이 63개에 이른다. 특히 동갑 승려들이 결성한 '갑계'가 왕성하게 활동했다. 이 같은 사찰계로 축적한 사찰의 재정은 근대에 와서 고승을 많이 배출한 바탕이 됐고, 선찰대본산 범어사를 이루는 밑거름이 됐다. 이를 동래 부사나 지역 유지들이 음으로 양으로 지원했다. '잊지 않겠노라'는 불망비의 뜻이 알게 모르게 이어지고 있으니 불망비는 시대를 넘어 제 소임을 다하는 모습이다. 이 비석들은 '금어동천 옛길'이 이곳임을 묵묵히 증언하고 있기도 하다. 범어사로 가는 어떤 길도 없었을 때, 금어동천 옛길은 사람들의 발길에 눌려 길을 열어주었고, 시대를 건너는 석각과 비석, 서낭당 등의 표식을 남겨 옛길의 정체성을 만들었다.

비석골의 비석 중 조선 영조 때 동래 부사를 지낸 조엄(1719~1777)의 불망비는 사연이 아주 흥미롭다. 비문은 '순상국 조공엄혁거사폐영세불망비(巡相國趙公曮革祛寺幣永世不忘碑)'라고 새겨져 있다. 조엄이 사찰의 폐단을 없애준 것에 대한 은공을 영원히 잊지 않는다는 내용이다. 조선 순조 8년(1908) 조엄의 후손인 조중려가 범어사의 요청으로 썼다고 한다. '순상국'은 왕명을 받아 군무를 통찰하던 순찰사와 비슷한 역할을 하는 관리다. 동래 부사와 통신사 정사를 지낸 조엄을 높인 칭호다. 이에 대한 '거짓말 같은' 전설이 범어사에 전해진다.

조선 중기 동래 범어사에 낭백 스님이라는 분이 있었다. 그는 일찍이 범어사에 입산해 수도했으며 보시행을 발원해 자기가 가진 것을 모두 타인을 위해 바쳤다. 그리고 마지막에는 스스로 굶

금어동천 옛길의 서낭당. 행인들이 안녕과 평화를 빌었던 자리다.

주린 호랑이의 먹이가 되어 보시를 완성한다. 그리고 커다란 원력을 세워 생을 거듭하면서까지 그 염원을 이뤄냈다. 이른바 조엄 환생설화인데, 그게 불망비로 우뚝 서 있으니 지어낸 이야기라 눙치기도 어렵다.

이 설화는 환생과 윤회, 인과응보, 원력과 보시, 그리고 후세의 평가 등 많은 것들을 생각하게 만든다. 길 위에서 뜻하지 않게 만난 하나의 설화가 나그네의 심사를 흔든다.

금어를 찾아서

'금어동천'의 금어는 어떤 의미일까? '금빛 물고기'로 봐야 할까, '금정산의 신어'로 봐야 할까, 아니면 단순한 '금붕어'일 뿐일텐가?

불가에서 '금어(金魚)'는 단청이나 불화를 그리는 일에 종사하는 승려를 뜻한다. 불화를 제작하는 이들을 흔히 불모(佛母), 화사(畵師), 화승(畵僧), 화원(畵員), 양공(良工), 편수(片手) 등 여러 가지로 부르는데, 이 중 으뜸이 금어이다. 뿐만 아니라 '물고기가 자유롭게 노닐듯, 중생들이 용기있게 진리를 실천하는 것'을 상징하는 말로도 통용된다. 그런가 하면, 시공을 초월해 전해지는 부처님의 고귀한 말씀을 의미하기도 한다. 어느 것이든 좋은 의미다.

우리 역사 속에서도 금어를 찾을 수 있다. 신라 말기·고려 시대에 공신 등 특별히 관직을 하사받은 사람이 관복을 입을 때에 차던 붕어 모양의 금빛 주머니를 금어 또는 어대(魚袋), 금어대(金

魚袋)라 했다. 보통은 3품 이상이 금어대를 찼다고 하니 금어는 곧 고관대작을 뜻한다. 금어가 요술을 부리듯 신통방통하다.

초대 문화부 장관을 지낸 이어령은 역저 『생명이 자본이다』(마로니에북스, 2014)에서 금어의 원형을 '금붕어'에서 찾고 원초적 생명의 가치를 부여한다. 중국이나 일본에서 모두 금어(금물고기)라 하는 것을 우리만 왜 금붕어라고 하는가. 이어령의 해석은 이렇다. "한국은 금붕어라는 말 속에 붕어라는 이름을 살렸다. 금붕어 조상의 흔적을 남긴 것이다. 생명이란, 잘 길들여진 인공의 공예품 같은 금붕어에서 그 야성을 보는 것이다. 가축, 애완물, 문명인 모두에게는 배꼽의 추억과 같은 생명의 신비함이 잠자고 있다. 그것을 흔들어 깨워라."

이어령의 생명 강의 중 '콩 세 알의 조화'는 과연 그다운 탁견이다. "콩 세 알을 심어서 하나는 새가, 하나는 벌레가, 하나는 인간이 먹는 따뜻한 마음, 자연과 인간이 손잡고 사는 조화로운 세상이 있었다. 하지만 지금은 어떤가? 하늘을 나는 새는 쫓아버리고, 땅속의 벌레는 농약과 제초제로 죽인다. 그렇다고 우리 인간이 콩 세 알을 모두 차지할 수 있을까."

'이어령식 해석'은 논란의 여지도 있다. 가령 금어를 금붕어의 틀로 읽은 것은 의미 축소라는 느낌이 든다. 금어와 금어동천을 해석하려면 더 많은 상상력이 요구된다.

시월의 어느 멋진 날, 부산도시철도 1호선 장전역~부산대 역 아래의 온천천에 대규모 금어떼가 나타났다. 제법 장한 물살을 형성한 온천천의 하천 공간에 빛의 터널이 만들어졌다. 부산 금정문화재단이 주최한 '2017 금어 빛 축제'다. 행사의 하이라이트는 지역 주민들이 직접 제작한 2,000여 마리의 오색 빛깔 금어 조형물이었다. 온천천을 가득 채운 춤추는 금어떼는 환상적 분위기를 연출했다. 밤하늘의 은하수 아래에 '빛을 품은 금어'들이 산에서 내려와 시민들과 밀어를 나누는 모습, 그것은 '금어의 환생'이었다.

금어는 단순한 금빛 물고기가 아니다. 한갓 금붕어는 더욱 아니다. 금어는 하늘이 금정산에 내려준 선물이요, 신기한 요술 물고기다. 금어는 상황에 따라 날치가 되고, 목어가 되고, 고래가

금어천년 옛길 코스

된다. 펄쩍 뛰어오르는 금어는, 비상한 도약의 힘, 초월의 힘, 상상의 힘이 되고, 급기야 생태적 삶의 바탕, 희망 세상의 메시지가 된다. 더 나아가 해양도시의 탯줄로서 오대양 육대주로 나아가는 원동력이 된다.

금샘은 금정산의 원천샘으로, 전설에 의하면 이곳에 하늘의 오색 물고기, 즉 금어가 산다. 금어가 사는 금샘의 물은 범어천을 거쳐 온천천, 수영강에 이르고 다시 부산 앞바다로 흘러든다. 이렇게 보면 금샘은 해양도시의 원천이다. 하니 무엇인가? 금어동천은 해양도시 부산의 다른 이름이 아닌가!

8장

구포나루~구포시장 역사 트래킹

구포역 전망대

'님은 갔습니다. 아아 사랑하는 나의 님은 갔습니다….'

한용운의 「님의 침묵」을 떠올린 건, 부산도시철도 3호선 구포역 전망대에서였다. 전망대는 작고 볼품이 없었지만, 거기서 보는 풍광은 넓고 웅장했다. '물길 따라 바람 따라 실려 온 이야기'. 전망대 안내 문구가 인상적이라 생각했는데, 정작 실려 온 이야기는 눈앞의 풍경뿐이다.

눈앞에 낙동강이 아득히 펼쳐져 있다. 강원도 태백에서 1,300리를 달려온 강. 대하의 풍모다. 대하드라마를 쓰고도 남을 사연을 안고 흐르는 강. 아니다. 강물은 흐르지 않는다. 멈춰 있다. 강변도로가 강변을 뭉텅뭉텅 잘라먹은 형국. 강변도로에 차량들이 쏜살같이 달린다. 천천히 가면 누가 잡으러 오는 것처럼.

낙동강 위에 다리가 여럿 지나간다. 코앞에 도시철도와 구포대교가 보이고, 그 위로는 낙동대교(남해고속도로), 화명대교가 그림처럼 걸려 있다. 가고 오고, 오고 가고, 떠나고 돌아오고, 흘러가

부산도시철도 3호선 구포역 전경. 옛 구포나루터가 있던 곳이다.

고 떠내려오고, 만나고 헤어져 섞이는 곳. 그래서 역(驛)인가 보다. 역은 여행자를 닮았다.

구포나루터는 어디 갔나? 도시철도 구포역 아래 강변도로에 파묻혀 있다고 역무원이 일러준다. 아―. 지금 구포에는 구포나루가 없다.

도시철도 구포역 2층 대합실에 '감동진 갤러리'가 들어서 있다. 삭막한 도시철도 공간에 문화 감성을 자극하고 예술의 향기를 전파하는 문화시설이다. 이곳이 옛 구포나루(감동진)터라는 걸 생각하면 나름 역사성이 있다.

감동진(甘同津)은 구포나루의 옛 이름. 『양산군지』에는 1682년(숙종 9년) 감동진에 남창(南倉)이 설립된 것으로 나온다. 남창은 전세(田稅), 대동미, 호포(또는 군포) 세 가지 현물을 조세로 징수해 삼세조창이란 이름을 얻었던 곳이다. 규모가 컸다. 조창과 함께 선창시장이 생겨났다. 오늘날 구포시장의 원형이다.

감동진 갤러리가 들어선 역 대합실 아래로 덜컹덜컹 도시철도가 지나간다. 보아하니 길이 여러 가지다. 강길이 있고, 강변도로와 도시철도가 있다. 그 틈새에 자전거길과 갈맷길(탐방로)이 나 있다. 그리고 낙동대로가 있고, 경부선 철도가 보인다. 하늘길도 있을 터이니 한 곳에 길이 8개나 된다.

길은 계속 만들어진다. 부산 북구는 2020년 구포역 일대에서 문체부 지원으로 '문화예술뉴딜 공공미술 프로젝트: 공감의 시작, 아트 감동진' 사업을 진행했다. 그 결과 많은 지역작가들이 참여해 △구포만세길 굴다리 드라이브 스루형 거리미술관 '감동진 갤러리' 조성 △구포역 육교 광장 포토존 및 아트벤치(헬로우 아트 감동진) 설치 △구포역 옹벽 벽면 조형물 '감동진의 숲' 설치 사업을 마무리했다. 이에 맞춰 북구는 도시철도 구포역에서 출발하여 감동진 갤러리를 거쳐 감동진의 숲까지 도보로 30분 정도 소요되는 코스를 '감동진 아트로드'로 꾸몄다. 구포나루의 의미 있는 변신이요 부활이다.

구포나루터가 사라진 것이 아쉽기는 해도, 도시철도 구포역은 나름 신경을 많이 쓴 공공 건축물이다. 유리 궁전 양식으로 지어진 길이 149m의 역사가 낙동강에 돛단배가 떠 있는 모습이다. 밤에 경관조명을 밝히면 역사는 호화 크루즈선으로 변신한다. 대한토목협회에서 제정한 건축상도 받았다.

이렇게 옛 나루터는 떠내려가고 현대 건축물과 프로젝트가 그 자리를 메워간다. 가고 오고, 오고 가는 것이 나루터의 뜻이라면 변화는 숙명이라고 해야 할 것인가.

구포나루와 구포다리

해양도시 부산이 있기 전, 강의 도시 부산이 있었다. 강의 중심은 단연 구포였다. 낙동강 수운시대, 소금배와 황포돛배가 강을 오르내리던 때 구포는 낙동강 하구의 최대 물목이었다.

구포나루는 합천 밤마리나루와 상주의 낙동나루와 함께 낙동강 3대 나루터로 불렸다. 황포돛배가 다니던 조선 시대엔 농산물과 어염의 집산지였다. 물산이 모여들면서 객줏집과 주막이 들어섰고 선창시장(구포시장)이 형성됐다.

1905년 경부선 개통과 함께 구포역이 들어서면서 구포지역은 수륙 교통의 요지로 바뀌었다. 1912년 구포지역의 객주와 유지들이 세운 구포은행은 국내 최초의 지방은행으로, 당시의 상권과 시장 분위기를 말해준다.

일제강점기엔 구포 일대에 제분·제면·정미업·창고업이 발달했다. 창고로 반입·반출되는 곡물을 배에 싣고 내리는 일꾼들은 배와 육지 사이에 배다리(나무다리)를 걸쳐 놓기도 했다. 이때 일꾼들이 부른 노래가 〈구포 선창 노래〉다.

'낙동강 칠백 리 배다리 놓아 놓고/바람 살랑살랑 휘날리는 옷자락/물결 따라 흐르는 행렬 진 돛단배에/구포장 선창가엔 갈매기만 춤추네.'

구포(龜浦), 거북의 등처럼 질길 것 같던 포구의 생명력은 1930년대 구포다리가 놓이면서 시들해지기 시작했다. 구포교가 놓인 뒤에도 끈질기게 뱃길을 지켰던 구포~대동 나룻배는 1980년대 중반께 퇴장했다. 1987년 하굿둑에 의해 강물은 막혔지만, 세월의 흐름은 누구도 막을 수 없었다.

낙동장교라 불리던 구포다리는 몇 차례 태풍과 홍수 폭격을 받고 무너져 2008년 말 철거되었다. 건설된 지 75년, 조문 하나 받지 못한 쓸쓸한 퇴장이었다. 이로써 구포에는 구포나루와 구포다리 등 역사를 말해줄 시설이 죄다 사라졌다. 님은 가버렸다. 시인 양우정은 여전히 '구포나루 님'을 찾는다.

… 메나리꽃 하나 따서/물에 던지면/고이고이 흘러서/끝없이 가지/에-헤루 흘러서 어데를 가나/구포나루 님을 찾아 흘러간다네
(양우정의 시 「낙동강」 중)

구포만세거리

경부선(국철) 구포역 앞은 평소 한산하다. 고속철(KTX)의 메인 코스가 울산·경주 방향으로 놓이는 바람에 구포역은 상대적으로 통행량이 줄었다. 1900년대 초부터 상업·교육·물류요충지로서 번창했던 과거를 기억하는 사람은 많지 않다. 역사 주변도 달라졌다. 과거 홍등이 켜졌던 거리는 도시재생으로 옷을 갈아입었다. 옛 것과 새 것이 뒤섞여 묘한 레트로 감성을 불러 모은다.

구포 사람들은 '329'라는 숫자를 잊지 않는다. 1919년 3월 29일, 구포에서 목놓아 외친 선조들의 함성을 기억하기 때문이다. 구포만세운동은 구포사람들이 자랑스러워하는 지역사다. 경성

구포의 명물 구포국수.

경부선 구포역 옆의 밀당 브로이.
구포산 맥주를 판다.

에서 의학을 공부하던 양봉근은 1919년 3·1만세운동을 보고
고향으로 돌아와 임봉래 등과 만세운동을 결의한다. 동네 청년
들과 밤새 독립선언서와 태극기를 만들었다. 그리고 3월 29일
구포 장날을 기해 억눌린 민족의 감정을 폭발시켰다. 참가자는
1,200여 명. 이들 중 일부는 일제의 탄압에 맞서 일본 주재소를
습격했다. 이때 김옥겸 등 42명이 일경에 붙잡혀 옥고를 치렀다.
구포만세운동은 유생, 지역 상인, 청년, 노동자, 장꾼, 주민 등 서
민 계층이 주도했다는 데에 의미가 있다. 구포만세거리에는 이러
한 민족의식과 기개가 배어 있다. 구포를 만만히 볼 수 없는 이
유다.

밀:당 프로젝트

한동안 침체했던 구포역 역세권이 요즘 활기를 띠고 있다.
2018년부터 진행된 도시재생 사업(구포 이음) 덕분이다. 이곳의

'밀:당(堂) 프로젝트'가 흥미롭다. '밀:당(堂)'은 밀(wheat+meal)과 집 또는 그릇을 뜻하는 '당'을 합친 신조어. 구포에서 주로 재배한 밀을 이용해 맥주와 빵, 국수 등을 만들어 팔고 있다. 이미 '구포만세 329' 수제맥주를 개발했고, 구포국수 체험관을 리모델링하고 창업 점포를 늘려가고 있다. 수제맥주를 마시려면 '밀당 브로이'로 가면 된다. 밀당 브로이는 민관 합작으로 운영되는 수제맥주 전문점(펍)이다.

구포만세거리 끝에 구포시장이 있다. 시장 내 구포국수 집에서 국수 한 그릇을 뚝딱 비운다. 구포국수는 일제강점기 구포의 제분·제면업을 바탕으로 6·25전쟁 이후 구원의 식품처럼 서민들이 즐겨 먹었던 향토 음식이지만, 체계적인 계승 및 브랜드 작업이 제대로 되지 않았다. 맛의 전형이나 원조집이 제대로 건사될 리 없었다. 구포의 국수 공장이 1980년대까지 30곳에 달했으나, 지금은 구포연합식품 단 한 곳이 남았다.

구포국수는 지명 자체로 유명 브랜드가 된 최초의 사례다. 구포의 자연과 손맛이 낳고 키운 구원의 음식이다. 구포 이음 프로젝트에는 구포국수 옛 영광 재현 사업도 포함돼 있다. 구포의 명물 구포국수 르네상스가 기대된다.

시끌벅적한 구포시장을 돌아보고 나오니, 구포역 근처 강변에서 구포나루 님이 애타게 손을 흔든다. 구포나루와 구포다리의 옛이야기를 기억해 달라는 호소의 몸짓이었다.

옛 구포나루터(도시철도 구포역)에서 구포시장까지는 2km가 안 되는 짧은 거리지만, 역사적 상념이 복잡하다. 사라지지 말아야 할 것들이 죄다 사라졌기 때문일까. 희망적 기대도 있다. 구포 이음 도시재생 프로젝트로 도시철도 구포역과 낙동강 둔치를 잇는 금빛노을브릿지가 조성 중이다. 다리가 놓이면 단절돼 있는 낙동강이 이어질 테다. 그땐 구포나루 님을 만나러 가야겠다.

구포나루~구포시장 트래킹 지도

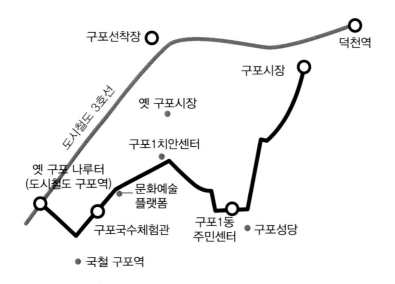

9장

통도사 자장암 가는 길

속세의 때묻은 마음

스님은 일찍이 산속에 길을 내 중생들을 불러들였다. 영취산이 내린 자장동천(자장암을 낀 경치좋은 계곡)의 계곡수가 푸르다 못해 시리다. 속세의 때묻은 마음이 훌훌 씻긴다. 귀가 얼얼하다.

속세에서 통도사 자장암까지 가려면 세 개의 문을 통과해야 한다. 영취산문이 첫째 문이요, 자장암 오르는 원문(圓門)이 둘째, 자장암 입구의 석문(石門)이 셋째 문이다. 숨겨진 비밀이 많은가 보다. 자장암은 가까운 듯 먼 곳에서 오늘도 좌선 중이다.

길 찾아 떠난 날이 입춘. 봄이 포르르 뜬다. 자장암 들머리의 돌계단길이 새첩다. '백팔번뇌를 잊게 하는 아름다운 계단'. 안내석에 적힌 캘리그래피 글씨가 자못 예술적이다. 백팔번뇌를 '잊게 하는' 계단이 도리어 잊고 있던 백팔번뇌를 불러온다. 단어 하나, 의미 하나에도 중생은 고뇌하고 안달한다.

백팔번뇌는 중생이 짊어진 108가지 번뇌다. 108은 눈·귀·코·혀·피부·뜻의 육근(六根)과 그 육근의 대상이 되는 색깔·소리·냄새·맛·감각·법의 육진(六塵)이 서로 작용하여 일어나

통도사 자장암에서 본 영취산 능선.

는 갖가지 번뇌의 수라고 한다. 육근과 육진을 곱하니 36종, 여기에 전생·금생·내생의 3을 곱하면 108이다. 머리가 약간 복잡해진다. 108이란 숫자를 헤아리는 것도 번뇌일러니⋯. 중생에게 부처는 멀고 번뇌는 가깝다.

둥근 문과 원융사상

사박사박 몇 걸음 오르자 원문(圓門)이다. 둥글디 둥근 문. 원문을 지나는데 자장이 툭, 어제 분 바람처럼 말을 건다. "여긴 왜 왔는고?"

절간은 원래 물음이 많다. 부처, 탑, 풍경, 주련, 돌쩌귀 하나에도 의미를 부여해놓고 묻는다. 대답할 수 없는 질문들, 화두가 쌓인다. 답을 모르는 중생들은 몸을 낮춰 절을 할 수밖에 없다. 미욱한 중생을 위로하는 것이 절이다.

자장율사는 646년 통도사를 창건하고 금강계단(金剛戒壇)을 쌓기 전, 자장암에서 먼저 수도했다고 한다. 자장암은 그로부터 비롯된 암자다. 건듯 분 바람에 화두 하나가 날아든다. "원문은 왜 둥근가?"

'둥글다'는 말이 귓전에서 뱅글뱅글 맴돈다. 원(圓)이 무엇이던가? 원형, 동그라미, 서클(circle), 온전함, 원만, 둘레, 화폐단위…. 생각나는 대로 주섬주섬 챙기는데, 딱! 죽비가 날아든다. 고작 생각나는 대로? 불가에서의 질문은 대답을 요구하기보다 자신을 돌아보라는 의미일 때가 많다.

생각을 키워본다. 그렇지. 원효 대사의 '원융(圓融)사상'이 떠오른다. 모든 사상을 분리시켜 고집하지 않고 더 높은 차원에서 하나로 엮는 불교 교리. 공(空)과 색(色), 진(眞)과 속(俗), 소승과 대승, 아(我)와 법(法) 같은 상대적인 것들이 따로 존재할 수 없다는 것. 이게 모두 일(一)이면서 다(多)요, 다면서 일의 관계라는 것. 알 듯 모를 듯한 화두를 던져놓고 자장은 암자의 바위가 되었다. 영취산 능선 위에 둥근 낮달이 떠 있다.

백팔번뇌 계단은 성곽처럼 높은 돌 축대를 따라 지그재그 형태로 나 있다. 달랑 40m 정도의 계단길이지만, 냅다 올라갈 수가 없다. 알지 못할 상징 때문이다. 중간쯤 꺾어지는 길에 정체를 알 수 없는 사리탑 같은 석등 하나. 두 손을 모으고 예를 갖춘다. 여기서 기도하면 소원이 이루어진단다. 허황된 꿈을 좇는 자가 아니라면, 기도는 간절할수록 좋다. 기도는 간절함이요, 간절함이 곧 기도다.

통도사 자장암의 백팔번뇌를
잊게 하는 계단.

석등을 지나자 육중한 석문이 나온다. Π자 형태의 석문은 고대의 거석 기념물 스톤헨지와 비슷하다. 인간의 타오르는 욕망을 누르려는 거석주(巨石柱). 짜맞춘 돌쩌귀의 육중함에 저절로 머리가 숙여진다. 불가에서는 무시로 고개 숙이는 법을 가르친다.

석문 통과. 이제 자장암 경내다. 눈앞에 웅장한 그림이 펼쳐져 있다. 오! 이게 영취(靈鷲)로구나! 신령스런 독수리가 하늘 기운을 모아 날개를 펼친 형국. 산세가 장하면서 순하다. 자장암을 둘러싼 암괴와 그 사이 사이의 노송들은 동양화 속의 진경 그 자체다. 법당과 선방, 요사채들이 대자연 속에 파묻혀 스스로 풍경이 되어 있다. 가지런한 담장 기와가 속세의 어수선한 마음을 어루만진다.

자장동천을 굽어보는 어떤 노송은 도력 높은 노승이 염불을 외고 있는 모습이다. 그런 달밤이었을 것이다. 법당의 목탁소리에 맞춰 석벽 틈에서 개구리들이 와랑와랑 노래하던 달밤.

금와보살의 노래

'금와보살'은 자장암의 명물이다. 자장암을 찾는 중생들은 누구랄 것 없이 금와보살을 찾는다. 법당 뒤쪽에 석간수가 흐르는 웅장한 석벽에 엄지손가락 하나 들어갈 만한 작은 구멍이 있는데, 그곳에 '도력 높은' 금개구리, 즉 금와보살이 산다는 것이다. 전설이 아주 그럴싸하다. 이능화의 『조선불교통사』에도 실려 있는 이야기다.

자장율사가 통도사를 세우기 전, 지금의 자장암 바위벽 아래 움집을 짓고 수도하고 있을 때다. 개구리 한쌍이 석간수가 흐르는 옹달샘의 물을 혼탁하게 하므로 자장율사가 신통력으로 석벽에 구멍을 뚫어 개구리를 들어가 살게 했단다. 한쌍의 개구리는 몸이 청색이고 입이 금색인데, 벌과 나비로도 변신한다. 그런데 이 개구리는 절대로 산문(山門) 밖을 나가지 않았다고 한다.

자장율사는 보통 개구리가 아니라는 것을 알고는 불가사의한 수기를 내렸다. 수기는 부처가 수행자들에게 미래에 성불할 것이라고 예언하는 것을 말한다. "불연이 깊은 너희들을 '금와(金蛙)보살'이라 할 것이니 암자의 세상 인연이 다하도록 자장암을 지켜다오." 그 후로부터 통도사의 스님들은 이 개구리를 '금와보살'이라 하고 자장율사가 손가락으로 구멍을 낸 곳을 '금와석굴'이라 불렀다. 이 금와보살은 통도사 내에 길조가 생길 때면 가끔씩 나타났다고 한다.

2010년 여름, 자장암의 금개구리가 나투어 화제가 되었다. 자장암의 스님이 법당 증축 불사를 위해 '관세음보살'을 외우며 기

자장암 계곡의 신비한 바위 물길. 자장동천이라 불리는 계곡이다.

도를 올리던 중 개구리 소리를 들었다. 찾아보니 회색 바탕의 몸에 다리가 붉은 금개구리가 부처님 옆 탁자 위에서 폴짝폴짝 뛰고 있었다. 금테 비슷한 선을 두른 입은 마치 두꺼비 입 같았다. 신기하게 여긴 자장암 스님들은 계속 석굴 주변을 관찰했다. 개구리는 석굴이 있는 절벽 바위를 빠르게 오르내리며 놀았다. 그러나 언제 석굴에 들어갔는지는 누구도 보지 못했다고 한다.

요즘도 자장암엔 금와보살을 친견하려는 발길이 끊이지 않는다. 실제로 보았다는 스님의 전언이 있지만, 세인들 중 금개구리를 본 사람은 극히 드물다. 아무렴, "마음이 깨끗한 사람 눈에만 보인다"거나, "불심이 얕은 사람에겐 안 보인다"는 말이 그럴싸하게 들리니 절묘한 스토리텔링이다.

바위에 새긴 억겁의 물길

자장암 스토리텔링은 여기서 끝나지 않는다. 자장암에는 세 마리의 거북이 있다. 가장 큰 거북은 등에 관음전을 올렸다. 큰 거북의 머리는 금와공 청정수 옆에 있고 꼬리는 앞마당에 있다. 또 한 마리는 코끼리 바위 옆에 있다. 눈 밝은 사람만 찾는다. 마지막 한 마리는 자장암 마애불 위에 있다. 마애불이 거북을 머리에 이고 있는 형국. 이런 불경! 그런데도 쌍꺼풀진 고운 눈매를 가진 아마타불은 밝게 웃으신다. 마애불 앞의 꼬마 석탑은 또 어찌나 아름다운지, 침을 꼴깍 삼키게 만든다.

관음전 왼쪽에는 사자를 닮은 바위가 웅크리고 있다. 부처의 진신사리를 지킨다는 사자바위다. 으르렁거리지 않는 걸로 보아

겁만 주는 사자다.

자장율사가 생멸을 초월해 우리에게 다가오듯이, 바위도 생멸을 초월한다. 이곳의 바위는 금개구리를 키우고, 코끼리, 거북이, 사자 등 불교에서 영험하다고 여기는 동물로 화해 자장암을 수호한다. 자연과 인간, 구조물과 이야기가 결합돼 자장암 신화를 만든 셈이다.

낑낑거리며 오른 백팔번뇌 계단을 마음 가벼이 내려간다. 자장율사와 금와보살, 자장동천의 기암과 노송이 속세의 번뇌를 씻어준 탓이다. 내려가다 놀라운 길 하나를 발견했다. 자장동천의 명경지수가 너럭바위에 홈을 내 만든 물길, 억겁의 암로(岩路). 바위를 갈고 갈아 마침내 뚫어낸 흐름의 조화. 와랑와랑~ 귓전을 파고든 물소리가 금개구리의 합창으로 울려 퍼진다.

10장

최치원 유랑루트

떠도는 몸이라 정처가 있을 수 없지만 가보고 싶은 곳이 있다. 발길이 절로 남쪽으로 향한다. 운수납자(雲水衲子)의 심경이 이러할까. 구름같이 떠돌며 흐르는 물같이 살아야 하리라. 망망대해, 아득히 열린 바다로다. 가슴이 툭 트인다. 수평선 끝의 하늘빛이 가없이 푸르다. 눈이 시리다. 공평과 조화의 땅, 영구망해(靈龜望海, 신령스러운 거북이 멀리 바다를 바라본다)의 복지로다. 예가 어딘가. 장산국의 옛터, 신라 거칠산군, 동래현(봉래현)의 해변. 바람이 그윽하고 감미롭다. 한 자 써볼거나. 오, 海雲(해운)!

유학과 유랑

미스터리다. 나(최치원, 857~?)의 만년 행적은 나도 모른다. 이르건대 바다 구름이요 외로운 구름이다. 내 자(字)가 해운(海雲)·고운(孤雲)이니 이것도 운명일 텐가. 구름은 나의 벗. 나는 구름과 바람 사이에서 나를 놓아버렸다.

나의 생몰 연표에 '?'(물음표)를 찍은 것은 나를 놓고 풀기 위함이다. '?'표를 두고 설왕설래가 있지만 그 또한 내 운명. 어떤 이는 구름이 되었다 하고, 누구는 신선이 되었다 한다. 실종설, 증발설, 자살설까지 나도는구나. 발 없는 소문이 천리를 가고, 입없는 전설이 천년을 건너왔다. 소문과 전설이 마침내 숲을 이루니 길이 없어도 길이 되었다.

득난(得難), 얻기가 어렵도다. 내게 6두품은 '득난'이었고, 5두품, 4두품은 차마 말할 바가 못 된다. 이제 와서 두품의 높고 낮음이 무슨 소용이랴. 떠나려는 자에게 권력과 명예, 부귀영화는 한낱 구름일 터. 정의와 직언이 누적된 모순을 이기지 못하니 난세로다. 그래 떠나자, 마음 가는 데로 발길 닿는 데로 훌훌 털고 떠나는 거다.

내 고향은 경주다. 아버지는 경주 사량부 출신의 견일이란 분으로, 숭복사 창건에 관계한 바 있다. 황룡사 남쪽에 집터가 남아 있었는데 후에 없어졌다(『삼국유사』 기록).

아버지는 내게 조기유학을 종용했다. 6두품이 경륜을 펼치려면 당나라에서 떡하니 과거에 급제하여 그 권위로 뜻을 펴는 것뿐이었다. 골품제가 유학 바람을 조성했다. 열두 살 때 난 당나라로 들어갔다. 떠날 때 아버지는 말했다. "성공하지 않으면 아예 돌아올 생각을 마라!"

아버지의 다그침과 기대를 생각하며 뼈를 깎듯 공부를 했다. 18세 때 당나라 과거시험인 빈공과에 합격했다. 그리고 2년간 낙양 등지를 유랑하며 시를 썼다. 나의 유랑벽은 이때부터 싹이 튼 듯하다. 그 후 879년 황소의 난 때 격문을 지어 올렸는데, 세상이 찬탄했다. 당나라 생활도 어언 17년. 눌러앉지 않을 바에야 돌아가야 했다. 고향의 흙냄새가 그리웠다. 29세 때 신라로 귀국했다. 신라 말기 국정은 문란했고 농민들은 불안했다. 어수선한 시국을 피해 자청하여 지방에서 10여 년간 근무했다. 경주의 아귀다툼과 권모술수가 싫었다. 자천타천 대산군(전북 태인), 천령군(경남 함양), 부성군(충남 서산)의 태수로 일하면서 지방의 인심과 물정을 익혔다.

그래도 한가닥 희망을 품고 조정에 시무 10조를 올렸다. 중앙 기득권의 벽은 두터웠다. 암울한 세상, 관직은 내가 머물 곳이 못 되었다. 나이 사십, 나는 삶의 근본을 생각했고 전부를 던지기로 했다. 소요자방(逍遙自放)과 유랑, 은거…. 내가 선택한 행로다. 다시 생각해도 후회는 없다.

발 닿은 곳은 모두 명소

고운 최치원(이하 고운)의 삶은 전반과 후반부로 나누어진다. 당나라 유학시절을 포함한 전반부는 문헌자료가 남아 복원·정리가 가능하나, 후반부는 오리무중이다. 그의 마지막 행적은 합천 해인사가 있는 홍류동 계곡에서 포착된다. '고운이 이곳에서 노년을 지내다 갓과 신발만 남겨둔 채 홀연히 신선이 되었다'는 전설이 있지만 비현실적이다. 고운이 언제 세상을 떠났는지는 알 길이 없으나, 그가 지은 '신라수창군호국성팔각등루기'(新羅壽昌郡護國城八角燈樓記)에 비춰보면 908년(효공왕 12) 말까지 생존하였던 것 같다. 그러니까 최소한 51세 때까지 살아 있었다는 말이니, 유랑 세월이 최소 10년은 넘는다.

고운의 유랑 루트는 경상도는 말할 것도 없고, 충청도 강원도까지 전국으로 넓게 걸쳐 있다. 그의 발길과 마음이 닿은 곳에는 어김없이 전설이 생겨났고 시문이나 문장, 비문 등이 자취로 남아 있다. 세상이 싫어 유랑했으되, 단순히 놀러 다니지는 않았다는 말이다. 오히려, 그가 잠시라도 거쳐 간 곳은 강력한 자장의 문기(文氣)가 뻗혀 저마다 문화명소가 되어 있다. 후세의 가슴 속에 고운이 당당히 살아 있음이다.

최치원 문화관광 마케팅

고운을 챙기는 전국의 지자체는 10여 곳이다. 부산 해운대구와 경남 양산시, 창원시(마산), 함양, 산청, 합천, 사천, 경북 의성 등에서 최치원을 챙긴다. 양산 물금의 낙동강 임경대는 고운이 주유하다 시문을 남긴 곳이고, 합천 가야면의 농산정(경남 문화재 자료 제172호)은 고운이 은둔하여 수도한 곳이라 전해진다. 사천 남일대는 고운이 그곳 경치에 반해 '남녘에서 가장 빼어난 절경'이라 해서 붙여진 지명이다. 남일대보존회는 매년 고운 선생 헌다 행사를 열고 있다.

군산시는 고운의 정신을 담은 '새만금 최치원 프로젝트'를 추진했고, 충남 홍성군은 장곡면 월계리 금환(金丸)유적지를 최치원과 연계해 개발하고 있다. 고운의 도포자락이 스친 곳에는 어김없이 그를 기리는 문화사업이나 행사가 펼쳐지고 있는 것이다.

창원시 마산합포구 해운동 월영대는 고운이 만년에 가족과 함께 머물면서 후학을 가르치며 시문을 지었다고 전해지는 곳이

최치원이 유상했다는 양산 임경대 전경. 다리가 놓여 풍경이 훼손됐다.

다. 이후 월영대는 고려시대 정지상, 김극기, 안축, 조선시대 퇴계 이황을 비롯한 수 많은 학자들이 고운의 학문과 인격을 흠모하여 찾아왔고, 한동안 선비들의 순례지가 되었다. 마산 해운동과 월영대 인근의 돝섬, 무학산, 강선대, 청룡대, 서원곡도 고운의 자취가 배인 곳이다.

하동 쌍계사에서도 고운의 높고 가파른 문명(文名)을 만난다. '진감선사대공탑비'(眞鑑禪師大空塔碑)다. 이 비는 국보 47호로, 통일신라 고승 혜소(774~850)의 행적을 담고 있다. 고운이 당나라에서 돌아온 지 3년 만인 31세(887년) 때 문장을 짓고 직접 쓴 유일한 비문이다. 여기서 고운은 유·불·선 3교의 회통과 통합을 제기, 우리 민족의 고유사상(풍류도)과 전통의 중요성을 일깨우고 있다. 중국 중심의 세계관에서 벗어나 있는 모습이다.

유랑 루트의 거점, 해운대

고운 유랑루트는 좁게는 경주-부산-양산-마산 등 동남권으로 잡을 수 있고, 넓게는 지리산-가야산권, 충청 남부까지 확대할 수 있다. 이들 지역을 주제별·장소별로 엮으면 의미 있는 답사코스가 그려진다. 이른바 '최치원 유랑길'의 탄생이다.

경주가 고운의 정치적 고향이라면, 부산 해운대는 고운의 유랑 거점이 될 수 있다. 해운대 동백섬에 최치원 동상과 기념비문, 해운정, 석각이 있다. 동백섬 누리마루 옆의 '海雲臺'(해운대) 석각은 해운대 지명 유래가 된 의미 있는 문화 자취다.

경주 최씨 부산종친회에 따르면, 동백섬의 고운 유적비는

1965년에, 동상은 1971년, 해운정은 1984년에 각각 세워졌다고 한다. 부지가 국방부 소유라 문제였는데, 박정희 전 대통령이 건의를 받고 풀어주면서 금일봉까지 내자, 내로라하는 정치인·관료들이 줄줄이 후원금을 냈고, 그 이름들이 동상 뒤의 비석에 적혔다. 경주

임경대의 최치원 시비.

최씨 부산 종친회는 동백섬 해운정에 사무실을 두고 유적관리를 맡고 있다.

부산 해운대구는 지난 2007년부터 지역뿌리찾기의 일환으로 최치원 프로젝트를 전개했고, 최치원이 활동했던 중국 장쑤(江蘇)성 양저우(揚州)시와 교류협력을 가져왔다. 2013년 가을 제1회 최치원 문화축전을 열어 해운의 문화적 뿌리를 더듬고 새로운 비전을 세웠다. 당시 행사장인 해운대 해수욕장에는 내외국인 200여 명이 참여해 한글 붓글씨 쓰기를 겨루는 진풍경을 연출했다.

세계도시를 지향하는 해운대가 '세계인 최치원'을 앞세워 문화 마케팅을 하는 것은 자연스럽고 고무적인 일이다. 앞으로 최치원 연구소를 세우고, 최치원 콘텐츠 전문기관도 만들어야 한다. 해운대가 '최치원 유랑 루트'의 거점이 될 경우, 중국과 전국에 널린 최치원 콘텐츠는 자연스럽게 해운대로 수렴될 것이다. 말하자면 '최치원 원심력'의 활용이다. 해운대에 '들어온' 최치원만 볼 게 아니라, 해운대를 '거쳐 나간' 최치원을 보고 콘텐츠를 찾아

나설 때다.

최치원 문학의 향기

결핍과 갈망이 시를 낳고 유랑이 시를 완성한다. 고운 최치원은 문장가, 정치가, 경세가이기도 했지만 걸출한 시인이기도 했다. 동백섬 그의 동상 옆에 새겨진 일명 「입산시」(入山詩)는 시의 한 진경을 보여준다.

스님, 청산이 좋다 말하지 마오/산이 좋으면 무엇 하러 나오겠소./두고 보오, 훗날 나의 자취를/한번 청산에 들면 다시는 나오지 않으리.

스님과 자연(청산)을 불러 자신의 유랑길을 알리고 이를 즐기면서 다잡는 기교는 가히 시선의 경지라 할 수 있다.

고운의 문기가 이어져 내렸음인가. 동래부사를 지낸 동악(東岳) 이안눌(1571~1637)은 해운대를 찾아 고운을 흠모하는 시 한 편을 남겼다. '신라 학사 최고운은/바닷가에 대를 쌓고 어지러운 세상 벗어났지/신선의 수레 가버린 뒤 몇 천 년이었던가/꽃이 진 돌더미엔 석양만 타오르네….'

두보의 시를 만독했다고 전해지는 이안눌은 고운 이후 최고의 시인으로 칭송되는 문사였다. 대한팔경 해운대에 그의 시비가 서 있다. 이안눌은 선조 때 예조좌랑으로 있으면서 서장관이 되어 명나라를 다녀왔다. 고운이 시로(詩路)를 연 자리에 동악이 시화

(詩花)를 피웠으니 해운대 시문학의 절정이다. 세계도시·문화도시 해운대의 진면목도 이런 데서 찾아야 할 것이다.

2013년 6월 당시 박근혜 대통령이 중국을 방문했을 때 시진핑 주석은 뜻밖에도 고운의 시 「범해」(泛海) 한 구절을 읊었다.

'掛席浮滄海(괘석부창해, 돛달아 바다에 배 띄우니)/長風萬里通(장풍만리통, 긴 바람 만리를 통하네).'

새로운 한·중관계를 천년 전 인연으로 불러낸 것이다. '창해'나 '장풍만리' 등 당과 신라를 넘나드는 고운의 호연지기가 시진핑 주석의 뜻과 겹치면서 중국과 한국의 우의를 바라는 뜻이 전해진다. 고운이 이미 세계적 콘텐츠가 돼 있음을 확인시켜준다. 고운은 우리 곁에 '정정하게' 살아 있다.

최치원 유랑루트 개요

11장
황산도 나그네

황산(黃山)이 어드메뇨

사배고개를 넘는다. 사배고개는 부산과 양산을 경계 짓는 지경(地境)고개다. 나이 든 분들은 '사밧재'라 해야 알아듣는다. 요산 김정한은 소설 「사밧재」에서 송 노인을 통해 "문경 새재가 높다카더만, 머 사밧재보다 짜다라 높지는 않을꾸로!" 하며 사밧재의 험준함을 설명한다. 사밧재 길은 범어사 옛길과 연결되어 있다. 그러니까 신라 문무왕대인 7세기부터 트인 길이다.

고개 넘느라 이마에 땀이 흥건하다. 지방도니, 고속도로니 해서 사밧재가 뭉턱뭉턱 깎여 나갔다. 그렇긴 해도 사밧재는 여전히 만만한 재가 아니다. 황산역(黃山驛)까지 걸어갈 참이다.

황산(黃山)은 오늘날 양산 물금을 말한다. 황산, 왜 누른 산이라 했을까?

황산이란 지명은 가야-신라의 철기시대를 호출한다. 1997년 경남 양산시 물금읍 범어리와 가촌리 일대에서는 철을 생산하는 제철 관련 구덩이 10여 곳이 발굴되었다. 철광석과 송풍관 등 철 생산 유물도 나왔다. 가까이는 1960년 초부터 철을 캐낸 오봉산의 물금 광산이 있다. 물금 광산은 약 30년간 335만 톤의 철을 캐낸 노다지였다. 여기서 캐낸 자철광, 적철광, 경철광 등은 대부분 포항제철소에 보내졌다. 이러한 철산지가 멀리는 '철의 왕국' 가야의 기반이었다. 오봉산 등지의 철광산에서 흘러나온 누른 물이 '황산'이란 지명을 낳은 셈이다.

황산이 물금(勿禁)된 건 다소 뜬금없다. 일설에는 가야와 신라의 왕래가 잦은 이곳은 전쟁이 나더라도 '금하지 말자'는 뜻이라 하고, 일설에는 낙동강 수해가 잦아 '물이 넘치지 않았으면' 하는 바람으로 '수금(水禁)→물금'이라 했다는 것이다.

'황산'이란 지명은 뿌리가 있다. 『삼국사기』의 탈해 이사금조(서기 77년)에는 신라가 남쪽 변방지대인 이곳에 황산진을 설치·운영하였다는 기록이 등장한다. 그 후 665년(문무왕 5) 삽량주(歃良州)가 설치될 때에도 이곳은 황산, 또는 황산진으로 불렸다. 낙동강을 황산하, 황산진이라 이름한 것도 이런 연유다. 그러고 보면, 황산진, 즉 물금나루는 역사가 무려 2천 년이다. 이 땅 나루의 터줏대감 격이다.

고려 940년(태조 23) 양주로 개칭되었을 때도 이곳은 황산진이라 불렸고, 조선시대에 오면 황산역으로 바뀐다. 황산역은 조선 세조 때 만든 40개 찰방역 가운데 하나다.

조선시대 전국의 도로는 수도 한양을 중심으로 9개 대로가 열려 있었다. 부산은 영남대로를 통해 한양과 이어졌다. 영남대로에는 다시 좌도, 중도, 우도 세 갈래 길이 있었는데, 그중 문경새재를 넘는 중도가 가장 널리 이용되었다. 이 길은 동래에서 시작하여 양산-삼랑진-밀양-청도-대구-선산-상주-조령(문경새재)-충주-용인 등을 거쳐 14~15일이면 한양에 닿았다.

영남대로는 파발을 통한 국가 공문서가 오간 관로, 선비들의 과거길, 보부상들의 장삿길, 왜상들의 상경로였다(임란 이후 왜상들의 상경은 금지됐다). 왕명을 받든 조선통신사들이 오갔고, 임진왜란을 일으킨 왜병들이 짓쳐 들어온 길이다. 한민족사의 영욕과 애환이 서린 길이다.

영남대로 중 동래에서 밀양에 이르는 길은 '황산도'라 불렸다. 조선시대의 대로들은 요소요소에 역참을 두었는데, 양산의 황산역이 중심역이 되다 보니, 황산도란 이름이 통용된 듯하다. 황산역에 속한 역은 모두 16개였다.*

옛 이름만으로는 도무지 오늘날 지명을 파악할 수 없다. 지명의 역사성을 우리 스스로 무시하고 외면한 결과다. 이름을 잃어버렸으니 정신이 남았겠는가. 역(驛)의 역사를 도외시하고 '질주의 시대'를 앞당겼으니, 우리는 달려도 너무 달렸다.

황산역은 규모가 매우 컸다. 1895년에 발간된 『황산역지』에 따르면 역리가 7,638명, 남·여 노비가 1,176명, 말은 큰 말 7마

---

* 『만기요람(萬機要覽)』〈군정편(軍政篇)1 역체(驛遞) 각도속역(各道屬驛)〉, 1808년 편찬. 이 자료에 나오는 역명은 ①유산역(由山驛) 혹은 윤산역(輪山驛) ②위천역(渭川驛) ③덕천역(德泉驛) ④잉보역(仍甫驛) 혹은 잉포역(仍浦驛) ⑤노곡역(蘆谷驛) ⑥굴화역(掘火驛) 혹은 굴화역(堀火驛) ⑦간곡역(肝谷驛) ⑧아월역(阿月驛) 혹은 하월역(河月驛) ⑨신명역(新明驛) ⑩소산역(蘇山驛) ⑪휴산역(休山驛) ⑫수안역(水安驛) ⑬용가역(龍駕驛) ⑭덕산역(德山驛) ⑮무흘역(無屹驛) ⑯금동역(金洞驛)이다.

리, 중간 말 29마리, 짐 싣는 말인 복마(卜馬) 10마리 등 모두 46마리가 배치됐다.

황산역은 중앙에서 파견된 찰방(종6품)이 관장했다. 역의 관리와 공무를 담당한 찰방은 위세가 대단했다. 양산 지역에 어사가 순찰을 돌 때 보필할 뿐 아니라 군수(종4품)의 치정을 견제했다. 찰방에게 밉보이면 군수 해먹기가 힘들었다. 그러나 역참은 조선 후기로 가면서 본연의 역할에 충실하기보다 잇속을 챙기는 등 국고를 축내는 애물단지로 전락한다. 그 파란의 변화는 그대로 길의 역사다.

사라진 동래의 옛길들

사밧재를 넘기 전, 차례차례 밟아온 역참들이 아프게 눈에 밟힌다. 영남대로(황산도)의 시·종착지는 동래읍성 남문 밖의 휴산역으로 보는 학자가 많다. 오늘날 동래구 낙민동 낙민초등학교 자리로 추정된다. 인근에 동래패총 유적이 있다. 동래패총은 동래구 낙민동 옛 동해남부선 동래역 인근 저습지에 형성된 삼한·가야시대 패총 유적이다. 1930년 동해남부선 철도공사 중 독널(甕棺)이 발견되었고 이후 두어 차례 발굴조사에서 대규모 패총(조개무지)과 철 생산 유구가 확인되어 사적 제192호로 지정되었다. 패총뿐만 아니라 토기, 골각기, 동물유체까지 다량으로 나왔다. 1~3세기의 '동래 사람들'이 육상동물 및 바다 어류, 조류 등을 잡아 생각보다 맛난 식탁을 꾸렸음을 알 수 있다.

휴산역은 자취는커녕 이름조차 가물가물하다. 휴산(休山), 쉬는 산이라 역사 속으로 사라진 건가. 영남대로는 휴산역에서 시작하여, 기찰(부곡동), 소산역(하정마을)을 거친 다음 양산 지역으로 들어간다.

휴산역에는 중마(中馬) 2필, 복마(짐말) 5필, 역리 166명, 노비 30명이 있었다는 기록이 있다. 휴산역에서 이섭교를 건너면 수군 병영이 있던 좌수영이요, 고촌 안평으로 가면 기장이다.

1740년 간행된 『동래부지』에 보면, 동래부 읍내면에 휴산동이 있다. 그 뒤의 1915년에 작성된 지적 원도에는 휴산동이 생민동으로, 다시 수안동으로 바뀐다. 일제강점기를 거치면서 휴산동은 사라져버렸다.

옛길을 들추자니 동래는 낯설다. 이 도시는 오래전에 길의 원형을 잃어버렸다. 길다운 길은 모조리 뭉개고 지우고 없애버렸다. 그것을 발전이라 위안한다. 길들은 풍경에서 사라지기 전, 먼저 인간의 마음에서 사라져버렸다. 물신을 앞세운 크고 넓은 길이 대세가 된 지 오래다. 사람들은 바퀴의 신을 떠받든 채 걸으려 하지 않았다. 바퀴는 곧 문명의 척도였다. 도로엔 바퀴의 신들이 득실거릴 뿐, 옛길 한 자락 온전히 남은 곳이 없다. 현대인들은 길을 잃어버렸다.

동래부 동헌과 동래 향교는 역사의 길눈을 틔워주는 이정표다. 동헌의 충신당 앞마당엔 십자형 형틀이 놓여 있다. 납작한 곤장 방망이가 길손을 노려본다. 매 맞고 싶다. 볼기짝 얻어터지도록 두들겨 맞으면 옛길이 되살아날까. 상념이 어지럽다.

동래 향교를 지나 명륜로로 나선다. 명륜초등학교에서 온천 입구 사거리까지는 '대낫들이 길'로 불린다. 동래 부사가 부임 또는 이임할 때 지나가던 길로, 늠름한 행렬이 워낙 장엄해 '큰(대) 나들이를 한다'는 뜻에서 이런 이름이 붙여졌다.

조선 초기에 동래는 현이었으나 명종 때 도호부로 승격됐다. 도호부사는 종3품이 임명됐으나 도호부사 중 동래부사만은 정3품 당상관이 맡았다. 대부분의 동래부사는 문과 급제자였으며, 충정과 위엄을 갖추고 휼민의 정신으로 선정을 베풀었다. 동래의 행정·사법·외교·국방 업무를 책임졌던 동래부사는 왜관 통제, 왜사 접대 같은 일도 병행해 국왕의 신임이 두터운 인사들이 많이 발탁되었고, 그만큼 업무 수행이 힘든 자리였다.

기찰 지나 소산역으로

온천 입구 사거리를 지나 계속 가면 부곡동의 공수물 소공원, 기찰마을이 나온다. 공수물은 조정으로 들어가는 공물을 모아 운반하는 장소였고, 기찰(譏察)은 일종의 검문소였다. 조선시대엔 이곳에 기찰 포교가 상주하면서 통행자나 물품 등을 검문 검색했다. 요즘으로 치면 경찰서와 세관을 합친 기능이다. 옛 지도엔 '십휴정 기찰'로 표기되는데, 오늘날 부산시 금정구 부곡동 농협 부곡지점, 부산가톨릭대학 들머리다. 길거리에 기찰 맨션, 기찰 목욕탕 같은 간판이 남아 있다. 편의점에 들어가니 '기찰 막걸리'를 판다.

황산도는 경부고속도 입구 만남의 광장에서 금단마을을 거쳐 하정마을로 이어진다. 금단마을 일대는 옛날 역들(역원 운영에 사용됐던 토지)로 불리던 곳. 하지만 금단마을~하정마을은 동래 베네스트 골프장으로 인해 길이 단절돼 있다. 부득이 금정문화회관과 동래여고 앞 체육공원로를 이용한다. 그러면 약간의 오르막길이 나오고 소산고개를 만난다. 고개가 낮다고 낮춰보면 안된다. 이곳에서 임진왜란 때 의병 전투가 벌어졌다. 동래성에서 빠져나온 경상좌부사 이각이 도주한 길에서 의병들은 향토 사수를 외치며 싸웠다. 주역은 의병장 김정서(1561~1607)다. 기록이 영세하지만 임란 개전 후 조선의 첫 의병으로 기록될 만한 전투였다.

1592년 4월 15일(음력). 동래성을 함락시키고 황산도(영남대로)를 따라 북진하던 왜군은 땅거미가 내려앉자 '소산역'에 진을 친다. 그 시각 인근 상현마을 출신 의병들이 소산고개에 올라 왜적의 동태를 살핀다. 이날 밤 몰래 투석기가 설치되고, 승전에 취해 곤히 잠든 왜군 진영으로 커다란 바윗돌이 날아갔다. 왜군의 비명과 함께 전투가 벌어진다. 이곳의 의병들은 이후에도 게릴라전을 통해 왜군을 괴롭혔다.

임란 초기에 의병 활동을 펼친 이들은 동래지역 문중들이었다. 참전한 문중은 의병장 김정서를 배출한 강릉 김씨를 포함해 모두 14개 문중, 36명이다. (임진왜란 소산전투에 관한 내용은 가마골향토역사연구원 주영택 원장의 연구를 인용했다.)

임란 후 공을 세운 사람들을 기록한 '선무원종공신녹권'(宣武原從功臣錄券)에는 부산지역 인물 66명이 실리지만, 소산전투의 내막은 알기 어려웠다. 그런데 3년 뒤인 1608년(선조 41) 동래부사

이안눌이 이들 중 공적이 특히 뛰어난 24명의 별전공신을 선정하면서 소산전투의 내막이 드러난다.

이곳의 의병들은 아버지의 손에 이끌려, 또는 문중이나 친인척의 부름을 받아 기꺼이 의병 대열에 합류했다. 황산도는 그 '의로운 싸움'을 기억한다.

소산고개를 넘어 상현마을 입구 사거리에서 경부고속도로 굴다리를 지나면 곧장 선두구동 하정마을이다. 소산역이 있던 곳이다. 1970년대 경부고속도로가 뚫리면서 황산도의 역참마을은 도로에 포위된 형국. 역(驛)의 웃지 못할 변화다. 일제가 경부선 철도를 놓으면서 짓뭉갠 영남대로를 고속도로가 또다시 짓밟은 격이다.

하정마을의 경로당이 옛 소산역의 역참 자리다. 마을 촌로들은 "경로당에서 200m쯤 떨어진 하정길 개천 건너편에 마방(말을 두는 장소)이 있었고, 거기서 마당제(馬堂祭)를 지냈다"고 했다. 촌로들의 부친이나 조부 중에 역리나 역졸도 있었을 법하나 묻기가 조심스러웠다. 조선시대 역촌 사람들은 천대받았다. 역촌의 후손이든 아니든, 하정마을 촌노들의 얼굴엔 시대 변화가 야기한 어떤 쓸쓸함과 피로감이 묻어났다.

황산 이방을 기억하다

하정마을 입구에는 이곳이 역촌이었음을 증언하는 비석이 2개 있다. 비석에 내력이 적혀 있다. 왼쪽은 '수의상국이만직영세불망비'(繡衣相國李萬稙永世不忘碑)로서, 조선 고종 때 암행어사

옛 영남대로가 지나던 금정구 하정마을의 공덕비들.

이만직이 소산역의 어려움을 파악하고 세금 탕감과 역원 복지를 위해 힘 쓴 은혜를 칭송한 내용이다. 이만직은 1887년(고종 15)에 활동한 경상좌도 암행어사로, 황산도의 소산역과 휴산역을 거쳐 끝자락인 부산포를 시찰하면서 관세 시행을 주장했다. 1878년 7월 19일 『승정원 일기』에도 이만직이 "화물을 뽑아 각 물품에 세액을 정해야 한다"고 건의한 내용과 받아들인 사실이 기록돼 있다.

비명 양쪽에는 '우리의 폐단을 누가 구원하랴 때를 기다려 개혁하였네/메마른 구덩이에 혜택을 고루 미치고 또렷하게 병의 맥을 진단하였네/오래갈 규범을 조금 보존하여 점차 소생함이 있도록 기약하였네/은혜와 덕을 몸에 새겨 길이길이 잊지 않기로 맹세하네'라는 뜻의 4언시 4구가 새겨져 있다.

비명의 뒷면에는 '황산(黃山) 무흘(渭川·밀양시 삼랑진읍 미전리) 휴산(休山·동래 낙민동)'이라는 역명이 뚜렷하다. '광서 4년(光緖四年) 무인정월일(戊寅正月日) 입(立)'이라는 건립 일자와 비를 세운 '소산(蘇山) 감관(監官)과 색리(色吏)'의 이름도 보인다. 이만직 공이 무흘에서 휴산을 거쳐 소산역에 와서 민생복지를 위해 기금을 조성한 은혜를 잊지 않기 위해 소산역의 감독관과 관리책임자가 1878년(고종 15) 비를 세웠다는 내용이다.

해외 무역이나 관세에 대한 개념조차 정립되지 않았던 시기에 관세의 필요성을 제기하고 관철시켰으니, '통상 무역의 선구자'라 할 만하다. 부산세관에서 이만직을 각별히 챙기는 이유다.

그 옆에 있는 '황산이방최연수애휼역졸비'(黃山吏房崔延壽愛恤驛卒碑)는 상관이 부하를 위해 세운 이색 송덕비다. 이방 최연수가 역졸을 아끼고 보살피는 인격과 덕망이 높아 이방으로 있기에 아깝다는 뜻에서, 소산역과 휴산역의 도장·수리 상관이 1697년(숙종 23)에 세웠다는 것이다.

앞면에는 '공무를 받들어 정성을 다해 어루만져 돌보는 뜻이 간절하였다/차가운 연못과 같이 청렴하였으니 이방으로 머문 것이 애석하도다'라는 4언시가 적혀 있고, 뒷면에는 휴산(休山) 소산(蘇山)이라는 역명은 물론 수리(首吏, 역리의 우두머리)와 도장(都長, 감관의 상관)의 이름과 '강희 36년 정축 2월 1일'이라는 건립 일자가 새겨져 있다.

이 2기의 비석은 황산도의 행로와 소산역의 위치를 정확히 일

양산 물금읍의 옛 황산역 터.　　　　　옛 소산역 터인 금정구 하정마을 전경.

러준다. 비석들은 한동안 하정마을의 밭 언덕과 당산길 앞 언덕
에 좌대 없이 누운 채로 나뒹굴고 있었다. 그것을 향토사를 연구
해온 가마골향토역사연구원 주영택 원장이 발견했고, 2007년 말
금정구가 수습해 하정마을 비석거리에 복원해 놓았다.

　황산도는 잠시 경부고속도로와 동행하다 노포동 고분군을 끼
고 팔송 검문초소를 만나고, 1077 지방도를 따라 작장·대룡·
녹동마을을 지나 지경고개(일명 사배고개)를 넘어 양산으로 이어
진다. 지경고개 마루에는 2기의 비석이 있어 오고 가는 길손들의
휴식처가 되곤 했다. '부사민영훈공거사비'(府使閔永勳公去思碑)는
도로 확장시 부산 부곡동 공수물 소공원으로 옮겨졌고, '양유하
이혜불망비'(梁有夏貽惠不忘碑)만 자리를 지키고 있다. 기근 때 사
재를 털어 백성을 먹여 살린 은공을 칭송하는 비석이다. 길에서
만난 지역의 숨겨진 사연들이 길손을 흐뭇하게 한다.

　양산에선 동면 사송리, 외송리를 지나 동면사무소, 양산읍성터

를 거쳐 영대교를 건너 황산진, 그러니까 물금으로 들어간다.

아, 황산역이여!

황산역은 이름만 남고 건물은 사라진 역참이다. 여기서 역(驛)은 기차역도 아니고 지하철역도 아닌 말(馬)역을 일컫는다. 역의 말은 역참의 규모와 역할을 말해주는 바로미터다. 역은 왕명이나 공문서 전달, 관수 물자 운송, 사신 영송과 접대, 범죄인 체포와 압송 등의 역할을 맡았다. 암행어사가 뜨면 역참에서 물자와 병력을 지원하기도 했다. 사극에서 "암행어사 출두야!" 할 때 우르르 등장하는 병사들은 주로 역참에 소속된 역졸들이다.

황산역은 동래와 기장, 밀양과 대구, 울산과 경주로 통하는 양산의 최고 교통요지에 위치했다. 물금나루를 통해 낙동강 수운과도 연계되었다. 황산역이 번성했을 때에는 역리·역졸·역노 등이 총 8,800여 명에 달했다. 이를 총괄하는 책임자가 찰방(종6품의 관직)이다.

황산역의 각종 관아는 양산시 물금읍 화산4길 18번지 서부포교당 일원에 있었다고 전해지나 지금은 가뭇없다. 『황산역지』에는 동헌(東軒)을 중심으로 장적고(帳籍庫), 창고(倉庫), 작청(作廳), 관청(官廳), 형리청(刑吏廳), 관노청(官奴廳), 사령청(使令廳), 일아정(日峨亭), 환취정(環聚亭) 등 관아 10여 동과 2동의 누각이 들어선 것으로 되어 있다. 영남 최대의 역참다운 면모다.

황산역은 그 후 낙동강의 잦은 범람으로 역 기능을 수행하는 데 어려움이 많아 결국 1857년에 양산시 상북면 상삼리 일대로 옮겨갔고, 1895년 역원제 폐지와 함께 역사 속으로 사라졌다.

　조선시대의 역참은 곧 나라의 길이었다. 국가적으로 역참이 잘 돌아갈 때는 나라가 흥했고, 역참의 병폐가 드러나 운영이 어려워질 때는 나라가 흔들렸다. 황산역 역시 막판엔 내부 비리와 운영의 난맥상을 드러내다 시대에 떠밀려 연기처럼 사라졌다.

　황산역이 폐쇄된 지 120여 년. 뒤늦게 양산시에서 황산역 복원을 추진하고 있다는 소식이 들린다. 황산역은 한갓 흘러간 과거의 교통·통신 시설이 아니라, 길의 역사와 소통, 교류를 이야기하는 복합 네트워크 공간이다. 황산역 복원이 과거 지향이 아니라, 미래 지향, 콘텐츠 개발로 이어져야 하는 이유다.

황산도(영남대로)
옛길 개요

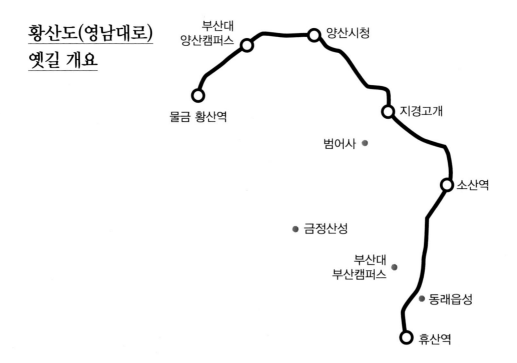

12장
역사의 무지개, 이섭교를 걷다

을해년(1635년, 조선 인조 13) 어느 봄날.

동래 휴산역의 주마등이 바람에 나풀거린다. 주마등 모서리 끝에 매달린 네 마리 말이 바람을 따라 빙글빙글 돈다. 바람이 돌리는 대로 주마등의 그림이 희뜩희뜩 바뀐다. 관아의 행사가 열리나 보다. 역졸들이 부산하게 오가고 휴산역 주변이 시끌벅적하다. 휴산역은 현 동래구 낙민초등 일대에 자리했다는 역참이다. 영남대로(황산도)의 기 · 종착지로서 좌수영과 기장, 해운대로 가는 길목이면서 동래부의 군사적 · 행정적 요충지다.

동래부에서 부사가 행차한다는 소식이 들리고, 부산진에서 첨사가, 좌수영에서 수사가 막 출발했다는 전갈이 왔다. 날씨가 좋다. 이섭교(利涉橋) 개통일이다. 부중(府中)이 아침부터 들뜨고 긴장된 분위기다.

참여와 울력으로 숙원 해결

이섭교 건설은 동래부의 숙원이자 주민들의 최대 민원이었다. 2년 전 홍수가 닥쳤을 때 이섭교에 걸려 있던 나무다리가 떠내려갔다. 일찍이 부역을 통해 나무다리를 다시 놓곤 했지만, 비만 오면 떠내려가는 일이 반복되었다. 주민들은 울며 겨자 먹기로 징검다리를 놓아 겨우 이쪽저쪽을 건너다닐 수 있었다. 물이 얕으면 옷자락을 아랫도리까지 걷어 올려야 했고, 물이 깊으면 옷자락을 띠를 맨 데까지 걷어 올린 다음 건넜다. 게다가 찔끔비에도 통행이 차단되어 이용에 불편이 심했다.

다리를 놓자는 의견이 돌자 십시일반 기부금이 모이고 울력이 더해졌다. 기부금을 못 내는 사람은 돌덩이를 가져오고 뗏장을 떼왔다. 부역이나 강권이 아니라 자발적 참여와 울력으로 다리가 만들어졌다.

갑술년(인조 12, 1634) 겨울에 부중의 몇 사람이 개연히 이전부터 수리하고자 하는 뜻을 이어서 사람들을 불러 모으고 재물을 거두었다. 돌을 옮기는 부역에 백성들이 자진하여 응하니, 다음 해 봄에 일을 완전히 끝낼 수 있었다. 이는 실로 지난날 이루지 못한 뜻을 불과 며칠 만에 성취한 것이다. 이 일을 처음 시작한 김진한의 공을 어찌 잊으며, 이 일을 끝낸 신만제의 덕을 어찌 잊을 수 있겠는가. 이른바 강물은 흘러도 돌은 구르지 않았고 도선장이 넘쳐도 수레바퀴는 젖지 아니한즉, 이 다리를 건너는 자는 의당 그 공을 찬미하고 칭송하며 무수한 세월이 지나가도 그 사례하는 마음은 영원히 남아 있을 것이로다.

— 숭정후(崇禎後) 을해(인조 13, 1635) 봄날,

별좌(別座) 석(釋) 상유(尙裕)

문장이 아름답다. 뜻이 밝고 진취적이다. '상유'라는 인물이 쓴 이섭교 비문은 수백 년 풍상의 시간을 건너뛰어 당시의 설렘과 기쁨을 고스란히 전해준다. 별좌는 조선시대 각 관아에 둔 정·종5품 벼슬로, 흔히 교서관, 상의원이라 부른다. 별좌 상유는 이섭교가 세워지게 된 경위를 자세히, 유려하게 적어 후세들의 귀감이 되도록 했다. 발표할 당시 동래부사의 윤허가 있었을 터이나, 문장은 본래 글쓴이의 흉금과 도량이니 그 마음 바탕의 유려함이 읽힌다.

이섭교 개통 현장은 축제 분위기다. 동래 교방청의 내로라하는 예인들이 나와 풍악을 울리고 찢어지는 음색의 날라리가 금정산과 장산 자락을 쩡쩡 울린다. 동래부사와 부산진첨사, 좌수사, 동래향교의 전교가 나왔는데 얼굴이 하나같이 밝다. 군관과 향리, 역졸들의 움직임도 분주하다. 자리를 함께한 백성들의 얼굴에도 웃음꽃이 피었다.

이섭교는 보기만 해도 뿌듯하다. 아름답고 튼튼하다. 사람이나 마소는 물론 전차가 지나가도 끄떡없을 성싶다. 하릴없이 왔다 갔다 하고 싶다.

이섭교의 백미는 4번 연속해서 돌아간 홍예(무지개) 형태의 수구(水口) 부분이다. 컴퍼스로 똑같이 돌린 듯한 4개의 홍예는 하늘의 무지개를 훔쳐 와 걸어놓은 모습이다. 어찌 보니 안경 두 개를 펼친 것 같다. 하나의 예술품이다. 홍예 속으로 온천천의 물이 빨려들 듯 흐른다. 물고기들이 뛰어놀고 강변 풀섶에서 학이 날아오른다.

예술작품 같은 홍예교

누구의 솜씨인가. 이섭교 비문에는 재물 기부자와 공력을 쏟은 자들의 이름이 줄줄이 적혔건만, 다리 제작자의 이름은 보이지 않는다. 그는 아마 당대 최고의 도목수와 장인이었을 것이다. 끝내 그 이름을 감추었으니 그마저 아름다움일 것인데, 못난 후손들은 그 아름다운 다리를 통째로 잃어버리고 뒤늦게 탄식한다.

홍예, 즉 아치(Arch)는 자연스러운 힘의 흐름으로 기하학적 견고함과 극적 조형미를 연출하는 구조물이다. 홍예교는 지면에 면한 하부부터 원형으로 내쌓기 하여 완전한 반원형을 이룬다. 결구 방법은 잘 다듬은 장대석을 종으로 1단씩 빈틈없이 밀접시켜 스스로 무게를 지탱하게 하고, 기저부에는 큰 돌을 쌓고 위로 오르면서 꼭대기 부분에는 작은 돌들을 엮어 넣는다. 정교한 홍예석의 양 측면에는 잡석과 흙으로 육상의 언덕과 연결시킨다. 이렇듯 홍예교는 수평 반력이 지간(支間) 내 임의의 점에서 압축력으로 작용하게 되어 구조적으로 안정적이다. 동서고금을 막론하고 아치는 문명의 무지개였다.

우리나라에 홍예교가 처음으로 가설된 것은 8세기경 경주 불국사의 청운교·백운교다. 결작 홍예교로는 경복궁의 영제교, 영산 만년교, 순천 선암사의 승선교, 강경 미내다리 등이 꼽힌다. 형태나 내력, 역사를 볼 때 이섭교도 능히 결작 대열에 끼일 수 있으나, 남은 게 사진뿐이라 결작은 언감생심이다. 그렇다고 이섭교의 아련한 역사조차 저버릴 순 없다. 이섭교 르네상스를 꿈꿔야 할 이유다.

개축과 수리의 자취

이섭교는 그 자체로 스토리텔링이 되고 있는 다리다. 조성 경위와 내력을 담은 장중한 비석을 남겨놓았기 때문이다. 비석에는 이섭교 가설 당시 참여했던 사람들의 직책과 성명, 그리고 개축에 협력한 각 면의 계에 대한 기록이 적혀 있다. 참여한 계는 동면 10계, 서면 6계, 북면 8계, 남촌 9계, 동평면 13계, 사천면 9계, 읍내면 14계 도합 69계로 나타나 있다. 사실상 동래부 전체가 동참한 셈이다. 이섭교는 지금으로 치면 광안대교에 버금가는 대역사였고, 당대 최고 최대의 홍예 교량이었다.

이섭교는 1634~1635년에 가설되었으나, 내력을 담은 이섭교비는 약 60년이 지난 1695년에 세워진 것 같다. 이희룡 동래부사(재임 1694년 9월~1696년 11월)는 세월과 함께 허물어진 이섭교를 개축하면서 별좌 상유의 가설 당시 글과 개축 참여자들의 면면을 적은 역사적 기념비를 세웠다. 말하자면 자신의 치적 홍보를 겸한 비석이었다.

이섭교비(부산광역시 기념물 제33호)는 높이 237cm, 폭 110cm, 두께 28cm이며, 덮개돌 없이 윗 부분이 반달 모양으로 유려하다. 반달 모양은 다리에 구현된 홍예와 절묘하게 조응한다. 강 위에 무지개가 걸렸으니 육상에도 무지개를 띄워 화답케 하는 모양새다. 형태는 일자형으로 단순하지만 역사적 무게는 결코 단순하지 않다.

행간에 묻어나는 민본사상과 울력을 통한 상부상조의 정신은 당시 동래부 사람들의 삶의 일단을 비춰준다. 옛사람들은 다리 하나를 놓더라도 자연과 어울리게 놓았고 먹고살기 힘든 상황에서도 경제적 합심, 협력하는 법을 잊지 않았다.

동래부 남문 밖에는 강을 건너는 다리가 많았다. 그곳엔 지금의 온천천과 수영강이 흘렀다. 강의 다리는 대부분 나무다리였던 모양이다. 1781년(정조 5) 동래부사 이문원이 민폐를 야기해 온 온천천 일대 4곳의 나무다리를 석교로 바꾸는 대역사를 감행한다. 그 내용이 '사처석교비'(四處石橋碑)라는 비석에 소개돼 있다.

부의 남문 밖에 나무다리 4개가 있었다. 이것들은 1~2년 만에 한 번씩 고쳐야만 했는데 그 비용을 백성에게 전가해 민폐가 심하였다. 이에 가선대부 강위성이 발의하여 나무다리를 돌다리로 고쳐야 한다고 하자 여러 사람이 호응하였다. 박도유·박사인 등 4~5명이 부내에 연고를 따라 돌아다니며 모금하여 이 돈으로 석재를 마련하였다. 부사 이문원이 자신의 녹봉을 털어 자재를 모으고 돌을 운반케 하여 다리를 완성시켰다. 오늘날 나무다리를 돌다리로 고쳐 백성들이 편리하게 되었기에 이와 같이 적어 기념한다.

—숭정(崇禎) 3년 신축(1781) 3월

이때 고쳐진 다리 4곳 중에는 세병교와 이섭교가 포함됐을 것이다. 세병교와 이섭교는 동래부사 행차 때마다 이용됐을 만큼 이용도가 높은 다리였다. '사처석교비'에 나타난 것처럼, 이섭교는 1635년 처음 홍예교로 조성된 이후 1695년 이희룡 부사 때 한 번, 1781년 이문원 부사 때 또 한 번 최소한 두 번 이상의 개축 및 보수가 있었다.

이섭대천의 메시지

이섭교는 일제강점기 때 일본인들에 의해 수모와 아픔을 겪었다. 1930년경 일제는 시가지 정비 명목으로 동래부의 자존심과도 같은 내주축성비와 독진대아문, 이섭교비 등을 유배지나 다름없는 동래 금강공원 뒷구석에 옮겨 놓는다. 당시 금강공원은 일본인 유력자의 별장이었다. 별장 치장용으로 우리의 천금 같은 문화재가 엉뚱한 곳에 옮겨진 것이다. 그렇게 80여 년의 시간이 지났다. 내주축성비는 비바람에 마멸되어 갔고, 이섭교비는 뇌리에서 잊혀져 갔다.

이섭교비는 2012년에야 간신히 원래 자리로 돌아온다. 시민단체와 향토사학자들이 문화재 제자리 운동을 벌인 결과였다. 눈물겨운 귀향은 단 몇 방울의 회한, 일시적인 감격으로 끝이었다. 비석이 돌아온 자리는 우리가 '이섭교 자리'로 추정하고 얼렁뚱땅 보행교를 놓은 곳이다. 구체적으로는 온천천의 연산교와 연안교 사이이다. 비석은 돌아왔지만 이섭교는 여전히 오리무중이다. 우리가 찾는 이섭교는 비석과 함께 홍예가 멋진 아치형의 무지

橋鏡眼萊東　　　(景風山釜)

1910년경의 온천천 이섭교 모습. 4개의 홍예를 가진 멋진 다리였다.

오늘날의 무미건조한 이섭교.

개 다리다.

옛 사진이 보여주는 이섭교는 절묘한 4개의 아치와 전통미, 조형미, 균형미를 동시에 간직한 명품이다. 주민들은 이섭교를 동래 안경교(眼鏡橋)라 불렀다.

이섭교에서는 답교, 즉 다리밟기 행사가 열렸다. 매년 정월대보름 밤이 되면 주민들은 이섭교를 걸어서 왔다 갔다 했다. 정월 대보름 밤에 열두 곳의 다리를 밟으면 일 년 열두 달 다리병을 앓지 않고 액운을 벗어난다는 속설이 있었는데, 주민들은 이섭교에서 그것을 실천하곤 했다는 것이다. 지금은 사라진 풍습이지만 다리를 신성하게 보는 전통의 하나다.

주역의 괘에는 이섭대천(利涉大川)이라는 대목이 자주 등장한다. '큰 내를 건너 이로웠다'는 의미다. 풀이하면, 학문과 덕으로 몸을 기르면 아무리 어려운 일이라도 이겨낼 수 있고 결국은 세상이 이롭게 된다는 말이다.

온천천에 이섭교가 놓인 건 바로 '세상을 이롭게 함'이었다. 이섭교가 있는 온천천은 대천은 아니지만, 큰 강 못지않게 '건너면 이로운 일이 생기는(利涉)' 은혜로운 하천이다. 이섭교는 자그마치 400년의 역사를 품은 옛 다리다. 사라진 역사의 무지개, 이섭교의 원형을 되찾아야 한다.

거칠산국 역사길

이섭교를 기억하자는 뜻이 모아져 '거칠산국'의 길이 부활하고 있다. 부산 연제구는 온천천 이섭교를 시작으로 연동시장~연산동고분군~배산성지~과학교육원~톳고개로까지 약 3km에 이르는 길을 '거칠산국 역사길'이라 이름하고 탐방로를 조성 중이다. 구청은 이곳에 안내판, 미디어월, 데크 로드 확장, 노면 정비, 쉼터 등을 조성해 지역의 문화유산 가치를 알리고 주요 명소를 연결하는 보행 관광 코스로 꾸미고 있다.

연제구 구간만 볼 것은 아니다. 이 구간은 틀을 넓히면 동래읍성과 복천동 고분군, 동래부 동헌, 동래패총을 보고 이섭교를 거쳐 연산동 고분군, 배산성지를 지나 수영사적공원까지 연결될 수 있다. 총 연장 10km로 꽤 길다. 이렇게 연결되면 부산의 고대사인 거칠산국의 역사 자취와 유적을 훑는 역사탐방 코스가 탄생한다. 이 코스는 동래·연제·수영구 3개 구에 걸쳐 있다. 하지만 산과 하천을 끼고 있음에도 딱딱한 아스팔트와 콘크리트 도로를 걸어야 하는, 걷기가 만만찮은 구간이다. 그렇지만 열어야 할 역사길이다.

거칠산국은 지금의 동래·연제구 일대에 자리한 고대 정치체로 추정된다. 고고학계에서는 거칠산국의 지배층이 연산동 고분군의 주인공일 가능성이 높다고 본다. 거칠산국은 5~6세기경에 신라에 편입돼 거칠산군(居漆山郡)이 되었다가, 신라 경덕왕 때 동래군(東萊郡)으로 이름이 바뀌었다.

거칠산국은 부산의 '거친' 고대사를 대변하는 이름이다. 동래 지역은 6세기 이전 가야의 혼이 흐르고 그 후 신라화되었다. 그 사이에 끼인 거칠산국은 연산동 고분군을 남겼음에도 아리송한 고대 정치체 정도로 인식되고 있다. 거칠산국의 역사를 찾아야 부산의 고대사가 복원된다. 그 출발점은 이섭교 복원이 될 수 있다. '큰 내를 건너 이로웠다'는 다리의 뜻을 잊어선 안 된다.

이섭교와 거칠산국 역사길

13장

다대포 일몰부터 오륙도 일출까지…
"밤새 걸으며 나를 찾았다"

두둥, 날이 밝았다. 마음먹고 먼 길 걷는 날이다. 신발끈을 바짝 졸라매고 마음의 끈을 동여맨다. 오늘밤은 밤새도록 걸으며 걸음과 이야기를 나누리라. 나의 나여, 부디 완주하라!

장거리 걷기를 꿈꾸다 드디어 때를 만났다. 2021년 10월 9~10일 열린 (사)부산걷는길연합이 주최한 '오륙道 투나잇' 걷기행사에 참가했다. 다대포 일몰을 보고 낙동강 하구 둑방 길을 따라 금정산을 넘어 온천천~수영강~광안리를 거쳐 오륙도까지 62km를 걷는 행사다. 코스는 하프(22km)와 풀코스(62km) 두 가지. 참가자는 100여 명이었고, 풀코스 희망자가 절반이 넘었다.

코로나에 따른 소규모 비대면 행사였지만, 전국에서 내로라하는 철각들이 모여들었다. 잘 걷는 사람들은 눈빛부터 다르다. 눈동자에 길이 흐르는 것 같다. 옷차림에선 마른 화약냄새가 났다. 낯선 듯 낯설지 않은 얼굴들. 왠지 모를 친근감이 다가온다. 걷는 사람들끼리 갖는 일종의 동질감이다.

'오륙道 투나잇'의 슬로건은 '부산 야행 5色 6樂을 얻다'이다. 5色은 ① 다대포 금빛노을길 ② 낙동강 생명길 ③ 금정산성 고

'오륙도 투나잇' 행사 참가자들이 해 질 녘 다대포 노을길을 걷고 있다.

갯길 ④ 수영강 나룻길 ⑤ 오륙도 해맞이길이고, 6樂은 ① 만나는 설레임 ② 먼 길 걷는 즐거움 ③ 야릇한 눈맛 ④ 대자연과의 대화 ⑤ 새벽 온천의 신비 ⑥ 귀 씻는 파도소리다.

한마디로 부산의 특성과 갈맷길의 매력을 모두 품은 코스다. 주최 측은 "코로나 시대에 맞는 저탄소, 소규모, 장거리, 비대면, 그리고 배려와 소통의 걷기문화를 지향하고, 앞으로 부산을 대표하는 세계적인 장거리 트레일로 육성하겠다"고 했다.

오륙도! 투나잇! 출발 구호가 힘차게 울려 퍼졌다. 도보꾼들이 삼삼오오 첫걸음을 뗀다. 출발의 묘한 설렘이 발끝에 닿는다.

눈썹달과 샛별의 밀어

오후 5시 30분. 서쪽 하늘에 은은한 담채화가 그려지고 있다. 하늘 그림의 정체는 노을이다. 다대포에선 매일 대장엄 노을 담채화가 펼쳐진다. 이곳에선 파도소리도 다르다. 차르르르~ 남해에서 허연 말갈기를 휘날리며 파도 군단이 낙동강 하구 모래톱을 향해 진격해 온다. 바다의 밀물과 강의 썰물이 부딪혀 만들어지는 기이한 풍경. 이른바 '말갈기 파도'가 발길을 붙잡는다.

낙동강 하구 강변도로 변의 보행길은 노을을 보며 걷기에 제격이다. 차량 소음과 직선길이 단점이긴 하나, 시시각각 변하는 스펙터클 노을쇼를 보며 걷다 보면 3~4km는 그냥 떨어진다.

불덩어리 태양이 소멸 직전, 하구 수면에 거대한 해기둥을 세운다. 노을이 바다 위에서 붉게 일렁인다. 해기둥이 소멸되자 서녘 하늘에 초승달과 샛별(금성)이 나타났다. 달과 별이 눈을 깜빡이며 밀어를 나누는 것 같다.

이제 밤이다. 어둠살이 깃든 수면 위에 고깃배 한 척이 다가온다. 노을이 어둠을 부르는 시간. 사색하듯 묵상하듯 걷다 보니 어느덧 하굿둑이다.

덜컹덜컹 우당탕탕~ 차량소음을 안고 하굿둑을 지난다. 낚시꾼들이 하굿둑 수문 아래에 낚싯줄을 내리고 고기를 잡는다. 강물 냄새를 맡고 올라오는 숭어 웅어같은 기수어종이 타깃이다. 수문이 막혀 고향(강)으로 갈 수 없는 고기들의 최후가 안쓰럽다. 하굿둑은 열릴 텐가. 몇 년 전부터 하굿둑 개방 프로젝트가 진행되고 있으니 희망을 가져본다.

'데드 포인트'를 만나다

을숙도 제2 하굿둑을 지나 강서 둑방 길로 접어든다. 10km 지

노을 지는 낙동강 하구 수면에 장엄한 해기둥이 세워졌다.

점이다. 스태프들이 떡을 나눠준다. 떡 한 조각과 물 한 모금으로 허기를 달랜다. 강서 둑방 길은 을숙도 서단에서 대저생태공원(강서구청 인근)까지 장장 12km 이어진다. 단조로운 직선 구간이지만, 야간엔 독특한 정취가 있다. 둑방 길 양쪽엔 벚나무가 끝도 없이 도열해 있다. 봄에 벚꽃이 피면 이곳에 긴 벚꽃터널이 만들어진다.

여기선 발만 들면 나아간다. 무한반복의 발걸음. 영국의 팝아티스트 줄리안 오피의 작품 속 '걷는 사람'이 바로 나다. 끝없이 움직여야 하는 현대인들은 고달픈 존재다.

15km 지점. 다리가 뻐근해 온다. 양팔에 피가 쏠려 손 부위가 저릿저릿하다. 머리도 약간 혼몽하다. 발에 쥐가 난다. 발이 땅바닥에 붙은 듯 무겁다. 무섭다. 이러다 쓰러질지도 모른다는 생각이 든다.

누군가가 '데드 포인트'(dead point)라고 했다. 데드 포인트는 격심한 운동 초기에 호흡곤란, 가슴통증, 두통 등으로 인해 운동을 중지하고 싶은 느낌이 드는 때를 말한다. 이를 극복하면 세컨드 윈드(second wind), 즉 숨막힘이 없어지고, 호흡이 깊어지며, 심장 박동수가 안정되어 운동을 계속하고 싶은 의욕이 생긴다.

선택해야 한다. 포기하고 돌아서느냐, 계속 나아가느냐. 무너지려 하면 무너지고, 일어서고자 하면 일어선다. 사람의 일이 그렇다. 극기, 자기를 눌러 이기지 않으면 아무것도 안 된다. 일체유심조, 모든 것은 오로지 마음이 지어내는 것. 자신을 믿고 일어서면 발은 다시 걸음으로 변한다.

20여 분을 쉬자 호흡이 정상을 되찾는다. 무너지려 하는 육체가 회복되어 다시 시동이 걸렸다. 세컨드 윈드를 경험 중이다. 혼미한 정신이 맑아지고 다시 기운이 솟아났다. 고통스런 발과 다리, 팔과 허리도 정상적으로 움직인다. 같이 걷던 도보꾼이 말했다. "모든 게 자기와의 싸움이죠. 아무도 대신 걸어주지 않아요. 걷다가 죽은 사람은 아직 없으니 힘내세요."

걷기가 주는 1석 5조의 효과

데드 포인트를 극복하고 속도를 회복하자 누군가 곁에 다가와 말을 건다. 문정현 서봉리사이클링 회장이다. 길 위에선 모두가 도반(길동무)이다. 문 회장은 걷기 마니아로 소문나 있다. 해운대에 사는 그는 1년 9개월 전부터 매일 하루 2만 보씩 걷는데, 걷다 보니 5~6가지가 좋아졌다고 했다.

"먼저, 다리와 종아리 근육이 키워졌어요. 밥맛이 좋고 잠도 잘 와요. 그동안 감기 한번 안 했어요. 잔병이 날아간 거죠. 또 걸으니까 도시의 속살이 보여요. 저탄소 녹색도시 만들기에도 기여하겠죠. 무엇보다도 에고(자아)를 억누르는 힘이 생겼어요. 이건 돈 주고도 못 사는 거 아닙니까. 하하."

불교에선 탐진치(貪瞋癡), 즉 탐욕과 노여움, 어리석음을 없애라고 가르친다. 이 세 가지 번뇌(三毒)는 중생을 해롭게 하는 독약과 같다. 도를 닦고 수양하더라도 쉽게 없어지지 않는다. 그런데 걷기가 그걸 어느 정도 해결해 주었다니 신통한 일이다.

중간에 잠깐 쉬고 있는데 장거리 전문 도보꾼 박미애 씨가 다

2부 길 위의 길 - 그곳이 걷고 싶다 283

가왔다. "100km 장거리에 비하면 '오륙도 투나잇'은 아무것도 아니에요. 100km 걸어보세요. 겁나는 게 없어져요. 장거리가 주는 묘한 매력이 있어요. 데드 포인트를 겪고 세컨 윈드를 만나면 그 희열은 말로 표현할 수 없죠. 계속 도전하세요." 박 씨는 대한건기연맹이 인정하는 국내 장거리 걷기대회 4곳을 완보한 그랜드슬램 워커다. 그는 양말을 신지 않고 걷고 있었다.

4시간 가까이 걸어 강서구청 옆 대저생태공원에 도착했다. 도시락이 나왔다. 늦은 저녁이지만 꿀맛이다. 하프코스(22km) 참가자 50여 명은 이곳에서 작별했다. 서로 위로하고 격려하며 연대감을 나누는 모습이 아름답다.

낙동강과 금정산을 넘으며

화명대교를 건넌다. 강에 부시시 물안개가 피어오른다. 차가 지날 때마다 다리가 덜컹거린다. 강은 잠들지 못하는 모습이다. 옛 나루터 자리엔 어김없이 다리가 들어섰다. 강의 정사로 편입되지 못한 장림포, 하단포, 구포, 백포, 동원진의 옛 시절들이 속절없이 떠내려간다. 강의 과거는 이제 한숨이거나 바람이 되었다.

낙동강을 하룻밤에 두 번 건넜다. 하굿둑에서 한 번, 화명대교에서 한 번. 특별한 밤이다. 밤에 걸어서 강을 건넌다는 건 어마어마한 경험이다. 산업화에 절은 강, 오욕칠정을 안고 흐르는 강, 흐르되 흐르지 않는 강…. 저 강은 내게 무엇인가. 연암 박지원의 『열하일기』 중 「일야구도하기(一夜九渡河記)」가 떠오른다.

지금 나는 밤중에 강을 건너기에 눈으로 위태로움을 살펴보지 못하니, 위태로움이 오로지 듣는 데로 쏠리어 귀로 인해 한창 벌벌 떨면서 걱정을 한다. …한번 추락했다 하면 바로 강이다. 나는 강을 대지처럼 여기고, 강을 내 옷처럼 여기고, 강을 내 몸처럼 여기고, 강을 내 성정처럼 여기었다. 그리하여 마음속으로 한번 추락할 것을 각오하자, 나의 귓속에서 마침내 강물 소리가 없어지고 말았다. 그리고 무려 아홉 번이나 강을 건너는 데도 아무런 걱정이 없어, 마치 안석 위에 앉거나 누워서 지내는 듯하였다…. 소리와 빛깔은 나의 외부에 있는 사물이다. 이러한 외부의 사물이 항상 귀와 눈에 누를 끼쳐서, 사람이 올바르게 보고 듣는 것을 그르치게 하는 것이다. 그런데 하물며 사람이 이 세상을 살아간다는 것은 강을 건너는 것보다 훨씬 더 위험할 뿐 아니라, 보고 듣는 것이 수시로 병폐가 됨에랴!….

연암은 '어떻게 듣느냐'에 따라 모든 소리는 다르다는 사실을 일깨우며, 처신에 능란하여 제 귀와 눈의 총명함만 믿는 사람들에게 경종을 울린다. 나도 그런 것 같다. 토건(교량)에 주눅이 들고 도시의 불빛에 눈이 멀어 강의 본심을 못 본 것이 아닌가. 낙동강을 건너며 연암에게 크게 한 수 배운다.

화명생태공원은 최상의 산책로를 가진 강변공원이다. 포실한 흙길이 욱신거리는 발바닥을 살살 달래준다. 어머니가 발바닥을 주무르는 것 같다. 출발하고 처음 만나는 흙길이다.

오륙도 투나잇 하프코스 도착지인
대저생태공원 입구.

이제 금정산을 넘을 차례. '오륙도 투나잇'의 최대 난관이다. 화명동에서 대천천을 끼고 구불구불 산성길을 따라 남문 입구 고개(33㎞)를 넘는다. 전체 코스의 반이다. 산성길을 오르다 발에 극심한 통증을 느꼈다. 요통도 찾아왔다. 양말을 벗어보니 발가락에 물집이 크게 잡혔다. 발톱이 빠지려는지 너덜거린다. 도저히 더 걸을 수 없는 상황.

2차 데드 포인트에서 눈물을 머금고 퇴로를 찾는다. 어쨌든 오륙도까지는 기어서라도 가야했기에 행사 차량에 몸을 싣는다. 62㎞ 완주는 다음을 기약한다. 차를 타니 산성고개든 시내 구간이든 금방이다. 걸어서 4시간 걸리는 거리가 차로 20분이다. 이 문명의 이기를 어떻게 버릴 수 있는가. 그러나 차가 결코 보지 못하는 부분이 있다.

장길만 빛누리기획 대표는 "힘들었지만 산성 고개가 이번 코스의 하이라이트였다. 길가의 금정산 노송들이 밤안개를 뚫고 정령들처럼 일제히 몸을 세워 춤을 추고 있었다"고 말했다. 한밤에 걸어서 산성고개를 넘는 사람이 아니면 가질 수 없는 체험이다. 장 대표는 이번에 생애 처음으로 62㎞를 도보로 완주했다.

가슴에 해를 품고

풀코스 팀은 산성길에서 식물원 입구를 거쳐 온천천 세병교(44km 지점)로 접어든다. 시내 구간이라 발걸음이 편하지 않다. 도보꾼들의 걸음은 거의 일정하다. 정중동. 몸을 흐트러뜨리지 않고 자기 보폭을 유지한다. 장거리 걷기엔 자기호흡이 중요하다.

어둠이 깊다. 새벽이 멀지 않다. 온천천이 수영강을 부르고, 수영강은 민락수변공원과 광안리 해수욕장을 끌어당긴다. 이기대 입구인 동생말의 오르막길이 막바지 고비다. 도보꾼들의 옷이 흥건히 젖었다. 무거운 다리를 들어 계단에 올리면 육신이 다리를 짓누른다. 이때 눈물을 쏟는 이도 있다. 가야 할 길이 아득하기 때문이다. 밤바다는 먼 파도를 불러와 끝없이 박동한다. 먼바다 끝이 서서히 붉어진다.

행사 차량을 얻어 타면서 스태프들의 노고와 고충을 엿볼 수 있었다. 행사의 반은 참가자가 채우지만, 나머지 반은 스태프들이 채운다. '오륙도 투나잇'의 스태프는 최대현 총괄본부장 이하 12명. 이들은 밤새 동분서주하며 행사를 지원한다. 5km마다 코스 안내판을 붙이고 군데군데 입간판을 세운다. 또 물과 간식, 도시락을 챙기고 주요 통과 지점에 먼저 가서 스탬프를 찍어준다. 난코스를 지날 때는 도우미가 되어 위문공연을 하면서 부상자 후송에도 대비한다. 모두 아름다운 자원봉사자들이다.

새벽 4시 46분, 오륙도 스카이워크 광장에 첫 완주자가 입성했다. 기다리고 있던 스태프와 운영진들이 박수와 환호를 보냈다. '아빠 힘내세요'를 작곡한 욜로 가수 한수성 씨가 버스킹 공연을 펼쳤다. '만남', '고맙소' 등 귀에 익은 노래가 오륙도의 새벽을 깨웠다. 오전 6시 40분쯤, 먼 동해에서 붉은 해가 솟아올랐다. 모두가 박수를 쳤다. 이날 62km 완주자는 50여 명. 막걸리 한 잔에 피로를 씻은 완주자들은 사진을 찍고 구호를 외쳤다. 오륙도! 투나잇! 그러고는 제각기 일상 속으로 표표히 흩어졌다.

박창희

도보꾼, 유랑자, 스토리텔러로 살고 싶은 자유인.

경남 창녕 출생으로 부산대 영문학과, 부산대 예술대학원을 졸업했다.

30여 년 간 국제신문 기자로 일했고, 현재 경성대 미디어커뮤니케이션학과 교수이다. 지은 책은 『나루를 찾아서』(서해문집) 『부산 순례길』(비온후), 『서의택 평전』, 『허신구 평전』(부산대출판부) 등 20여 권. 주요 연구로는 「부산의 길: 원천스토리 개발 연구」 등이 있다.

걸어서 해파랑길(부산~강원도 고성)을 따라 두만강까지 걷기를 꿈꾼다.

마니석, 고요한 울림 페마체덴 지음 | 김미현 옮김

방마다 문이 열리고 최시은 소설집

해상화열전 한방경 지음 | 김영옥 옮김

유산 박정선 장편소설

신불산 안재성 지음

나의 아버지 박판수 안재성 지음

나는 장성택입니다 정광모 소설집

우리들, 킴 황은덕 소설집

거기서, 도란도란 이상섭 팩션집

폭식광대 권리 소설집

생각하는 사람들 정영선 장편소설

삼겹살 정형남 장편소설

1980 노재열 장편소설

물의 시간 정영선 장편소설

나는 나: 가네코 후미코 옥중수기 조정민 옮김

토스쿠 정광모 장편소설

가을의 유머 박정선 장편소설

붉은 등, 닫힌 문, 출구 없음 김비 장편소설

편지 정태규 창작집

진경산수 정형남 소설집

노루똥 정형남 소설집

유마도 강남주 장편소설

레드 아일랜드 김유철 장편소설

화염의 탑 후루카와 가오루 지음 | 조정민 옮김

감꽃 떨어질 때 정형남 장편소설

칼춤 김춘복 장편소설

목화: 소설 문익점 표성흠 장편소설

번개와 천둥 이규정 장편소설

밤의 눈 조갑상 장편소설

사할린 이규정 현장취재 장편소설

테하차피의 달 조갑상 소설집

문학/비소설

걷기의 기쁨 박창희 지음

미얀마, 깊고 푸른 밤 전성호 지음

오전을 사는 이에게 오후도 미래다 이국환 에세이

사다 보면 끝이 있겠지요 김두리 구술 | 최규화 기록

선생님의 보글보글 이준수 지음

고인돌에서 인공지능까지 김석환 지음

지리산 아! 사람아 윤주옥 지음

우리들은 없어지지 않았어 이병철 산문집

닥터 아나키스트 정영인 지음

시로부터 최영철 산문집

이렇게 웃고 살아도 되나 조혜원 지음

무위능력 김종목 시조집

금정산을 보냈다 최영철 시집

일상의 스펙트럼 시리즈

블로거 R군의 슬기로운 크리에이터 생활 황홍선 지음

어쩌다 보니 클래식 애호가, 내 이름은 페르마타 신동욱 지음

베를린 육아 1년 남정미 지음

유방암이지만 비키니는 입고 싶어 미스킴라일락 지음

내가 선택한 일터, 싱가포르에서 임효진 지음

내일을 생각하는 오늘의 식탁 전혜연 지음